活在秦岭南北

陈彦 著

天津出版传媒集团

百花文艺出版社

图书在版编目（ＣＩＰ）数据

活在秦岭南北 / 陈彦著 . -- 天津：百花文艺出版
社 , 2025. 6. -- ISBN 978-7-5306-9098-7

Ⅰ . I267

中国国家版本馆 CIP 数据核字第 202568GU91 号

活在秦岭南北
HUOZAI QINLING NANBEI

陈彦　著

出 版 人：薛印胜

责任编辑：王　燕　徐　姗

装帧设计：彭　泽

出版发行：百花文艺出版社

地址：天津市和平区西康路 35 号　　邮编：300051

电话传真：+86-22-23332651（发行部）

　　　　　+86-22-23332656（总编室）

　　　　　+86-22-23332478（邮购部）

网址：http://www.baihuawenyi.com

印刷：山东临沂新华印刷物流集团有限责任公司

开本：880 毫米 × 1230 毫米　1/32

字数：200 千字

印张：11.125

版次：2025 年 6 月第 1 版

印次：2025 年 6 月第 1 次印刷

定价：68.00 元

目录

第一辑

第二辑

第三辑

第一辑

创作是一个人孤苦伶仃的长跑

创作是最不好谈的，我一般能推就推，主要是怕谈不好，让大家感到索然无味，也没有多少可借鉴之处，白耽误了大家的时间。但今天还是坐在这里，要谈将起来。我提前向主持人要了花名册，是想了解各位的创作背景，以便更贴近实际地谈一些话题。在座的有写小说、散文、诗歌的，有网络作家，也有写舞台剧、影视剧的，还有创作管理人员，人员构成相当丰富。有些还是我较为陌生的领域，比如网络创作，但终归都是文学艺术创作，也便有了共同的话题。主持人希望我多结合自己的创作实例，跟大家交流一些具体的创作感受，我就想到一个题目：创作是一个人孤苦伶仃的长跑。

好多作家都有长跑的习惯，比如村上春树，每天跑十五公里，但我们做不到。一是环境，二是时间，三是体力，这些都可能对我们构成限制，他给我们树立了一个很好的榜样。这也告诉我们，写作是个体力活儿，甚至是个重体力活儿，需要做必要的体能训练。不仅长篇小说的写作者如此，短篇小说大师门罗每天也会走五公里，一直坚持到九十多岁。中国作家里面也有不少既能跑也能走的高手，比如王蒙先生。王蒙先生已是鲐背之年，无论刮风下雨，都会到户外走万步左右，并喜欢把成果发给朋友，我想他不仅是为了分享，更多为了获得一种自励与监督。

创作是一个人的长征。艰难险阻在所难免，有时得"爬雪山"，有时得"过草地"，有时得"飞夺泸定桥"，有时须"激战腊子口"，你常常会写崩溃，唯一的救赎就是写下去。尤其是早期写作，就是一种强制训练，你明显感到无能为力、弹尽粮绝、筋疲力尽，可你还得咬牙坚持，写下去了，很多管道就疏通了，那种通畅感会激励你继续朝下写。我始终觉得写作没有捷径可走，也没有特别的技术指南和偏方可以帮助你一夜飞升。写作是一种持续摸索的过程，一如人类的所有经验，都是反复试错试出来的。一个人没有亲身感知过水火之烫，是不可能从别人的描述中深度理解沸点与燃点的。就像我们无意中被电击过一次，必然获得比任何"当心触电"警示牌更深入骨髓的谨防触电效果。写作的诀窍，之于我，就是前人讲过千遍万遍的那点经验：多看多写。看是看书、看世界；写是用量的积累，换取质的飞跃。那些创作指南之类的东西我也会看，但只是看看而已，千万别抱着不放，而舍弃了"多看多写"四字箴言。我结合自己的创作，谈一点个人的体会。

让我最早有"孤苦伶仃的长跑感"的，是《迟开的玫瑰》的创作。那年我三十二岁，刚完成32集长篇电视剧《大树小树》的写作，这部剧央视一套播了，并获得"飞天奖"。我本来是要在电视剧创作的轨道上发展下去，可突然被任命为陕西省戏曲研究院青年团的团长，便不得不继续在舞台剧的创作上发力。《迟开的玫瑰》是眉户现代戏。眉户是由流传在陕西眉县与户县一带的民间歌舞小调发展起来的一个剧种，在西北五省和山西、河南都有广泛流播。特点是轻松活泼、节奏明快，不过在发展过程中，也融入了大量秦腔慷慨悲歌的元素，因此，也算是西北的一个大剧种，特别适合演出现代戏。民众剧团延安时期的很多很有影响的作品，就是眉户剧。

　　《迟开的玫瑰》讲述的是乔雪梅的故事，乔雪梅十分不幸，十七岁的时候，母亲突遇车祸身亡，而父亲早在母亲去世前，就在建筑工地塌断了脊梁，成了坐在轮椅上的残疾人。这个家庭还有四个孩子要吃、要喝、要上学、要生存。那时，社会保障体系并没有建立起来，靠街道办以及街坊邻居、亲戚好友赞助，解决不了根本问题。严酷的现实，使十七岁的乔雪梅收起了大学录取通知书。她毅然挑起家庭重担，以柔弱的肩膀将两个妹妹和一个弟弟送向人生正轨，并为父亲养老送终，自己的人生却一再"溃败倒退"，最终与大家都普遍"下眼瞧"的下水管道工结为这个城市最底层的新家庭。全剧始终在诘问人生价值这个话题。剧中人物所处的时代是一个崇尚香车宝马与"住别墅的女人"的时代，获取财富的手段不重要，关键看结果是不是"真阔了"。实现个人价值成为那个时期最时髦的话题，至于什么叫个人价值却甚少客观而有价值的解读。这部作品在出笼过程中，自然遭到不少质疑，甚至出现了较为强烈的反对声。有一段时间，我就特别有种孤苦伶仃的长跑感。讲一个笑话，有一次开《迟开的玫瑰》研讨会，我竟然出去上了八趟厕所，实在是听不下去了。忠言逆耳，也许他们说的都是忠言，但对于我逆耳得很，听得人头皮发麻，脚指头在地上能抠出坑来。好在作品终于与观众见面，并且好评如潮。每晚剧场里的观众都会爆发几十次掌声，有时甚至达一百多次。很多是向导演、演员、作曲、舞台美术致敬，但剧情的着力点，都有切实而有效的积极反馈。有一个叫康式昭的戏剧专家读完剧本后，在封底用铅笔写了一句话："《迟》剧在今天出现，是一部具有'反潮流'意义的振聋发聩的作品。"当然，仍有不同声音，这是很正常的见仁见智现象，因为我写这部戏的起因就是在"逆潮流而思而动"。我以为任何社会的基石都是普通人。社会是个宝塔结构，站在塔尖的毕竟是少数，而庞大的基座不稳，塔尖与塔身都将不复存在。历史反复证明，任何时代一旦忽视了塔基的作用与价值，终究轰然坍塌。如果剔除了普通人的活法，那有价值的人生就不甚多。

虽然创作过程艰辛，正式演出前，也曾面对很多人的不解，但观众给予这部作品的肯定是让人欣慰和感动的。我在这里要特别讲一讲《迟开的玫瑰》在陕西省宝鸡市东岭村的一场演出，虽然已经过去二十多年，至今仍记忆犹新。东岭村是一个很有名的村子，出了一个民营企业家叫李黑记，他由锤铁桶、制造铁钉子干起，建立东岭铁木业社，直到把它干成全国有名的大型民营企业。那时李黑记每年都要请剧团到他们村里演出，我所在的青年团由于阵容整齐，获梅花奖的演员多，屡屡被邀。东岭村就在宝鸡市郊，那天演出《迟开的玫瑰》时，观众达到五万人以上，这个数字是当地派出所提供的。东岭村是一个有名的"戏窝子"，逢过会、逢大事必唱戏，据说这个传统坚持了很多年。秦腔也正是有这样的"戏窝子"，才具有十分顽强的生命力。五万人的场子很大，用"黑压压一片"已经不能形容那种壮观景象，尽管我也见过物资交流会十万人看戏的场面。舞台是临时搭建的，陕西关中这种木架结构舞台很多，是流动的，随时可以拆卸，也随时可以组装起来。坐在前边的观众用稍低矮一些的板凳，中间摆放高板凳，后边的观众就只能站着看。而在这些观众后边，又有立在自行车、摩托车、架子车、拖拉机，甚至驴背上的观众。很多孩子是上到附近树上看的，一窝窝，看上去很是吓人，骂都骂不下来，村里有人拿长竹竿戳、敲，娃娃们仍是越团越紧地缩到了树杈间。总之，天上地下，都塞得满满当当的。还有许多游走者，在四处钻空子。那天是音箱与高音喇叭混用，尽管有那么多人，但远处还算能听见一些戏词。我有坐在剧场与观众一道看戏的习惯，那种对世道人心的体悟是十分独特的。观众在哪里呼应，在哪里鼓掌、躁动、唏嘘，我都能真真切切觉出人的总体精神气象，何况这是五万多颗心脏的集体跳动。我始终与村里的治安人员以及派出所的诸多民警在最外围，两个半小时的戏，我连一分钟都没坐下，就那样做着"游动哨"。一是怕现场出踩踏事故；二是操心声音能不能传递到观众耳朵里；三是作为一个编剧，我要见证这五万多观众的回响。这场演出一共爆发了一百多次掌声，当然很多是为演员们的精彩唱腔与表演而鼓掌，但精神层面的回应，更加坚定了我对创作的信念。让我欣慰的是，二十七八年了，这部剧至今仍在演出，并且全国有多个剧种移植。它的生命力是对我生命长跑的最好回馈。

　　另一次让我印象深刻的孤独长跑，是电影剧本《司马迁》的创作。这是一个至今都没有拍摄过的剧本，之所以要特别说说，是因为这趟长跑对我的创作具有特别意义。那也是二十几年前的事了，西安电影制片厂约我写《司马迁》，自己斗胆，竟然一口应承下来。当面对浩瀚的史料，坐到写字台前时，才发现这是把泰山移到自己背上，企图站出来走两步啊！好在没有创作时间要求，我就从读《史记》开始，一点点找感觉、做笔记。过去也读过《史记》，只是一些篇目，而没有完整通读过。这次无论如何得通读一遍。五十一万多字，要不是有不少生僻字，可能还能读得更快一些。二十几天，算是连爬带滚过了一遍。读完，书上到处留下了折页、画痕、拼音与各种标注。可通读一遍后毫无感觉，几乎是老虎吃天——无法下爪。我便找到一个研究司马迁的专家，请教他有关司马迁写作的着力点。他给我介绍了很多资料，我才知道有关司马迁的研究浩如烟海，仅翻阅这些资料也需很长时间。但这位专家给我的建议是，读这些都不重要，根本是通读《史记》，至少读三遍，之后再说写《司马迁》的事，否则只会事倍功半。他说他研究司马迁的诀窍，也就是反复通读《史记》，甚至背诵一些精彩段落，在诵读中去寻找那些可能引发思考的蛛丝马迹。我便带着这个要领，又回到通读原文上。阅读的速度也慢了下来，几乎是又用了三个多月时间，才完成了另外两遍的通读。随后，我就把阅读转向了市场上那些层出不穷的司马迁传记。

任何一个领域，你只要打开一个缺口，就会发现深不见底，何况是想探究司马迁这样带着中华民族历史根性的开先河式人物。仅司马迁传记之类的书我就买回十几种，其中当然也包括李长之这样的大家对"司马迁之人格与风格"的深邃探究的作品。只有熟悉了《史记》，才知道哪些传记写得好，哪些完全是借《史记》的故事在那里生搬硬套，瞎编乱造。读了一些传记，然后又读一些研究史料，我就开始了《司马迁》的创作。这是一次难度特别大的创作，甚至比此前接受创作《大树西迁》的任务难度更大。秦腔《大树西迁》是以上海交通大学西迁西安为背景创作的舞台剧。同样是历史纷纭多变，并且有许多真人真事的限制。为创作这部剧，我先后在上海交大博士楼住了三十五天，查阅大量资料，会见各种与西迁相关的人物。后又在西安交大外教楼住了四个半月，前后录了近百盘采访录音带。最后写出的剧本也就三万字，而耗去的时间达两年之久。说《司马迁》时插进一个《大树西迁》来，也是想讲这两趟孤独的奔跑最后形成的文字都不多。电影剧本《司马迁》写出来也就五万多字，而历时也是两年之久，最终还没拍成。又过了若干年，再有人提起《司马迁》来，我又读了一遍《史记》，并进行了重要修改，但仍是无疾而终，好在领到了一点稿费。

回想《司马迁》创作的日日夜夜，除了通读《史记》，就是背诵《报任安书》，那时还真能下笨功夫，发现《报任安书》就是司马迁一生最生动的写照，便背诵下来，躺在床上，闭了眼睛，一边背，一边复活他悲催、痛苦而又辉煌灿烂的一生。虽然这个剧本几起几落，最终仍是石沉大海，但对《史记》的四遍通读，却让我受用一生。这是我生命长跑中最有耐力和意义的一次长跑，表面看收成甚薄，但实际意义远远超过所有相对简单的重大收获。

虽然在写作之前需要做大量的资料准备工作，但舞台剧毕竟容量有限，很多更开阔的思考无法容纳。这也是我写完现代戏《西京故事》再写同名长篇小说的原因。我曾多次讲过，关注《西京故事》这个题材的起因，是我当时工作单位的大门外，每天都拥塞着一两千个农民工，他们在这里等待机会，以挣钱养家糊口。现在已经没有这样的景象，那些年，无论车站、码头，都会看到朝外涌流的农民工人潮。他们有的甚至排着队，就在别人肩头睡着了。背包和提兜也都奇形怪状，至今我回想起来都有一种苦涩的感动。每逢"春运"，我们会在车站，看到人挤人、人攥人的"汹涌波涛"。那是数以亿计的农民，突然获得了一次生命与精神的大解放。但这种解放并不意味着幸福的降临。有些人在流动中，找到了机遇，捞到了第一桶金，彻底华丽转身；有些人挣到了温饱自体且还能养活一家老小的"小康财富"；而有些人，便在苍茫的世事云海中，变成一粒微尘，来回飘浮，终是没了落脚生根之地，土地回不去，都市扎不进，甚或晃荡成一代"流民"。

我从单位门口的劳务市场切入，直寻访到西安的诸多城中村，进行了相对长期的调研体察，再从城乡二元结构矛盾中，进入都市里的村庄，再深入一个家庭进行解剖，终于搭建起一组父子尖锐冲突的矛盾，继而打开更广阔的社会面，让一部三万字的戏剧，承载起我想表达的城乡交会与融合中的犬牙交错与深层结构性对峙。这种对峙的张力是巨大的，它能压榨出一个人生命与精神内的汁液。仍是导演、演员、作曲、舞台美术的创造功力，让这部戏不仅在城乡演出中收获颇丰，而且还在全国一百多所高校的巡演中，赢得了数十万师生的广泛热捧。戏剧对于一个创作者的诱惑是致命的，古往今来那么多人热衷戏剧创作，包括莫言先生也说要把自己以后的创作重心放在戏剧上，这对剧作家是一种鼓舞。戏剧创作有较高的门槛，没有经过一定训练，几乎连完成一部小戏都有难度。而莫言先生的几部戏剧作品已经证明了一个大剧作家的高度。他对戏剧的理解是非常独特的，值得剧作家很好地去学习。对于我，戏剧创作的根本诱惑还在于能同观众一道，一次次地把整部戏从头到尾过一遍，再过一遍，再过一遍。观众的所有情绪反应，包括笑点、泪点、痛点，都让我们能够获得创作的长进。戏剧是互动的艺术，编剧牵引着观众进入历史、现实，包括神话、科幻场域。反过来，剧场的综合效应，也在重塑着编剧的世界观、人生观与价值观。剧院是一个具有魔性的特殊场所，而我从《西京故事》后却逃离了剧院。

当时出逃的根本原因，就是戏剧的荷载量问题。俄罗斯圣彼得堡马斯特卡雅剧院根据《静静的顿河》改编的话剧，首演时达二十四小时之久，观众要分三天观看。到中国演出的压缩版，也长达八小时。日本的能剧一般观看也在五六个小时左右，中场给观众管一顿饭，那也是一票难求，观者趋之若鹜。我总觉得我们的观众少了这种耐心，尤其是短视频盛行以后，现在两个多小时的长度都成了问题，总见有人在呼吁要短些再短些。很多好戏被裁剪得惨不忍睹。一些重排的经典，也被"大卸八块"与"芯片植入"得离奇怪诞、魂不附体。我们欣赏文艺作品越来越只想了解个大概，有时似乎看看说明书就够了，不想进入细节，然而文学艺术的精髓就恰恰在丰富的细节上。有些题材的创作的确需要长度，因此我选择了长篇小说。从戏剧《西京故事》到长篇小说《西京故事》，也是我的一次特殊长跑。历时五年多，转换是艰难的，有时也写得几近崩溃，却是心甘情愿的。

写完长篇小说《西京故事》，我连续写了《装台》《主角》《喜剧》三部反映舞台内外世界的长篇小说，应该说都写得比较顺利，因为有生活的积累，几乎不需要去做任何额外的补充和有关资料的提取。我在文艺团体做了三十多年的专业编剧与管理工作，无论涉及哪个行当哪个领域，都具有一种书写的自信与自觉，也能跳出去看业内。因此，我始终认为，写作家最熟悉的生活是创作的要领。当然，不熟悉是可以去熟悉的，但需要花成倍的工夫与气力。这里边似乎没有捷径可走。

在创作《喜剧》的过程中，另一部与舞台生活并不直接相关的作品也同时在铺开，它就是长篇小说《星空与半棵树》。那是我对故乡的一次深情回眸。儿时对星空的记忆几乎伴随着一生。包括我后来对天文学的业余爱好，都与那时面对灿烂星空的激动不已有关。那片星空我再也没有见到过，但有深刻记忆也就足够了。我希望故乡仍然是繁星满天、霞光万丈的景象。我盼望那一方水土的人们能各有尊严地与他人、与自然、与自己和谐相处、守望相助一生。

文学说到底关注的还是人性问题。一切美梦成于人性之真、之善、之美，而一切美梦也都将因人性之假、之丑、之恶而破灭。我读威尔·杜兰特夫妇的大著《文明的故事》，尤其对西方千年宗教统治最终毁于人性感慨最深。原来这些"深不可测"的神职人物，比普通人更爱金钱、更爱财物、更爱权力，而且为人阴险狡诈、淫荡成癖，背过人几乎无恶不作，那神圣即不再了。文学的任务其实很重，道路宽而广博，只要人性在，文学就够忙活的。《星空与半棵树》就是希望通过对人物生命境况的书写，思考人性、人心以及人与自然等问题。小说的主人公是一个热爱仰望星空，却不得不时时面对一地鸡毛般的琐碎生活的基层公务员。在差不多十年间，在面对和处理具体的现实问题的过程中，他的家庭、情感和心理都发生了很大的变化。透过他的生活，我们看到了丰富、复杂且广阔的人世间各色人等的生活和命运。书中也写到了在传统和现代之间的乡村文化的冲突和融合，写到了不同时期理解和处理人与自然关系的不同方式及其意义。于我而言，这也是一次让人难忘的"孤苦伶仃的长跑"，漫长的写作过程仿佛一个人置身于茫茫荒漠，要在无路处开辟道路，不仅要写生活经验，还要创造新的艺术表达方式。其间艰难，自不待言。猫头鹰这个角色的设置、戏曲艺术表达方式的使用等等，就是为了打开更为开阔的艺术表达空间。艺术创造是没有尽头的，因此一个人"孤苦伶仃的长跑"仍会继续。其实我在生活中也是一个长跑者，一天平均跑六到七公里，有空就跑起来。

（根据文学讲座录音整理删节）

心灵才是人类伟大而壮丽的作品

　　谈创作是一件很难的事，然而身在创作中，就不免要时常谈起来。搞了几十年戏剧创作，也谈了几十年戏剧创作，后来渐渐就不敢谈了，发现怎么谈都是盲人摸象。人类对戏剧的创作探索太久远了，很多人在其中的一个段落，都以为自己发现了真理，有了创造性贡献。时间再朝前推进一段后，有些就烟消云散了，而有些依然在熠熠生辉。真正能走远的，就是那些直抵人之"命门"——生老病死、悲欢离合的作品，而且总是与大历史深深契合。人是活在社会中、自然中、历史中的高级动物，从生到死，都被自然、社群、他者死死牵绊着。所谓生命深度，都是现实环境颐养或压榨的结果，最终是以悲喜剧或正剧的方式体现出来的。因此，两千多年的戏剧长河，流淌着的，就是两千多年的现实。即使是一种叫神话剧的创作，也都是现实的镜花水月。我们所能做的，很可能就是一种时代书记员的工作。哪怕是写历史剧，也是站在现实的基点上。

　　这是一篇约谈小说创作的稿子，却先说了半天戏剧。我是

15

想，人类戏剧创作的起源，要早过小说千年以上。直到今天，戏剧仍然以极传统与极现代的两种方式（也可以称之为两个车轮）在朝前滚动着。有时两个轮子有所配合，有时完全是各滚各的。车轮下泥水四溅，依然有跟着跑、跟着叫好的。极传统的，几乎像活化石一样，残存着数千年文明的各种骸骨；而极现代的，演员站在台上，只把一些道具搬来摆去，或是一些肢体上的暗示隐喻，甚或冲观众破口大骂一晚上，有时骂得人丈二和尚摸不着头脑，还是有喊叫"骂得好、骂得妙"的。当然也有很多折中主义的创作者，在努力让传统与现代水乳交融，有些是内容上的相互渗透，有些是技术上的融合。总之，世界戏剧的丰富性令我们目瞪口呆，也目不暇接。我是带着戏剧的两个极端与折中，来认识小说创作的。因此，我读小说，喜欢两极，也喜欢折中。总之，写作是要让人看，让人接受的。即使想让读者"走出阅读舒适区"，也须扫除一些不必要的障碍，作品尽量好看好读一些。

还拿戏剧说事。戏剧有一个老词，叫"伺候观众"。无论"戏比天大"，还是"老天赏饭"，都与观众有关。没有观众，戏剧就不存在了。戏不能只演给自己看，业内谑称为"自拉自唱""自娱自乐"。因此，历史长河中的戏剧行业，研究市场与观众的意识明显强过其他一些文艺门类，这当然与"早熟"有关。从某种程度上讲，"伺候"有"迎合"之嫌，但经过时间的洗礼，流传下来的，必是那些能说清楚生存还是毁灭、活着还是死去、退缩还是反抗、喻利还是喻义、贪婪还是节制、向前还是后退等重大问题的剧作。一切都在对观众的"伺候"中，才积攒下了一些叫"共鸣"的"干货"，也成为今人奉若神明的经典。小说的起源也是希望通过说话，吸引人来听，当然听众越多越好。无论我们的唐传奇、宋元话本，还是中东的《天方夜谭》，抑或是被誉为西方现代小说鼻祖的《堂吉诃德》，以及《鲁宾逊漂流记》等，都是在努力讲述好听的故事，至于里面所包含的人文思想，都是一代代读者阐释出来的。笛福一生写了二百多部小说，就是想吸引更多读者，从而有更大的印刷量。当然小说在成熟，作家也在巨人的肩膀上朝前眺望，我们可以绕过"迎合""伺候"的卑贱姿态，但绕不过给读者书写的动因。从这个意义上讲，戏剧演给人看，小说写给人读，将是一个永远的行规。

历史离开了人，就是一盘空白带。正是有了人，有了人的无尽书写，才让我们知道了在我们降生以前的世界的气象。到今天文明已有十分丰厚的积存，每个人都已载它不动，我们能背负与打开的，只能是冰山一角，或压缩饼干式的文明"简笔画"。人类历史细微处的记载，拉开任何一个切面，都会令我们惊恐万分，毛骨悚然，原来我们是从这样一个茹毛饮血、一地遗骸的道路上踩踏过来的。历史尽可以越来越详细地去记载它的"致广大"与"尽精微"，但对于个体，认识历史与把握历史的手段，只能是用减法。尤其对于写作者，任何企图涵盖人类历史全貌的书写都只能是一种野心，我们能做的，可能就是巴尔扎尔所说的书记员的工作。我们只能是自己所处时代的书记员，哪怕你写的是洪荒宇宙、银河黑洞，那也只可能是我们时代所能认知的一点经验而已。两千年前，亚里士多德认准了地球就是一切的中心，所有天体都在打配合；五百年前，哥白尼发现，太阳才是中心，地球只是太阳的一个玩伴。哥白尼的"铁粉"布鲁诺，甚至因此被宗教裁判机构烧死在罗马鲜花广场。那时烧死撼动上帝位置的"妖言惑众"者，几乎是家常便饭。直到近百年，我们才搞明白，连"太阳王国"都只是银河系一个十分普通的星体，平凡得像一颗小"粉瘤"，不痛不痒地长在银河系的胳膊上。近几十年我们才搞明白，银河系在庞大的宇宙中也只是一粒微尘。包括人类今天对AI的津津乐道与惶恐不安，很可能在未来的某一天，也是一个笑柄。就像几十年前一台计算机，需要几间房来陈列设备一样，今天一个几纳米的芯片就把海量的数据处理系统包含了。从这个意义上讲，当代作家做好当代的书记员，可能是一种较为恰当的选择。哪怕我们只是给未来世界贡献了一个笑柄，但这一环节总是不可绕过的。就像亚里士多德、哥白尼、布鲁诺，他们都为他们的时代记录下了十分宝贵的东西，尽管从真理上已显得稚嫩，但精神探索的光芒却亘古不变地照耀。

仔细想想，书记员也不好当。我们也面临海一样的信息，海一样的生活原浆，且不说还有浩瀚星空一样的历史负载。有趣的事多得很，前人没记录过的人与事也如过江之鲫。尽管人性有诸多相似性，但在新的生命演进中，也有历史上人心、人情、人性，包括人所没有抵达过的现场，更别说新添了机器人这个诡异的角色。因此，现场记录的必要性将会永在。我们都想开疆拓土，但最终，一个创作者可能只被天然限制在一个自己所熟悉的场域里。海明威写出《老人与海》绝非偶然，他靠写作发财，挣了钱，就买一条好船，到海上钓鱼去了。有时满载而归，有时颗粒无收。时间一长，他就具有了那个老人的一切心态，落在纸上，便洛阳纸贵了。有人让他谈创作经验和思想深度，他说他就是写了一个老人钓鱼而已。至于思想有多深，已不是他的事，自己想去。曹雪芹也一样，他可能没有想到自己最终会活成一个写小说的，那时写小说还不是一个正经职业，抑或为尊贵者所不屑。而这一切都拜生活所赐，最后以"真事隐去""假语村言"的方式，把他人生过往与痛切感悟和盘托出，甚至成就了一门叫"红学"的完全超越了小说边界的大学问。当然，写熟悉的生活也不是绝对的。卡夫卡没去过美国，却写了小说《美国》，这既可当"假语村言"，也是一种但丁写天堂、炼狱、地狱的奇思妙想。弥尔顿把亚当、夏娃逐出伊甸园的神话重构，其本质还是对现实的隐喻与借指。一如我们可以把一群人弄到外星上去恋爱、打仗、寻死觅活，内心哪怕波澜翻滚如火山喷发，其本质还是地球上作者所知道的那点事的投射与翻版。至于我，在浩如烟海的创作队伍中如一粒芥子，还是更希望把自己的经历与过往，尽量以现实主义的方法记录下来。当然，我也不会拒绝一切为记录现实而被前人所创建的非现实主义的手段，因为所有手段最终还是给我们托出了光明与黑暗、美善与丑恶、真实与虚假同在并将永生的现实。

　　无论写戏还是写小说，都是个手艺活儿。故事、人物塑造、思想深度，都在手艺中才能释放展现出来。二十多年前，我看了一本写齐白石的传记，一个细节让我过目难忘。说齐白石年轻时跟着木匠师父出门干活儿，师父见了另一个木匠，急忙闪到一旁，十分恭敬地让人家先走，那卑微的姿态，让齐白石很是不解，就问："师父，都是木匠，咱凭啥给他让路呢？"师父立即教导道："咱是粗木匠，人家是细木匠，见了怎能不让人家呢。"所谓粗木匠，就是干粗工大料活儿的，而细木匠，是负责雕刻描绘的，职业高低贵贱立现。由此，齐白石就立志要做一个细木匠。齐白石的雕刻描摹手艺，再经人点化，进入了艺术的提升，使他终成一代绘画巨匠。这都得力于训练的强化，然后才出现了飞升的一跃。才艺的确是讲天赋的，我跟演员这个职业打了半辈子交道，发现有些演员再吃苦，唱戏还是没灵性，咋唱都是清汤寡水的，少光彩。而有的演员一点就开窍，再加上必要的训练，立马就能活灵活现、才艺俱佳。我写了几十年戏，自我感觉最大的提升，就是那几年给影视剧写主题曲和插曲词。一首词一般修改都在百遍往上，好在词的体量小，一晚上就能翻腾好几个来回，甚至几十个来回。那种需要概括剧作全貌、提炼"传唱金句"的残酷压榨，让我前后煎熬出一百多首歌词来。那时我才二三十岁，头发一搔，飘落得满稿纸都是。我害怕提前把脑袋搞得过于"智慧"，终止了这种魔鬼式自虐，但也在戏剧道白与戏曲唱词上，有了难以言说的收获。通过训练在自然与理智中陶冶出一种创作习惯，与单纯听别人讲述要怎么创作，完全是两回事。训练的责任是启发心智与创造活力，让每个个体都有放松的清明自知，而不是搞"喂驴大餐"，用一种自己觉得了得的模式，把一伙人都带入"一群"里去，变得呆板僵化而不自知。包括小说创作，除了大量阅读，亲身实践，反复自我压榨，尽量避开那些"高级"而"滚烫"的通道，于我，似乎还没有别的捷径可走。

时间在飞逝，历史在流变，真理有时也如一季灿烂的花朵，会无奈地凋落而去。牛顿发现了万有引力，以为把宇宙的真理就拍死了，谁知又出了个爱因斯坦，以狭义相对论对万有引力进行了改进。当然，牛顿这朵灿烂的花朵并未凋谢，却是有漏洞的。自然科学都如此反复修改着真理的刻度，人文科学自是没有一蹴而就的道理。我们在这个世界上生长了几十年，发现仅语言表述习惯、用词与叙事话语体系，都在不停演变着。从阅读看，每一种通用语言都在变化，有些字词被淘汰，有些被反转，作为以语言为根本材质的文学，自是不能不深切关注这些变化。仅从用词说，比如"奇葩"，《现代汉语词典》上的解释是奇特而美丽的花朵。而现在"奇葩"完全变成了贬义词，你再说谁的这篇小说是近来文坛上出现的一朵奇葩，人家会觉得你有病。时间让语言的面貌持续发生变化，一如岁月会重塑一个人脸上的基本线条与爱恨善恶的表情。因此，细细琢磨与品味生活，沉浸到语言的海洋里，去寻找自己满意的表达，当是一种很重要的"书记"方式。我读《水浒传》《西游记》《金瓶梅》《红楼梦》，看得最抓耳挠腮的地方，就是作者语言的独特感与丰富性。雅的不论，单说那些方言俚语，就能看到他们"故意"躬身拾取时的"得意"姿态，也常常是让我们今人喷饭的烂漫"奇点"。

这篇创作谈就是我的过往体悟，对于不同的个体，没有太大的可操作性。所有指导创作的说辞，都是有缺陷的。倘若执意模仿，有时就会突然感到自己不会走路了，甚至扭捏作态起来。其实我们要记录的，还是人。人性在每个时代大致都是一样的，抱怨也无用，贪婪、逞强、仇恨、傲慢、嫉妒、好斗、妄想以及情欲等问题，在不断扰乱着人类的秩序，任何教训最终都会以相同的方式重演一遍。有些戏看着是谢幕了，可大幕又会徐徐拉开。再谢幕，再拉开，是不会有穷尽的。这大概就是人性的复杂与精妙了。很多东西要改变，可能需用万年甚至百万年来计算，可我们毕竟只有几千年文明史，人类已经进步得很不容易了！每个时代都会给我们准备一大堆有关人的故事和材料，需要很多书记员从不同的侧面去进行记录，谁都不用担心别人炒了自己锅里的菜，因为上帝创造的每个个体都是不一样的，记录方式也就会千姿百态。技巧永远是第二位的，记录到最深邃的心灵史，是书记员的主要工作。心灵，才是人类最伟大而壮丽的作品。

用生活的花蜜酿制艺术之蜜

作家的创作生活常常让我想到蜜蜂的工作流程。它们从花蕊中采挖一通，塞满蜜囊后，整个身体已变得像现代主义艺术的某些斑驳色块，五彩缤纷地飞回蜂巢，吐出蜜汁，进行加工存储，以备寒冬来临大地萧瑟时享用。它们万万没想到，劳动果实的百分之七十左右，都让我们人类收割并加工成舌尖上的美味了。而给它们巢穴里留下的蜜，仅够它们熬到来年春天，大地再次花开为止。有些下手重、割得狠的，还不得不给它们喂白糖水，以延续来年还要继续创造劳动价值的生命。

蜜蜂从花蕊里挖掘出的花蜜，含水量达到百分之八十以上，经过体内转化酶的作用，也就是发酵后，再进行深加工，水分不断蒸发，含糖量持续上升，提纯到一定程度后，再用蜜蜡封存待用。

作家的创作与它十分相似。我们讲生活是创作的底色，而将生活转化成创作成果的过程，就是采花蜜、转化发酵、蒸发水分、持续提纯的过程。但源头是花蜜。没有花蜜的广泛采集，

24

终是无蜜可酿的。比如北京本土作家史铁生写的《我与地坛》，无论什么时候读，都会感到由独特生活观察、体味而来的不可比拟的独创性。

我觉得《我与地坛》最震撼人心的是史铁生心灵震颤所带来的生命活性，如此静穆，又如此骚动。也只有他这种静如大海深流的观察，才可能把芸芸众生带进艺术的世界。也只有这种细微体察，才能把一年四季的变化，写得那么波澜壮阔又纤毫毕现，且富含生命的诗性与哲理。还有一个作家，也能很好地体现出采蜜与酿蜜的关系，那就是我特别喜欢的肖洛霍夫，他的《静静的顿河》不能不说是来源于他广泛采摘与沉静酿蜜的过程。如果他不是顿河旁边的哥萨克人，如果他没有参与到战争中去体悟战争这架机器的疯狂搅动过程，就不可能在残酷的现实演进中，酿制出一部充满了人性尊严与光辉的文学巨著。

文学来自生活，而对生活的一切感悟都来自观察。牛顿因为观察到苹果落地，认识到万有引力定律。法国昆虫学家法布尔无意于当作家，就是因为比别人多了一份细致入微的观察，而形成了一部非文学的经典《昆虫记》。通过显微镜，科学家进一步观察到：小小的蝌蚪身上有五十多处血液循环线，把血液从极细的管道运送到尾巴边缘，再通过弯弯绕绕的游丝管线，从尾巴梢流回心脏，生命因此变得持续而有活力。奥妙无穷的天文学，最核心、最关键的词汇，就是"观察"二字。一切伟大的发现都是观察出来的。通过观察再思考、计算，浩瀚的宇宙便变得清晰起来。回到文学，曹雪芹如果不是亲身经历了家族的巨大兴衰，就不可能有《红楼梦》这种广大而精微的总体性世情记录。我上了无数堂文学大师课，从前辈那里学到了无尽的写作方法。总结起来无非是"多看多写"四个字。看是看书，也是看世界，包括看自然、看人间。我有一个同事的母亲活到九十多岁，一有病，立即让无论远近的儿女都赶回来围在床边召开紧急会议，核心议题是研究她怎么活下去。她不想死。而她要活下去的唯一理由就是还要再经见经见世事，她说她还没经见够，好看的世事还多得很。她不是作家，但她有一颗作家的好奇心。

我个人的创作，也紧密围绕着"观察"二字展开。我始终信奉"要写熟悉的生活"这个铁律。只有熟悉了，烂熟于心了，才能寻找到生活背后的东西。否则，哪还有可能去透过现象探寻它的本质呢？我之所以写出我的第一部长篇小说《西京故事》，是因为当时我工作单位的门口有一个巨大的劳务市场，整天有农民工把那里围得水泄不通，时间一长，他们甚至成了单位门脸的一部分，作为管理者，我才不得不关注起他们来。由此也把我带入西安的几个城中村中，我竟然发现好多只有一两千人的村子，都聚集着四五万人的农民工。他们虽然生活在杂乱无章中，但能井然有序地施展生存技能，让一座座高楼矗立起来，让一条条马路宽阔起来，同时也让自己的家庭在城市的犄角旮旯处生根发芽。由此我开始了长达三年多的走访、记录，先写成舞台剧，又根据密密麻麻的手记，创作了五十万字的长篇小说，想努力书写这个时代城乡二元结构中的裂隙与融通。而《装台》是《西京故事》的继续。因为装台工基本都是农民工，他们过着"夜猫子"的生活，有时整夜搭建舞台，好让艺术家们在正常上班时进入排练。我有晨跑的习惯，常常看到满院子只要有能躺下的地方，他们都会找到那点可怜的舒适区，蜷缩着补觉。这是一群普通人的有关日子的演进，无尽的细节扑面而来，我在写他们讨生活的不易，也在整合他们相互搀扶的不经意姿态和彼此照亮的一种暖光源。

至于长篇小说《主角》与《喜剧》的写作，就完全是在浸泡过的生活中提取所有养料的快意之作了。就是浸泡，不是观察。我在文艺团体做编剧、做管理近三十年，很多时候是浸泡其中而不自知。所谓快意之作，就是完全不需要再去深入任何生活，了解任何情况，包括一些很专业的技术和知识，只是抽取、建构而已。《主角》努力地汇聚了我所熟知的所有主角的生命特征，我把他们置放到一个与我同频共振的四十多年改革开放的大背景中，让一个山间十一岁的放羊孩子，历经磨难，逐渐成长为一个古老剧种的"金皇后"。这个放羊的孩子承载着我对生命的思考，我希望她在物欲横流的名利场上，有一份质朴、诚恳与纯净，从而更值得观众去千呼万唤与"捧角儿"。而《喜剧》讲述的是父子三个喜剧演员从红火到落寞的舞台生涯，展现了时代过度索要喜剧，"喜剧之子"也在拼命娱乐观众，最终遭大众遗弃的喜剧与悲剧的切换过程。古往今来的优秀文学艺术作品，尤其是舞台剧，都是经过人民数百年千滤万选出来的。观众说行你才行。文学史与戏剧史也反复告诉我们，人民是最终的评判者。

当然，一切生活都只能是生活，它绝不是艺术。艺术是用生活的花蜜酿制出来的极其简约的蜜汁。我们有了丰富的生活，并不意味着就有了美好的艺术。艺术来自我们对生活的重新建构。我小说的主角，每每出来都有人在一一对应，我甚至不得不用上"作品纯属虚构，请勿对号入座"。没有任何一个人的生活能原样照搬进小说和戏剧，我是在用我的语言讲述我的故事，更是在用半生的生命记忆重建我的精神世界。写作永远是个新课题，我只是想把故事讲得生动一些、流畅一些、有趣一些，尤其是要有自己的语言风貌，如果能有所共情，那更是求之不得的事了。

用平常心态叙述平民生活

——《迟开的玫瑰》创作杂谈

《迟开的玫瑰》已经演出二百多场了。作为编剧，我不仅参与了一度和二度创作排练，还有幸目睹了多场演出的全过程，面对不同层次观众在剧场的不同反应，确实得到了许多创作上的启示与感悟。戏剧是由观众"签单"的艺术。《迟开的玫瑰》共有三四十万观众观看，最多时，一个场子拥塞五万人，最少时也近千人。这对今天的戏剧工作者来讲，确实是一件深受鼓舞的事。特别是仅一年多的时间里，先后为五十多所大专院校和中等专科学校的二十多万名师生演出，我也参与了学校的座谈，从中学到了许多书本上学不到的东西。

《迟开的玫瑰》讲述的是一个极其家常的故事，主人公乔雪梅十七岁时，由于家遭不幸，不得不挑起一家五口人生活的重担，因而失掉了学业，甚至爱情，直到用柔弱的脊梁托起三个年幼的弟妹，并为瘫痪在轮椅上的父亲养老送终后，才与通下水道的许师傅擦燃情感之火。如果要猎奇，这个故事是会使人失望的，因为它太平常了，然而，我想正是这种平常，才使观众感到了一种可以触摸的亲切与真实，最终使它备受青睐。

《迟开的玫瑰》的第一场演出，是在陕西省地、市、县委书记会议上，反响之强烈是我们始料未及的。很快，省委副书记范肖梅邀请来了陕西四十多所大专院校的党委书记和校长们观看了演出。随后，西安电子科技大学第一个将《迟开的玫瑰》请进校园。为了确保演出成功，校方几位负责人甚至带着学生先后多次来研究院排演场观摩论证。演出后，《光明日报》记者以在西电剧场的亲身感受，于头版报道了《眉户剧〈迟开的玫瑰〉轰动西安电子科技大学》的盛况。西安交大的徐通模校长和校方其他几位负责人，为了论证陕西地方戏能否被百分之八九十的外地学生所接受，甚至亲自到西电剧场现场感受，最终决定在交大一百零三年校庆时，将《迟开的玫瑰》邀请进这所闻名遐迩的大学。两千余名师生在两个多小时的演出中，共鼓掌一百一七次，对此新闻媒体向外界做了广泛而深入的报道。

作为《迟开的玫瑰》的编剧，每当我被剧场里密集的掌声一次次鼓舞得热血沸腾时，也强烈地感受到，这部戏的创作者其实包括了每一位观众，是他们丰富了戏剧的内涵。那毫不掩饰的情感和毫不吝惜的掌声，几乎把戏中所有的思想火花、精华台词、表演、唱腔都提升了，而使整部戏具有了极大的艺术张力。在剧场里感受观众对每个情节、每句台词的反应，要比从书本上学习编剧技巧具体得多，直接得多，形象得多，深刻得多。观众的这种心灵共鸣，不仅可以使我触摸到创作的成败得失，同时，也使我得到了许多对当代社会精神质地的感知和启示。

启示一：对崇高人生境界的仰望与追求，仍然占据着当代人心灵很重要的位置。

我们常说这是一个物质的时代，一个消费的时代，人们为了获取利益，早已放下了崇高的向往和追求，甚至媚俗都已经成为一种时尚，崇高更成了嘲讽的对象。然而，《迟开的玫瑰》震撼当代人心灵的正是剧中人崇高的人生境界和具有强烈社会责任感的利他主义精神。在西安交大召开的《迟开的玫瑰》座谈会上，学生和老师们在发言中使用频率最高的一句话是："这部戏向我们揭示了人类崇高而又美好的情怀，我们为崇高鼓掌。"在为北京大学专场演出后，在校党委和学生会举行的《迟开的玫瑰》座谈会上，北大党委副书记、著名心理学教授王登峰讲："这是一曲呼唤崇高的戏，它将引起当代知识分子乃至成功人士的抱愧心理。我们在追求知识、追求成功、追求实现个人价值的道路上，几乎没有时间，也没有想过要认真回溯一下自己的人生历程。这部戏，给我们提供了时间，提供了回溯人生的切入点，让我们惊讶地发现，原来在我们成功的路上有这么多托举的力量，这些崇高的力量，将成为我们完善人格、获得更大人生成就的精神动力。"在为西安翻译学院演出时，每场观众达六千余人，第一场演出后，校园便出现了许多标语："看《迟开

31

的玫瑰》，思考人生深层次哲理""为《迟开的玫瑰》喝彩，向含辛茹苦的父母致敬""珍惜来之不易的求学机会，为乔雪梅式的父母争气""学习乔雪梅的爱心、良知、责任感和崇高品德，做新世纪主人"。在解放军西安二炮工程学院、解放军西安通讯学院等院校演出，甚至引起了一连串关于人生观、价值观的大讨论。总之，《迟开的玫瑰》对崇高的呼唤所引起的共鸣，让我对当代题材创作的人的精神世界的把握，有了底气和信心。我们的社会并不拒绝崇高，但崇高必须是建立在真实生活基础上的，可触摸、可信任的，而不是虚假、伪善的。

启示二：在这个多元价值并存的社会中，以社会为本位的价值观仍然是我们这个时代的主流价值观。

我们今天所有的创作，几乎都要涉及价值观的问题。社会主义市场经济体制的确立，必然引起人们思想意识和价值观念的深刻变化。在对许多事物的认识上，其实已经变得越来越模糊，创作自然也在这种越来越模糊的价值观念中飘忽游移不定，什么是值得肯定的，什么是应该摒弃的，有时确实难以辨别；什么是有价值的，什么是没有价值的，常常混淆得难分轩轾。《迟开的玫瑰》最先引起争论的，也恰恰是价值观的问题："乔雪梅的行为值不值得颂扬""乔雪梅如此牺牲自己，托举弟妹有没有价值"等等。尽管在多数人对这种价值取向表示赞同，研究院决策层也极力支持的情况下，《迟开的玫瑰》得以投排，但这总是我的一块心病，一个脆弱点。因此，在一百六十多场演出中，我就特别注意收集这方面的反馈信息。奇怪的是再也没有找到这方面的不同论点，应该说三十多万观众，百分之八十面对的是大专院校、部队、机关的知识分子，甚至是高级知识分子，他们这些社会的前卫思考者都能对乔雪梅的行为表示认同和崇敬，那就说明我们的社会，在强调个人能力发挥、个性独立、个人奋斗、物质利益、社会竞争的同时，并没有放弃关注公共关系、社会关系、集体利益。从剧场里的观众对这些人物行为所发出的雷鸣般的掌声中，我感到了社会对这种传统文化精神、人格精神的强烈呼唤。人作为一种社会存在，他的价值不仅仅体现在物质财富的创造上，还应该包括他的精神价值和社会价值，这些价值是不能物化和商品化的，是不能用其他价值来衡量的。雷锋和比尔·盖茨怎么比？劳模时传祥、徐虎、李素丽与科学家钱学森、数学家陈景润、香港巨富李嘉诚怎么比？有关二十世纪八十年代初关于大学生张华舍己救助掏粪老农值不值得等问题的大讨论，其实都是把精神价值物质化、商品化了。如果把物质价值作为衡量一切社会价值的尺度，那么这个社会就会向天平的一端倾斜，最终使这个社会成为没有精神追求和道德准则的无序社会。美国人在二十世纪九十年代末创作出了《拯救大兵瑞恩》这样牺牲自我、拯救他人的精神产品，乔雪梅当然不会在二十世纪九十年代末就失去她存在的价值和意义。现在回想剧本刚完成时，首都戏剧家康式昭先生的一段评语，不能不说其具有某种先见之明。他在第一次读完剧本后，于剧本的最后一页写下了这么一段话："该剧视角之新颖，内涵之深邃，为近年戏曲创作所罕见。它对目前社会上比较混乱的利己主义、个人至上的价值观，具有反潮流意义。"当然，《迟开的玫瑰》并没有把乔雪梅的奉献精神作为唯一正确的价值观来推崇，而是在确立奉献精神的同时，大量肯定了个人能力发挥、社会竞争这些新型价值观念，因此，面对复杂的观众群，这种本身就趋向多元的价值取向，自然再不会引起以偏概全的论争。《迟开的玫瑰》关于价值取向分辨的全过程，给我最大的启示是：创作不能追逐时尚，要面对深厚的民族文化传统，去小心翼翼地剥离那些落后的东西、封建的东西，打磨仍然有价值的东西，最终才能得到社会群体的广泛认可。其实也就是把个人思考纳入以社会为本的大的价值体系中去，否则，这些思考很可能堕入一种私人化写作状态，而与社会群体永远找不到真正的共鸣点与焊接点。因为戏剧毕竟不是小说，它是要通过群体的观看来最终实现创作目的的。

启示三：创作要具有平常心态，写自己熟悉的阶层、熟悉的人物、熟悉的生活，量体裁衣。

俗话说："吃饭穿衣量家当。"创作更应该如此。有多少底蕴，有多宽的视野，对什么熟悉，就在什么地方下功夫，否则，很可能事倍功半，出力不讨好。创作是一种兴趣爱好，更是一种职业，一种手艺，既然成了一种职业和手艺，便有谋生的内涵在里边。职称、住房等诱惑也天天在向手艺人抛媚眼、送秋波。为了那些大奖小奖，创作者自然要在评奖宗旨上狠下功夫，只揣测什么题材获奖的可能性大，而少琢磨什么题材是自己的拿手好戏，当架子搭起来自己又驾驭不了时，十遍八遍地改，只会把自己和剧团陷在尴尬境地。我也曾在找好题材讨巧上下过很多功夫，后来发现这种巧是讨不成的，一部剧得有吸引人的好戏，获奖的概率才大，除此别无旁门左道。什么题材使自己受了感动，并且具有大众情怀，下些功夫去把它的内涵挖出来，一般不会落到没人看的地步。而各种奖项评比，在开始时，是会制定许多条条框框，一旦评委坐在台下，他们又会受观众情绪制约，最终让戏的自身含金量来决定它的优劣高下，有时甚至会对条条框框做出惊人的修正，比如导向性极强的全国"五个一工程"奖，最终被上海京剧院的《狸猫换太子》收入囊中，就是一个很有说服力的例证。《迟开的玫瑰》不能说有多成功，但我是从平常心态进入，老老实实讲述自己熟悉的平民生活的，驾驭起来很轻松，当时只想着如何吸引观众，其实回头看，吸引观众就等于抓住了一切。那些荣誉，那些褒奖，又何尝不是观众的喜爱为它赢得的呢？近来我常想，创作不在大而全，而在小而精上，这个小不是小题材，而是一个以一斑能窥全豹的点，把这个点用X射线穿透，透出它的五脏六腑来，那一定就是一个精致的东西，唯有精致才具有观赏与玩味价值。戏剧是掘井的艺术，不是开河的艺术，在一点上掘得越深，泉源会越旺，张力会越大。否则，贪的越大越长，得的越小越浅，仅见皮毛，不见骨肉，纵然抓住了黄河、长江这样浩瀚而又博大的主题，又能如何呢？

启示四：强化文学力量，是使传统戏曲与当代社会进行沟通的唯一通道。

这个说法可能有些绝对，但干什么的吆喝什么，面对处于低谷中的戏剧，作为编剧，我所能找到的重要原因，仍然是戏剧文学与当代社会审美需求的错位。戏曲曾经有过辉煌的历史，在这个辉煌历史过程中流传下来的东西，都是具有强大文学力量的文本，无论它的情感力量、思想力量还是文字水平，都是要令今天的继承者叹为观止。不论其他，单论唱词，读元散曲时，我们可能就会汗颜。那种比拟的丰富性与准确性，那种触类旁通的隐喻与象征，都是使其成为不朽经典的根本。而今天，我们可能只注意了故事的编织、情节的交代、事件过程的叙述，丢掉了能上升到文学层面的对语言的琢磨与提炼，最终使它成了不演出便没有独立存在价值的舞台提示图。这是使戏曲知识越来越丰富的观众疏离的重要的原因之一。我有时甚至不无偏颇地认为，哪怕故事编得蹩脚一点，情节织得简单一点，都没有把唱词写好重要。一本大戏的三四百句唱词如果没有写好，哪怕思考得再深刻，故事编织得再精巧，都会使这本戏失去风采与神韵。一个没有风采和神韵的东西或人，是不会具有耐看力和咀嚼力的。当然文学最重要的是思想洞穿力与艺术感染力，文字又是支撑文学力量最基本的要素。我这样说，不是说《迟开的玫瑰》就具有了文学力量和文字水平，而是说我有这样一种意识和追求。我曾经为五十多部影视作品创作过主题歌词，从中学到了一点提炼主题、凝练文字的技巧，用在戏曲创作上大有裨益。一本戏我可能只用十五天时间创作，但创作完后，我会用二十天时间修改几个重点唱段，使其出现几个让自己满意的句子。而这些句子，恰恰是观众看后过目成诵的片段。在《迟开的玫瑰》演出中，观众每每为唱词鼓掌的地方，也正是我在创作中下功夫最狠的地方。这点启示会使我以后在这方面做得更好，但目前仍不尽如人意。

启示五：好戏是抓出来的。

这是一个我过去一直都在反对的观点，但《迟开的玫瑰》的实践，使我对这个问题产生了新的认识。只要是行家抓，能抓到点子上，戏就一定会产生质的飞跃。因为我们的艺术生产是政府行为，这种集中人力、财力、物力进行精品生产的方式，在现阶段无疑有它非常重要的意义。如果放任自流，剧团必然疲于奔命，哪里还谈得上投入与产出。政府在现阶段对戏剧生产的扶植，从很大程度上讲，是对被滚滚经济洪流冲刷的民族文化遗产的强力保护。一旦失去这种保护，民族戏曲文化很可能出现断代现象。《迟开的玫瑰》从剧本初生到超百场演出，几乎一直处在各级领导的呵护之中，直到迈上国家舞台艺术最高奖"文华大奖"的最后一级台阶。抓的层次分三部分：一是集中了最优秀的导演、作曲家、舞台美术设计人员和一批艺术实力非常雄厚的青年表演艺术家；二是调动了省上及首都的许多戏剧专家，进行反复论证、修改；三是利用各种手段在社会上大力推广。作为编剧，我清楚地知道，不是我有了什么超常的本事，而是大环境的和谐与融洽，使我成了其中一名幸运的行走者。

　　经济车轮正在高速运行，戏剧还会发展，作为一个以写剧为生的人，我会永远以一颗平常心态，去叙述属于自己的平民生活……

现代戏创作的几点思考

有人把我创作的《迟开的玫瑰》《大树西迁》《西京故事》称为"陈彦现代戏三部曲"，其实我在创作完《迟开的玫瑰》《大树西迁》后，一直想转向古典戏创作，主要是觉得现代戏创作太累，太难把握。我们都生活在现实当中，由于人们对当下生活的谙熟，对现实生活深度、广度的切实感知，而容易对现代戏提出更高更苛刻的要求，因而，现实题材的戏曲创作就尤其难以为剧作家所青睐。但也有忍不住的时候，那就是某种生活与自己的创造神经突然对接上了，自己被打动、被感化、被纠缠不休了，并有所悟道，就容易"重操旧业"，《西京故事》就是这样的产物。

我写现代戏从未接受"命题作文"，觉得那是十分难办的一件事情。之所以写《迟开的玫瑰》，是因为我所居住的院落，一个下水道老不通，常常满院漂起污秽物，使我把目光投注到一个通下水道的师傅身上。他不来，一院子的生活都会因下水道中污秽物的泛滥成灾而不堪；他一来，一院子的日子又会因下水道的正常流通而阳光灿烂。我们愿意看到的，永远是城市表面的繁华，而不太喜欢看到亮丽背后的瘢痕点点。喜欢看塔尖的高高耸立，而不愿正视塔底的艰难负重。我们理想中的生活，是人人都能人尽其才，而真正的生活，是绝大多数人得无奈地按照生活无常的轨迹前行，而不能以理想的标示按图索骥。《迟开的玫瑰》中女主人公乔雪梅，就是在这种无常、无奈中，既怨尤又坚守，继而无怨无悔的小人物。在这部戏初创阶段，当时的社会时尚价值观普遍以为，一个女性唯有奋斗成女强人，才是实现了人生价值，否则，就是"不值得省察的人生"。生活就是生活，我们能够正视的就是它不能够理想化的真实性、深刻性。而一切观念，永远是观者审视作品时的不同认知角度而已。随着时间迁移，所有观念论争都会成为笑谈，唯有生活的真实能够穿越时空隧道而经久存在。《迟开的玫瑰》已经演出十三年，全国十几个剧团移植，我想，它之所有了这一点生命力，就在于它没有"观念先行"，它的立足点是生活本身的不具有理想色彩的真实性。

创作《大树西迁》时，西安交大本来是要我创作几十集电视剧的，但进行了长达半年的深入生活后，我觉得创作有难度。尤其是上海与西安两方为西迁的史实有诸多争议，不好下笔，加之我这时已担任院长职务，没有大把时间搞电视剧这种"长线"劳动。但我心里一直觉得是个事，那么多大教授接受采访，他们多已两鬓斑白，接受采访时，真诚希望西迁史实通过文艺形式昭告于世的心情溢于言表，让人难以忘怀，我觉得自己不能欺骗这些国家的教育功臣。终于有一天，我写出了舞台剧《大树西迁》。在构思《大树西迁》时，我采取的是用底层小人物的故事，以小见大地反映重大西迁史实的方式，以主人公孟冰茜这个青年教师的心路历程为纵线，切开六个重要历史时期的横断面，通过国家五十年的兴衰变迁史，让人看到知识分子艰难而又曲折的奋进历程和拳拳报国之心。孟冰茜本来是一个西迁反对者，由于爱自己的导师、丈夫而来西部，一生始终有"东归"上海的梦想，可在阴差阳错下始终没能回去，儿女也全然散落在大西北。当最终她回到魂牵梦绕的上海时，才发现自己的生命已完全融入西部，对故土上海反倒彻底陌生了，在百无聊赖中，她又回到了西部，由此完成了全剧的精神西迁。这部戏如果说从创作上有可取之处，那就是在重大历史事件叙写时，坚持用小人物的角度开掘事件本质内涵，从而规避了"正面强攻"可能引起的"方案之争"与其他诸多非戏剧化因素的介入，从而更艺术化、更具有象征意味地表现生活，以达到对生活与知识分子性格、命运以及精神的更高层次涵盖。

《西京故事》的创作，完全出于一种心理需要，我本来准备从《大树西迁》后转入历史题材创作，可我在西安所居住的文艺路上，每天都有一两千农民工为生计翘首以盼，这是一个自发的劳务市场，他们就在我们单位对面流动着，有时也会聚集到我们单位门口，在一些城市人眼中，这就是一块咋都清理不掉的"牛皮癣"。我们的现实生活已与农民工群体密不可分，城市的所有皱褶中，几乎都存在着农民工的身影。每每看着这些身影，我就想着他们可能有的故事。在这些农民工中，也有我老家的亲戚，他们也来找我寻求过活计，在与他们闲聊中，他们生活的苦焦与无奈令我深深震惊着，我暂时放弃了历史题材创作，又一次进入现实，开始了长达三年之久的关于农村人进城寻梦的《西京故事》的创作。

这部戏写得很累，写了一遍又一遍，都觉得没有传递出这个群体的真实境况。如果仅仅是泛泛地表现一下农民工艰难的处境和寻找到一次改变生活困境的突围，似乎意义不大，我希望展现的是撑持这种困境并努力改变命运的那股一以贯之的精神气力，以及在这股气力背后深深蕴藏着的生命价值。他们在如此艰难的生活条件下，背负着人格、尊严被歧视、嘲弄的现实，忍辱负重，抗争生活，如何一点点改变窘境，并一步步赢得做人的尊严，当是目前写城市农民工生活所应充分观照的问题。剧中罗天福带着妻子儿女一家四口进西京寻梦，儿子面对城市优裕得超出他想象的纷繁生活，以及做人尊严处处受到严峻挑战的现实，再也固守不住传统教育下所持守的道德底线，不仅背弃了父亲的意愿，而且毅然出走，形成了尖锐的父子冲突。而这种冲突的更大背景，恰在于今天整个社会矛盾冲突的着力点，也反映在这种满足欲望与道德持守、改变命运与放弃信念、实现梦想与颠覆价值的角力上。我想，这部剧之所以能够引起观众共鸣，就在于主创人员的共同审美传达，与观众也十分焦灼的人生命题相吻合，因而才有了首轮演出即冲百场的纪录。

我创作过十二部现代戏，也走过不少弯路，只是近十几年的创作，才慢慢摸到一点属于自己的创作规律。我对现代戏创作有这么几点不成熟的思考：

一、开掘常态题材，关注平常生活，让现代戏创作真正进入艺术思维和创造。

从数量上讲，现实题材戏曲作品并不少，然而，能够长期坚持演出的并不多。

有很多戏，排出来演几场，或参加一下什么活动，就束之高阁了。过几年，要硬拉出来演，就发现什么都不对了，那些有趣的话语没趣了，那些热点问题不再是热点了，那些感人的情节不感人了，那些有意味的思考也没意味了，总之，哪里看着都不对，只让人深感：戏曲真的很落后，现代戏真的没发展空间。究其原因，就是戏曲现代戏创作功利性太强，目的指向太明确，一想着写现代戏，就是英模人物、成功人士，或者重大事件，抑或地方盛世清明。当然，这些东西也不是不能写，但"一窝蜂"地表现，长此以往，就给现代戏造成了极不好的印象，似乎就是新闻人物事件的立体再现，充其量也就是个深度报道，既然艺术创作异化为新闻摹写，那就自然难免要跌入新闻速朽的窠臼。

戏曲现代戏首先应该是艺术创造，既然是艺术创造，那么在事件、人物筛选上，就要进行有价值的艺术甄别。这种甄别不仅包括生活的普适性，更包括生活对时间和历史的长久印证能力。从这个角度讲，努力开掘常态题材，关注平常生活，可能是现代戏真正把握生活本质规律，从而与生活自身的恒常性一道进入艺术恒久性的最重要通道。因为对于没有限定的寻常生活的发掘，更能使一个创作者身心自由地迈入艺术王国进行创造劳动，而这种经过艺术家咀嚼、消化了的生活，再精心团成艺术之器时，艺术家对于生活的认知把握和对艺术自身的永恒追求，便化合到他的"器物"之中。

二、持守恒常价值，关护真实内心，远离时尚观念，努力让现代戏创作能够形成文化积累。

在文艺创作上，大家都特别希望涉足"永恒主题"，所谓永恒主题，其实就是人类永远都在演出的那些生活。这些生活经过艺术家内化后重新排序、演绎，赋予一定的价值意义，从而成为始终照耀人类前行的精神灯塔。因而，文艺创作的恒常价值坚守就显得十分重要。持守恒常价值其实就是固守作品的生命力。人类经过几千年的文明积累，已总结出了诸多生命演进的常识与通识，也可以叫价值范式，其实更多的时候，我们是需要站在当下，做好承继既往的工作，把那些最有价值而又被时尚不断遮蔽、湮没了的东西持续打捞上来，让它们在新的生活现场重放光芒。现在许多所谓后现代的东西，我们已能明显读出中华民族传统经典的意味，这就是有价值的文化的恒常性与螺旋式上升的不灭轨迹。随时能颠覆与改变的价值观，肯定不是值得打捞的瑰宝。同样，能随便创造出来的新价值新观念，也肯定不是隔夜还能发光的金子。人类精神创造活动是循序渐进的，任何企图用断裂法创造新的价值观念的做法都是不现实的。因此，戏曲创作更应保持一种成熟心态，远离时尚、远离猎奇、远离怪叫、持守恒常，真正把心思用到关护人的真实内心上去，把心思用到钻探真实生活去，只有这样，才可能切入生活的本质，打捞起有价值的"干货"，从而创作出有价值意义的作品。从这个意义上讲，持守恒常价值、恒常伦理，关护真实内心，远离时尚喧嚣，放弃新旧观念争辩，可能是现代戏这种直接取材于当下生活的艺术创作的最重要法宝。

三、戏曲现代戏更应关注小人物，关注大众精神生态，这是戏曲这种草根艺术生存本质所决定的。

任何一位创作者，都希望自己的作品能够广泛作用于社会。如果不能为社会所接纳，我们创作的意义又是什么？民族戏曲数百年的历史证明，能够流传下来的作品，一定是持守正道，持守恒常价值、恒常伦理，向上向善，并特别照耀弱势生命的。戏曲这种草根艺术，从骨子里就应流淌为弱势生命呐喊的血液，如果戏曲在发展过程中忘记了为弱势群体发言，那就是丢弃了它的创造本质和生命本质。当下生活，千姿百态，千变万化，在十三亿生命奔小康的路上，有多少焦灼的心灵和多少值得我们去关照的真实内心啊！从这个意义上讲，现代戏创作大有可为。

我们应该发出有价值的声音，现代戏也有能力在当下生活中发出有价值的声音。于喧嚣中，力戒浮躁肤浅、力戒热粘硬贴、力戒助强凌弱、力戒娱乐至死，深刻探讨社会问题，关注大众精神生态，从而让现代戏在我们越来越现代化的生活中立足更稳，并真正取得一份有价值的收获。

《西京故事》后记

　　《西京故事》本来是一个戏剧故事，我写了很长时间，也改了很长时间，搬上舞台后，演出效果连我自己都没想到，能赢得那么多掌声和热评，很多媒体跟着宣传，确实让我受到了堪称热切的鼓舞。在短短两年多二十几个省市的数百场巡演中，最大的观众群是当代大学生。他们的评论，为这部戏奠定了"民间"认同的基础，这种认同与主流声音会合后，成为更加真实的评价。

　　我之所以要把这个故事写成长篇小说，是因为在这部戏的构思中，十分不舍地割去了很多有意味和有价值的东西，因为戏剧的长度总是被控制在两个小时多一点，过了这个时间段，再文明的观众，也得考虑脊柱和屁股的物理抗议，因而，在戏剧文本尚未完成之时，我就一直有用小说弥补缺憾的冲动。

　　我不知说过多少次，写这个故事，源自我居住的西安文艺路的那个农民工群体。今天他们可能不是昨天的那帮人，但那种形态，在我眼中，又分明是好多年都没有改变的一个古旧群落。这是一个自发的劳务市场，所谓自发，就是政府并不希望他们这样一日一两千人发散式地占据着半边街道，任喇叭喊、人驱赶也赶不走。有时下硬手，也见驱赶者把现场能清理得一干二净，可过几小时，那地方又会人头攒动，聚成一个又一个涡流，在与驱赶者躲猫猫，捉迷藏，打巷战、游击战。久而久之，这个市场也就绳锯木断、水滴石穿、铁杵磨成针式地顽强保存下来了。

我开始细心关注他们的生活，应该是在这个市场存活十几年后的事了。我家也请他们干过活儿，他们话都不多，很难问出点什么来。城市人对他们尽量封锁着很多秘密，其实他们对城市人也从不想敞开信任的胸怀。他们埋头干活儿，低头吃饭，饺子一人能吃一斤六两，干完活儿拿钱走人。他们的动作都很机械、畏缩，哪怕是瞒着年龄的十几岁的打工孩子，几乎都感觉不到一颗心的搏动，这是我对他们最初的印象。但我总觉得他们有故事，有很多鲜活的、感人至深的故事，能对我的戏剧创作有所帮助。何况自己近十几年来每天从他们身边走过，总有一些情结，想弄懂一点他们的心思。于是，我放下了手头正研究的司马迁、唐玄奘——他们都是我准备搬上舞台的历史人物，走进当下，在西安好几个农民工集散地，开始了可以叫作深入生活的采访工作。

在西安西八里村，我先后访问过数十户人家，有些是当地的安排，有些是私下走访。只有深入进去，触摸到了那一家一户、一摊一店，才能真实感受到这个特殊群落的人性温度与生命冷暖。很难想象，一个当地居民仅三千多口的东、西八里村，竟然居住着近十万农民工和在附近上学的大学生。还有一个叫木塔寨的村子，一千五百多口所谓土著，却容纳了五万多农民工。每到上下班时，所有进出口，都有一种出海与入海的感觉。人流像潮水一样奔涌着，永远也无法测出广度与深度，就像在一张张表情木讷的脸背后，永远也测不出他们内心的广度与深度一样。在巷内，人与人之间的进退避让，是需要提气收腹、侧身打转的。有些租房，床是错落无序的叠加状态，一家几口挤在一个四面不透风的屋中，即使外面阳光普照，进房不开灯，也是伸手不见五指的。我曾经问过几个农民工性生活问题，他们总是羞于开口，问得多了，也会抖搂两句："累得要死要活的，哪还有心思朝那儿想。"他们不是集体租房，就是举家迁徙而来，在一间房里，胡乱叠架几张板床，哪里还容许弄出那种响动来呢。

我的故事主人公罗天福，带着一家四口，就住在这样一个环境中，开始了他们的西京故事。罗天福进城打工，完全是为一双儿女上大学的学费在劳碌奔波。当儿子由信心满满进城，到彻底绝望，自沉数千米深的矿井，意欲逃离现实，自毁人生长城后，这个故事的残破，就拽起了一个又一个家庭与社会的难题。而像罗天福这样的家庭故事，还带有很大的普遍性，这就是我要反复讲述这个故事的原因。

我在写城市农民工，随之与他们产生对应关系的各色人等，也就不免要出来与他们搭腔、交流，共同编织一种叫生活的密网。我在这个城市生活了二十五年，到现在也不敢说就融入了这个城市，但我在努力与他们交往。我把这种交往认知，也都付与了这里面的故事和人物。这部作品因为涉及教育问题，大学校园也就成了不得不反复涉足的地方。我那在大学读研究生的女儿，总是会在我写出的这些段落里面，增添进她认为更真实的资料，并且提供了大量属于他们这个年龄段的时尚词汇与生活细节。妻子也会在城市平民生活状态中，帮忙找到更真实的生命情感铺陈。

城市与乡村，永远都是两个相互充满了神秘感的"不粘锅"营垒，城市人偶尔会向往田园风光，但终究是去转一圈，对乡村的亲戚发几声嗲、拍几张照片、发几条微信就拍屁股走人了事，那种蓦然回首，那种惊诧和爱怜，始终充满了居高临下的优越感。而乡村人对城市既充满好奇，又充满了恐惧、茫然与不安，几乎不知道摊得那么大的煎饼，该从哪里下口。上了年岁的人，转一圈，新鲜一下，就能找到一百条理由急于逃离，唯恐撤退的速度慢过了心理与生理的承受能力。有的年轻人才染了头发，涂了彩色指甲，穿了迷你裙，背了假名牌包，一次次向城市的中心地带抑或主流舞台冲去，但最终还是被内心与实际的距离，阻挡在了一个又一个城市的边缘，甚至灰色地带，做着一个又一个欲罢不能的梦。罗天福与他的儿女，都面临着这样的生存与精神困境。其实，我们谁又不面临这样走向各自的现代的困境呢？他们在努力往出走，并且不希望以变形的人格获取幸福，因而，他们便付出了更大的人生艰辛，以坚守做人的本分与尊严。

在现代化进程中，城市与乡村二元结构的打破与融会贯通，将是一个长久的话题，因此，乡村的罗天福们，包括他们的后代，还无法回避这种融合中的精神撕裂……

故事没有结尾。

《装台》后记

　　我在文艺团体待过几十年，当离开的时候，忍不住独自怆然泪下。我突然有一种撕裂感，觉得自己的精神和肉体，与这一块特殊的生存土壤，刺啦一声，皮开肉绽地撕裂开了。

　　喂养我的，是这块土壤，尤其是这块土壤上生长的人，一种被人们称为艺术家的人。我与他们朝夕相处，做同事，做伙伴，做朋友，相互砥砺，也相互雕刻、塑形。几十年下来，许多形象和故事，已在我心中挥之不去。作为一个写作者，我觉得这些形象、这些故事，够我受用此生了。

　　也许我离开他们的时间，还有些短，距离还有点近，形象、故事，还都混沌如雾中庐山。写作时，一提就是一大堆，无法删繁，无从简约，几次尝试，都像街边的杂货铺，已经摆得层层叠叠，压胳膊枕腿儿了，可还有许多要紧的东西，觉得没摆上去。因此，也就只好暂时放弃。

　　可怎么放弃呢？有一群人，还是总在我眼前晃悠，他们是这个群体以外的人，但又是这个群体不可分割的一部分，他们就是装台人。

所谓装台，对于这个行业以外的人，是需要解释的。自然舞台，永远就是那样空空旷旷的，可以行车走马，一旦演出，要在这个舞台上布置出一个故事的典型环境来，就需要装台。装台又分两大部分，一是布景，二是灯光。布景还分软景、硬景。软景就是那些用平布画的景，上面可能有楼房、山脉、村庄、宫殿，是可以折叠的，一叠起来，一包袱就可以提溜走。而硬景包括那些可以活动的平台、山峦、巨石等，一件是一件，有时一组平台就能装几卡车，装在舞台上，也是要能力挺万钧的。现在舞台演出特别讲创新，讲震撼，内容创新不了，心灵震撼不动，就得上感官。

有些演出，一组平台是要站上去百十号人甚至数百号人的。没有钢筋结构，没有涡轮增压，岂能在掌声中精彩谢幕？灯光就更神奇了，什么花样都能变幻出来，照明已经不是它的主要功能，主要功能是为舞台铸灵魂。要为舞台铸造灵魂谈何容易，那层层叠叠、起起落落的神秘光斑、魔幻魅影，就需要大量的光源去支撑。而这光源，就来自数百只甚至上千只作用不同的灯，最终才能形成"不知天上宫阙，今夕是何年"的效果。而有的灯，重达百斤以上，需要很多人和机械来安装，这么大的劳动量，自然就在传统的七十二行以外，催生出一个新的行业来：装台。

过去的老戏楼，几乎不用装。有钱人家的戏台，本身就是雕梁画栋的，请一班戏来，所谓布景、道具，也就一桌、二椅、三搭帘。"搭"是桌椅的搭布，"帘"是门帘、床帏，搭帘主要起到遮挡的作用。那时没有装台这一说。演一晚上戏，就一个"捡场的"。桌椅搬上搬下，床帏挪进挪出，有时还兼管着后台的服饰，装服饰的箱子业内叫大衣箱、二衣箱、三衣箱。后来开始演时装戏了，就讲究环境的真实性，过去靠表演就能说清楚的进门、跳墙、织布、纺线之类的做工戏，都用实物代替了。进的是真门，翻的是真墙，织布机、纺线车也都是能推能转，以至弄得越来越邪乎。有的演出，竟然把真驴真马、真汽车真飞机都拽上了舞台。装台这一行，不火都不由人了。

其实最早的装台，主要还是靠演出团体的人负责，演出人员、后勤人员一合手，毕竟是搞艺术，不是搞建筑，不是搞各种水利、土木、机械、钢铁工程，局外人焉能染指。但后来舞台装置越来越像搞建筑、水利、矿山、木材、钢铁、机械加工，这些艺术家就不得不退位了。加上那活儿，已不需太多的艺术思维，只要照技术图纸这只"猫"，画出"老虎"就是，且基本都是重体力活儿。因而，就把一群特殊的装台人推到了前台。

因为工作关系，我与这些人打了二十多年交道。他们是一拨一拨地来，又一拨一拨地走。当然，也有始终如一，把自己无形中"钉"在了舞台上的。熟悉了，我就爱琢磨他们的生活。

他们大多是从乡下来的农民工，但也有城里人。往往这些城里人就是他们的"洪常青"，当然，也有的就成了他们的

"南霸天"。别看装台是个小行当，可在一个文化的热闹期，这行当就被放大了。有时几乎到处都升起了吊着巨幅广告标语的气球，那气球包裹的中心，就搭建着一个又一个希望放大、放飞、炒红自己的舞台。因此，装台又不独指文艺演出的舞台；演员，也不都是靠演唱讨生活的职业演员——有的可能是企业家，有的可能是银行家，有的可能是政治家，有的还可能是出家人。连知识分子也多有魂不守舍的，由"素心"变"荤心"，由"斗室"进"道场"，反正都在表演，都需要一个十分抢眼的舞台。

装台与表演，完全是两个系统、两个概念。装台人永远不知道，他们装起的舞台上，那些大小演员到底想表演什么。而舞台上表演的各色人等，也永远不知道这台是谁装的，是怎么装起来的。装台人与演员分别在两条线上，在我看来，这两条线是永远都平行得交会不起来的，这就是我想写装台人的原因。

小说说到底是讲生活。装台人在生活，在用给别人装置表演舞台的方式讨生活。他们永远不可能登台表演，但他们与表演者息息相关。当然，为人装台，其本身也是一种表演。他们不因自己永远处身台下，而对供别人表演的舞台不敬，甚或砸场、塌台。他们不因自己生命渺小，而放弃对其他生命的温暖、托举与责任。他们永远不可能上台，但他们在台下的行进姿态，在我看来，是有着某种不容忽视的庄严感。

我与他们中的不少人，都有或多或少的交流。尤其是当我准备写他们的时候，还有意与其中几位比较熟悉的，进行了长谈，并且做了好多笔记。鲁迅说，他小说中的人物形象，往往嘴在浙江，脸在北京，衣服在山西，是一个拼凑起来的角色。我小说中这些故事，也在偷着向鲁迅学，是黏合起了好多装台人的形象，最终团成了刁顺子这样一群特殊的装台人。

底层与贫困，往往相链接。有时人生只要有一种叫温暖的东西，即使身在底层，身处贫困，也会有一种恬适存在。最可怕的是，处身底层，容身的河床处处尖利、兀峭、冰冷，无以附着。问题是很多东西他们都无法改变，即使苦苦奋斗，他们的能力，他们的境遇，也不可能使他们突然抖起来，阔起来，炫起来，继而让他人搭台，自己也上去唱一出体面的大戏。他们永远都不可能在森林里遇见连王子都不跟了，而专爱他们这些人的美丽公主，抑或是撞上天天偷着送米送面、洗衣做饭、夜半飘然而至、月下勾颈拥眠的动人狐仙。他们只能这样地活着，甚至带着一种轮回样态地活着，这种活法的意义，我们还需要有更加接近生存真实的眼光去发现，去认同。

无论写作时，还是写完后，我都还没有琢磨出装台更多的意义，只是因了那些不能忘却的记忆。我没有整块时间去梳理这些记忆，只能在晚上和节假日休息时间，去一点一点地接近他们，还原他们。

眼下有一首很流行的歌，叫《时间都去哪儿了》，问得每个人都想把自己的时间再回顾一次。其实一个再忙的人，哪怕忘了吃饭、误了约会，都不缺交给心灵的时间。我觉得写作，就是肉身给心灵的思想汇报。记得几年前写长篇小说《西京故事》的时候，每天晚上六点下班后，我就开始给自己汇报思想，直汇报到凌晨一两点，第二天上班反倒是清醒的。一晚上不汇报，哪怕十点就上床，早上开会反倒打哈欠。一个人忙一天，晚上若能把精神盘存一下，当是再好不过的事情了。无论得意也罢，失意也罢，高兴也罢，不快也罢，能定期定时盘整回望，当更有助于明天后天那些惊人相似且带着轮回样态的生活面对。对于我，这个盘整就是写作。

业余时间，我喜欢把自己关起来，反锁上门，拉了深色窗帘，让室内只留一个光源，能照耀出一块仅够罩住两只伏案胳膊肘的光圈足矣。光圈以外的地方，越幽暗越好，目光止处，思想前行。写不下去了，我也会用一个礼拜重读一遍《悲惨世界》或《卡拉马佐夫兄弟》或《霍乱时期的爱情》什么的。出了门，所有的物质，包括人，都是四个以上的多维影像。熟人见了，觉得我变得目中无人了。

读书与写作，对我是一种盘存，更是一种能独自享用的快乐与休息，无论生活中，你经历了多少无奈、伤害与精神痛楚，一旦进入写作，那些神经都会变得麻木起来，只有笔下的人物借我的躯壳不住地抖动着。有人说，我总在为小人物立传。我觉得，一切强势的东西，还需要你去锦上添花？即使添，对人家的意义又有多大呢？因此，我的写作就尽量去为那些无助的人，舔一舔伤口，找一点温暖与亮色，尤其是寻找一点奢侈的爱。与其说为他人，不如说为自己，其实生命都需要诉说，都需要舔伤，都需要爱。

《主角》后记

　　我写了半辈子舞台剧，其实最早也写小说，写着写着，被戏吸引，就钻进去出不来了。后来创作舞台剧《西京故事》，因到手的素材动用太少，弃之可惜，也是觉得当下城乡二元结构中的许多事情没大说清楚，就又捡起小说，用那种可包罗万象的篇幅，完成了《西京故事》的另一种创作样式。写完小说《西京故事》，得到不少鼓励，我就又兴致盎然地写了十分熟悉的舞台"背面"生活《装台》。出版后，鼓励、抬爱之声更是不绝于耳，我就有些手痒，像当初写戏一样，想接着写下去。但也有了压力，不知该写什么。几次遇见批评家李敬泽先生，他建议说："从《装台》看，你对舞台生活的熟悉程度，别人是没法比的。这是一座富矿，你应该再好好挖一挖。写个角儿吧，一定很有意思。"其实在好多年前，我就有过一个"角儿"的开头。不过不叫"角儿"，叫《花旦》。都写好几万字了，却还拉里拉杂，茫然不见头绪。想来实在是距离太近，有点"不识庐山真面目"：提起来一大堆，却总也拎不出主干枝蔓，也厘不清果实腐殖。写得

59

兴味索然，也就撂下了。终于，我走出了"庐山"，并且越走越远，也就突然觉得是可以捋出一点关于"角儿"的头绪了。

我在文艺团体工作了近三十年，与各类"角儿"打了半辈子交道，有时一想起他们的行止，就会突然兴趣盎然，甚至有一种生命激扬与亢奋感。有一天，一个朋友突然给我发来一段视频，是一个京剧名角儿在演出《智取威虎山》前的一段准备工作："杨子荣"在镜前补妆，几位服装师正为他换行头。而此时，雄壮的"打虎上山"音乐已经奏响。圆号那浑厚有力的声音，前台后场的气氛紧张起来。可给角儿换装、抢装的工作尚未完成。当虎皮背心、腰带、围脖、帽子、胸麦全都装备到位后，只见角儿极其从容地呷一口水，润了润嗓子，音响师就恰到好处地将话筒递到了他嘴边。"杨子荣"一边整装，一边抬头挺胸地唱起了响遏行云的内导板："穿林海，跨雪原，气冲霄汉——"那是一个十分精美漂亮的甩腔。唱完后，舞台上的锣鼓点已如"急急风"般地催动起来。只见角儿猛然离座，大步流星地向前台走去。直到此时，打扮角儿的工作还在继续：服装师边走边帮他穿大衣；道具师趁空隙给他手中塞上了马鞭。当他走到上场口时，一切才算收拾捯饬停当。而此时侧幕条旁，还有舞台监督正在迎候。音乐在战马嘶鸣中，进入了最激越的节奏。只见舞台监督双手十分亲切地朝他肩头按了一下，既像镇定、爱抚，也像出场指令，更像一种深情相送。"杨子荣"便催马扬鞭，英姿勃发地走向了舞台。立即，观众掌声便如潮水般涌了上来。整个视频仅两分钟，但把舞台"一棵菜"艺术的严谨配合，展示得淋漓尽致。这是一连串如行云流水般的协作。一个团队，几乎像送女儿出嫁般地把主角送上了前台。那种默契与亲和，以及主角自顾不暇，却又从容淡定、拿捏自如的做派与水准感，看后让人顿生敬畏与震撼。而这样的幕后工作，我经历了几十年。因此，在写《主角》时，我几乎常常是文思泉涌，笔触流畅，并且时常会眼含热泪，情难自抑。

主角，其实在文艺团体是吃苦最多的人。当然，荣誉也会相伴而生。荣誉这东西常遭嫉恨怨怼。因而，主角又总为做人而苦恼不迭。拿捏得住的，可能越做越大，愈唱愈火；拿捏不住的，也会越演越背，愈唱愈塌火。能成为舞台主角者，无非是三种人：一是确有盖世艺术天分，锥处囊中，锋利无比，其锐自出者；二是能吃得人下苦，练就"惊天艺"，方为"人上人"者；三是寻情钻眼、拐弯抹角而登高一呼、偶露峥嵘者。若三样全占，则有天时、地利、人和。既有天赋，又有后天构筑化育，再有强者生拉硬拽、众手环托帮衬者，不成才岂能由人？可主角是何等稀有、短缺的资源，是何等闪亮、耀眼的利诱，岂容一人独占、独享、独霸乎？因而，围绕主角的塑造、争夺、捧杀，便成为永无休止的舞台以外的故事。

成就一个角儿真的很难很难。现在的影视艺术，倒是推出了不少不会演戏，却因颜值与绯闻而大红大紫、大行其道者。可在戏曲中，要成为一个角儿，一个响当当、人见人服的角儿，真是太难太难的事情。百十号人的演员培训班，五到七年下来，能练成角儿者，当属凤毛麟角。有的甚至"全盘皆废"，最多出几个能演主角的二三流演员而已。这么难产的艺术，却因网络时代无孔不入的挤对，而呈现出更加萎缩、边缘的存活态势。因而，出角儿也就难乎其难了。尽管如此，中华大地上数百个剧种，还是有不少响当当的角儿，在拔节抽穗、艰难出道。因而，戏曲的角儿不会消亡，戏曲仍是一个值得长久关注的特殊行当。哪里没有角儿，哪里没有主角、配角呢？

我在陕西省戏曲研究院担任过二十五年专业编剧，还交叉任职过十几年团长、院长。这是一个大院，有自己的创作研究机构，还有四个剧种各不相同的演出团，有六七百号吹、拉、弹、唱、编、导、画、研人才。我任院长的十年，刚好陪伴着一百多个学戏曲的孩子，走过了他们从儿童到少年再到青年的成长历程。孩子们从十一二岁，长到二十一二岁，我就像看着一根根柳枝在春风中日渐鹅黄、嫩绿、含苞、抽芽、发散，直到婀娜多姿，杨柳依依，几乎是没漏掉任何一个成长细节。不能不交代的背景是：孩子们一脚踏入这个剧院时，二十世纪才刚开启三四个年头。外面的世界，几乎是被"全民言商"的生态裹挟着。任院墙再高，也难抵挡"急雨射仓壁，漫窍若注壶"的逼渗。可孩子们硬是在相对封闭的环境中，每日穿着色调单一的练功服，走着与时代渐行渐远的"手眼身法步"，演唱着日益孤立无援的古老腔调，完成了五年堪称艰苦卓绝的演艺学业。他们的毕业作品是《杨门女将》。当平均年龄只有十六七岁的一群孩子，以他们扎实的功底、靓丽的外表，演绎出一台火遍大江南北，甚至在欧洲、北美、亚洲都饱受赞誉的大戏时，我不能不用"少年英雄群体"来褒扬他们的奉献牺牲精神。说他们是"少年英雄"，其实一点都未拔高。在最离不开父母时，他们选择离开；在最需要关心、呵护时，他们忍受着钻心的疼痛与长夜寂寞，让几近濒临失传的绝技，点点走心上身。他们却以瘦弱之躯，演绎起《铡美案》《窦娥冤》《清风亭》《周仁回府》这些古老剧目。以他们的年岁，本不该牺牲青春，去承担他们不该承担也承担不起的这份责任。但他们却以单薄的肩膀、稚嫩的歌喉，担当、呼唤起生命伦理、世道人心、恒常价值来。他们不是英雄，谁是英雄？

　　我至今还记得斯托夫人《汤姆叔叔的小屋》里的那个白人女孩儿伊娃。她就担当了她本担负不起的解放黑奴的责任。斯托夫人并没有把她写成一个解放者，而是让她用天使一般润物无声的善良、无邪、爱心，感染着她身边所有人，让他们都感知到了力量。

　　长期以来，我就有书写戏曲艺人成长的萌动与情愫。尤其是不想放过他们的童年与少年时代。因为他们在这个时代就已开始了一种叫担当的传播活动。尽管这种担当于他们并非是一种自觉。终于，《主角》要开启这种生活了。我是想尽量贴着十分熟悉的地皮，把那些内心深处的感知与记忆和盘托出。因为那些生活曾经那样打动过我，我就固执地相信，那些也是会打动别人的。

《主角》的主角叫忆秦娥。一九七六年她出场时，还不到十一岁。她在家排行老二，上面有个姐姐。父母更希望她们能招引来一个弟弟，因此，给姐姐取名为来弟，她叫招弟。招弟对上学兴趣不大，上完学还得回来放羊，倒不如早早回家放羊算了，她想。论条件，县剧团招收演员，是应该让她姐去的，她觉得她姐比她漂亮、灵透。可家里觉得姐姐毕竟大些，还有用场，就硬是把她送了去。她舅胡三元是剧团的敲鼓佬，觉得外甥女唤招弟太土气，就给她改了名字，叫易青娥。这个名字，也是因为省城剧团的大名演叫李青娥，才照葫芦画的瓢。后来，易青娥出了名，又被剧作家秦八娃改成忆秦娥了。也许是这个名字耳熟能详，又有点意思，忆秦娥竟然从此就大火，一步步走向了"塔尖"，终成一代"秦腔皇后"。

如果仅仅写她的奋斗、成功，那就是一部励志剧了，不免俗套。在我看来，唱戏永远不是一件单打独斗的事。不仅演出需要配合，而且剧情以外的剧情，总是比剧情本身，要丰富出许多倍来。戏剧在古今中外都被喻为时代的镜子。而这面镜子也永远只能照见其中的某些部分，不是全部。在写作《主角》的过程中，我任职的单位陕西省行政学院，恰好邀请著名作家王蒙先生来讲文化自信。当得知《主角》正在孕育时，他只一个劲地鼓舞："要抡圆了写。抡得越圆越好！"这话在他读我的《装台》后，也曾几次提到，说"刁顺子抢圆了"。我就在反复揣摩先生"抢圆了"的意思。后来，因其他事，我跟先生通电话，先生说他正在看《人民文学》上的《主角》节选版，"看得时哭时笑的"，并说他还几次站起来，研究模仿了主角忆秦娥总爱用一只脚的脚尖踢另一只脚的脚跟的动作，觉得很有趣。至于"抢圆了"没，我没好打问。总之，我在写作《主角》时，是有一点野心的，就是力图把演戏与围绕着演戏而生长出来的世俗生活，以及所牵动的社会神经，来一个混沌的裹挟与牵引。

戏剧让观众看到的永远是前台，而我努力想让读者看幕后。就像当初写《装台》，观众看到的永远是舞台上的辉煌亮丽，而从来不关心也不知道装台人的卑微与辛苦。其实他们在台下，上演着与台上一样具有悲欢离合的戏剧。同样，主角看似美好、光鲜、耀眼，在幕后，常常也是上演着与台上一样的百味人生。台上台下，红火塌火，兴旺寂灭，既要有当主角的神闲气定，也要有沦为配角，甚至装台、拉幕、捡场子的处变不惊。我们是自己命运的主宰，但我们永远也无法主宰自己的全部命运。我想，这就是文学、戏剧要探索的无常吧。

我的主角忆秦娥，其实开头并没有做主角的自觉与意愿，甚至屡屡准备回去放羊，或者给剧团做饭、跑龙套。对做主角，她是有一种天然怯场与反感的。但时势就那样把一个能吃苦的孩子，一步步推到了主角的宝座上。她时而觉得新鲜刺激，时而懵懂茫然；时而深感受用，时而身心疲惫；时而斗志昂扬，时而退避三舍；时而呼风唤雨，时而草木皆兵；时而欧美环游，时而乡野草台；时而扶摇直上，时而风筝坠落。其命运与社会相勾连，也与大千世界之人性相环扣。你不想让生命风车转动，狂风会推着风车自转；你不想被社会声名所累，声名却自己找上门来，不由分说地将你五花大绑押解而去。她吃了别人吃不下的苦头，也享了别人享不到的名声；她获得了唱戏的顶尖赞誉，也受到了唱戏的无尽毁谤。进不得，退不能，守不住，罢不成。总之，一个主角，就意味着非常态，无消停，难苟活，不安生。但唱戏总得有人当主角，社会也得有主角来占中、压台、撑场子。要当主角，你就得学会隐忍、受难、牺牲、奉献。我的忆秦娥就这样光光鲜鲜、苦苦巴巴、香气四溢，也臭气熏天地活了半个世纪。

中国戏曲，虽然历史留下的是文本，但当下，却是角儿的艺术——好戏是演出来的。看戏看戏，戏是用来看的。要看戏，自然是看角儿了。但一个好角儿的修炼、得道，甚至"成仙"，在我看来，并不比蒲松龄笔下那些成功转型的狐狸来得容易。有真本事、真功底、真"活儿"的角儿，太凤毛麟角了。而中国戏曲的巨大魅力，就来自这苦苦修道者。戏需要聪明的人来唱，但太过聪明，脑瓜灵光得眉头一皱，就能计上心来者，又大多不适合唱戏，尤其不适合做角儿，要做也是小角儿、杂角儿。大角儿是需要一份憨痴与笨拙的。我的忆秦娥要不是笨拙，大概也就难以得秦腔之道，成角儿之仙了。戏曲行的萎缩、衰退，有时代挤压的原因，更与从业者已无"大匠"生命形态有关。一颦一蹙、一嗔一笑，都想利益最大化，哪里还有唱戏的"仙家"可言呢？一个行业的衰败，有时并不全在外部环境的销蚀。其自身血管斑块的重重累积，导致血脉流速衰减，甚至壅塞、梗阻、坏死，也当是不可不内省的原因。

戏剧不是宗教，但戏剧有比宗教更广阔而丰沛的生命物象概括能力。宗教因了过度的萃取与提纯，而显得有点高高在上。戏剧却贴着大地行走，凡人情物事，不仅见性见情、见血见泪，也见精神之首，时时昂向天穹，直插云端。契诃夫说："少了戏剧我们会没法生活。"俄罗斯人更是把剧院看作天堂，说那里是解决人的信仰、信念，以及有关善良、悲悯、同情、爱心问题的地方。我的主角忆秦娥，在九死一生的时候，也曾有过皈依佛门的念头。恰恰是佛门住持告诉她："唱戏更是度人度己的大功德。"正是这份对"大功德"的向往，而使她避过独善其身的逍遥，重返舞台，继续担起唱戏这种度己化人的责任。无论儒家、道家、释家，都或隐或显、或多或少地被戏曲的融入，既形塑着戏曲人物的人格，也安妥着他们以及观众因现实的痛苦而躁动不安、无所依傍的灵魂。在广大农村地区，多少代人，可能都没有文化教育机会，但并不影响他们知道前朝后代，懂得礼义廉耻。这都拜戏曲所赐。戏曲故事总是想把历史演进、为人处世和盘托出。因而，唱戏是愉人，更是布道、修行。我的忆秦娥也许因文化原因，只知其然，不知其所以然地唱了大半辈子戏。

但其生命在大起大落的浮沉中，却能始终如一地秉持戏之魂魄，并呈现出一种"戏如其人"的生命瑰丽与精进。唱戏是在效仿同类，是在跟观众的灵魂对话；唱戏也是在形塑自己，是在跟自己的灵魂对话。

我十分推崇的小说家陀思妥耶夫斯基说过："长篇小说的主要思想是描绘一个绝对美好的人物，世界上再也没有比这件事更难的了。"写忆秦娥时，我也常常想到陀氏《白痴》里的年轻公爵梅诗金。陀氏说："良心本身就包括了悲剧的因素。"梅诗金最大的特点，就是能理解和宽恕他人，以至让很多人以为他真是白痴。我的忆秦娥，倒不是要装出一副白痴相来，有时她也是真的憨痴，有时却不能不憨痴。她没有过多的时间精明，也精明不起，更精明不得。太精明，也就没有忆秦娥了。因而，陷害、攻讦、阻挠，反倒成为一种动力，把一个逆来顺受者推向了高峰。我十分景仰从逆境中成长起来的人，周遭的破坏越多，心里越苦的人，越能成长。

写到这里，得赶快声明：小说纯属虚构，请勿对号入座。在写小说前，我也十分落套地写下了这句话。无论忆秦娥与小说中的其他人物呈现出的是什么形象，都是虚构的，这点不容置疑。我还是要说鲁迅的那句话，他小说中的人物形象，往往嘴在浙江，脸在北京，衣服在山西，是一个拼凑起来的角色。不过我的忆秦娥因为是秦人，嘴就拼不到浙江去，脸也拉扯不上北京的皮，她是我几十年所熟知的各类主角的混合体而已。很多时候，自己的影子也是要混在里面的。从现在的生物技术发展看，这种人在未来，制造出来也似乎不是没有可能的。我写她，是时钟的敲击，是现实的逼催，是情感的抓挠，也是理想主义的任性。我更希望从成百上千年的秦腔历史中，看到一种血脉延续的可能。很多人能做主角，但续写不了历史。秦腔，看似粗粝、倔强，甚至有些许的暴戾。可这种来自民间的血液的汩汩流动声，却是任何庙堂文化都不能替代的最深沉的生命呐喊。有时吼一句秦腔，会让你热泪纵流。有时你甚至会觉得，秦腔竟然偏执地将中华文化生生不息的进取精神发挥到了极致。我的主角忆秦娥，始终在以她的血肉之躯，体验并承继着这门艺术。因而，她是苦难的，也是幸运的；是柔弱的，也是强大的。

我拉拉杂杂写了她四十年。围绕着她的四十年，我又起了无数个炉灶，涉及上百号人物。他们成了、败了，红了、黑了，也是眼见他起高台，又眼看他台塌了。四十年的经历，是需要一个长度的。原本我雄心勃勃，准备写它三卷，弄成一厚摞，摆在架上也耐看的。结果不停地被人提醒，说写长了没人看。其实也能做成"压缩饼干"，但我却又病态地喜欢着从每天早晨的露珠说起，直说到月黑风高，树影婆娑。在最后一遍修订《主角》时，我得一机会去南美文化交流，因为有几场座谈，要做功课，我就用两个多月时间，把拉美文学与戏剧梳理了一遍，不仅复读了聂鲁达、帕斯、博尔赫斯、马尔克斯、库塞尼等早已熟悉的作家的作品，还带着略萨的《绿房子》和萨瓦托的《英雄与坟墓》上了路。除惊叹于拉美作家密切关注社会问题，以反映社会为己任的现实与现代感外，也惊诧于他们表达自己心中这个世界样貌的技法。但拉美文学再奇妙，毕竟是拉美的。只有踏上那块土地，了解了他们的人文、历史、地理，才懂得那种思维形成的必然性。在智利、阿根廷、巴西，几乎遍地都是涂鸦，一个叫瓦尔帕莱索的城市，甚至就叫"涂鸦之城"，"乱写乱画""乱贴乱拼"得无一堵墙洁净。那种骨子里的随意、浪漫、率性，是与人文环境密切相关的。拉美的土地，必然生长出拉美的故事，而中国的土地，也应该生长出适合中国人阅读欣赏的文学来。从这个意义上讲，《红楼梦》的创作技巧永远值得中国作家研究借鉴。松松软软、汤汤水水、黏黏糊糊，丁头拐脑，似乎才更像我理解的小说风貌。当然，一定得拱斗勾连、严密联结起来。一场墙上挂枪，三场务必弄响，弄不响，我也是会把枪从窗口撇出去的。出版家都是希望长篇短些再短些，尤其害怕多卷本不好卖。这年月，也没人有耐心看。可我又该锯掉哪条胳膊，砍掉哪条腿呢？抑或是剜去臀尖组织，削去半张脸？我已然把三卷压成了两卷。再压，就算"自残"了。那段时间，我刚好犯了肩周炎，痛得就想把左蹄髈浑浑砍掉了事。如果这只蹄髈能替代小说的删节，我还就真豁出去了。我请青年评论家杨辉和西北大学文学院的院长段建军帮忙砍，他们大概是碍于情面，看来看去，都说不好下手。编辑家穆涛甚至说："老兄别弄得太残忍，让我们当了刽子手，你却扮成善良的窦娥她娘，一边收尸，一边哭天喊地。"

回顾创作《主角》近两年的日子，我感慨万千。要不是突然有了寒暑假，我还拿不下这么大的活儿呢。我总是那么幸运，幸运得像上帝的宠儿，在最需要时间的时候，时间就大把大把地塞给了我。突然调到一个新单位，履职的第一天就放暑假了。我还诚惶诚恐地问办公室主任，这样一休几十天，不违规吗。他说学校放寒暑假，是天经地义的事。我就扑哧一笑，钻进了一个全然封闭的处所，泡方便面、冲油茶、啃锅盔，开始了《主角》的"长征"。

写着写着我突然有一种"沦陷"感。几十年的积累，突然在这个节点上，一下被搅动、激活起来，也就"沦陷"得一发不可收拾了。我不善应酬，不懂任何关系的打理。只一头钻进书房，像被捂着眼睛的驴一样，推着磨碾乱转。一年多时间，我不停地写，唯一停下来的，是在大年初二到初四的三天。我不得不在这里啰唆几句，那几天，几乎所有手机，都被一个打工者的横祸所刷屏。这个可怜人，新年携着家人去了动物园。他给妻儿都买了看老虎的门票，自己却为省那一百五十元，而翻越四米高墙，生生葬身虎口。他若手头真的宽裕，又何必如此呢？让人感到悲哀的是，他的死，不仅没有引起同情，相反还招来了一连串"死了活该"的逃票谴责。不少人倒是同情起了被枪杀的食人虎，纷纷对"虎哥"凭吊痛悼有加。我突然终止了写作，不知写作还有什么意义。那几天，我不断想到古老戏曲里那些有关老虎的情节。

向来恶虎伤人，都是有英雄要舍身喊打的。怎么现在都站到"虎哥"那边去了？难道这是一种生命平等、生态平衡的世纪觉悟？直到正月初五，我才又慢慢回到书桌前，努力给自己写下去寻找一点意义支撑：不正是因为人间需要悲悯、同情与爱，忆秦娥才把戏唱得欲罢不能吗？忆秦娥的坚持，不正在于无数个乡村的土台子前，总有黑压压的人群对她翘首以盼吗？在中国古典戏曲里，英雄制止恶虎伤人，向来都是关乎正义、天理的桥段。因此，数百年来戏曲的大幕总是能拉开。而拉开的大幕前，即使"燕山雪花大如席"，也都不缺顶风冒雪的看戏人。文学与艺术恐怕得坚定地站在被老虎吃掉的那个可怜人一边，不能帮着追究逃票者的责任了。我相信我的主角忆秦娥，如果由武旦改扮武生，是更愿意为这个弱者演一折《武松打虎》的。

我在一开始写作这部小说时，就得到了很多关爱。很多作者担心作品发表问题。而《主角》一开笔，就被几家有影响的出版机构所念叨。他们不仅远程关心进度，而且几次来西安，当面询问近况。尤其让我感动的是，施战军先生在得知我的《主角》开笔后，就让人捎话给我让我把这部作品报给《人民文学》，并派编辑杨海蒂女士，紧盯住我的创作进度。杨海蒂说，《装台》的出版使他们对《主角》有了信心与期待。我说可能太长，她说长了就选发。这种鼓励与信任，让我信心倍增。小说一写完我就通过邮件发给了他们，邮件发去仅三天，他们就敲定了十余万字的节选方案。我十几岁就是《人民文学》的读者，知道它的分量。这对一个创作者来讲，的确是莫大的鼓舞。后来，《当代》主编孔令燕女士，又十分抬爱地决定将小说前半部分，刊登在了《当代长篇小说选刊》上。紧接着，《长篇小说选刊》主编付秀莹女士又打来电话，将拙作的后半部分也刊发了出来，这让一个写作者委实有了一份老农秋收般的光荣与喜悦，一时间，好像玉米也成了，大豆也成了，地畔子上还随手拧回一个大南瓜来。

最终，我将完整的稿子投给了作家出版社。社长吴义勤先生和总编辑黄宾堂先生，从头激励到尾，并敢"隔着布袋买猫"。这种信任，让我的创作始终处于巨大压力之中。让我感到兴奋的是，《装台》的责编李亚梓女士，又被再次确定为《主角》责编。她仅用五天时间，就读完了全稿。一天晚上，我正挂着计步器走路，她打来电话说："刚刚读完《主角》，我兴奋得不能不跟你通话。"那些鼓舞人心的话语我就不说了，反正她的语气和用词都让我立马有点飘飘然起来，返回的路上，开车差点轧了一只流浪狗。

小说写得长，后记话也多，打住，不说了。

《喜剧》后记

这也是一部写了好多年的小说，开始叫《小丑》，写写停停，直到二○二○年新冠疫情突如其来，每个人都被禁足在一定范围内，我才翻检出来，又开始了断裂十几年的茬口衔接。之所以改名叫《喜剧》，是因为一部外国电影已经叫《小丑》了，并且很出名。而中国舞台艺术中的小丑，是喜剧的天然催生婆，我就改名《喜剧》了。

这次续写，我首先写下这样一个题记："喜剧和悲剧从来都不是孤立上演的。当喜剧开幕时，悲剧就诡秘地躲在侧幕旁窥视了，它随时都会冲上台，把正火爆的喜剧场面搞得哭笑不得，甚至会提起你的双脚，一阵倒拖，弄得险象环生。我们不可能永远演喜剧，也不可能永远演悲剧，喜剧与悲剧时常处在一种急速转换中，这就是生活与生命的常态……"由此我想到这场百年不遇的瘟疫，不正是在人类喜剧的锣鼓点敲得似"疾疾风"一般昂扬兴奋时，突然被诡异的病毒拎起双脚，一阵倒拖，全人类立马就进入了悲剧的哀鸣之中吗？

戏曲行当包括生、旦、净、末、丑。每一个行当又有更细的划分。比如旦角，还分老旦、正旦、闺阁旦、花旦、小花旦、武旦、刀马旦、彩旦等。彩旦就相当于女丑，也叫摇旦、媒旦，多以口舌生花、保媒拉纤著称。她们很容易辨认，上得台来，摇来晃去，台步也不讲究动若移莲，属自由率性奔放阔绰一路；穿大一号的衣裳，裤子比如今时尚女性早了几百年就高吊着露出脚踝骨；嘴里多半还叼根旱烟袋，烟杆一米来长，方便求婚者巴结点烟用；她们脸上画一颗特别明显的黑痣，因为女丑过去多由男角扮演，因而化装也舍得下狠手，光一张嘴，就能占半截脸。她们的营生多半以夸张过度、颠倒黑白、牛头不对马嘴导致婚配悲剧而收场。其实男丑行当也分得很细，大的有武丑、文丑。武丑顾名思义，就是能翻能打的主儿。而文丑还分老丑、方巾丑（指有点文化，大致能写点戏本、小说、诗歌、书法、公文之类）、官衣丑（指有品阶、顶戴、纱帽的）和小丑等。小丑也分多种，一种是机智诙谐幽默者，性格使然。还有一种就是坏得出奇的，干了见不得人的事，还要偷偷给观众卖弄一句定场诗："洞房烛灭时，小姐（做抓耳挠腮、急不可耐状）投怀来！等着瞧吧您哪，那是我的菜……嘻嘻嘻！"还有告密、挑唆、盯梢、下套、挖坑、暗算、"打黑枪"等诸般常人使不出的伎俩，他们却干得得意万分，不知其勾当之恶之俗之贱之丑，所谓头上长疮、脚底流脓者，就是他们最真切生动的写照。

中国戏曲的脸谱化，有其弊端，也有好处。弊端是一眼望穿，难有惊喜改变；好处也是一目了然，明牌亮打，观众不易上当受骗。花和尚鲁智深只会"三拳打死镇关西"，外带"倒拔垂杨柳"，绝不会做出"方巾丑"陆虞候卖友求荣、勾引林冲身陷"白虎堂"，并准备把朋友烧死在"草料场"的恶行。他们的脸上都画得明明白白，包公是黑脸，关公是红脸，曹操是白脸，各自都贴着标签出场，处事方式，大致不会越过脸面勾勒出的气象。还有一种叫二花脸的，多半也是大花脸的脾性，不过年龄小些，重要性弱些，更毛手毛脚些而已。他们一般是大花脸的晚辈、徒孙、助理之类，总之是比三花脸要体面、正经许多的角色。唯有三花脸，就是小丑，一曲戏里终是不能少了他们上蹿下跳、无事生非、添盐加醋、煽风点火、抹黑构陷、背叛变节、狼狈为奸、嫁祸于人、落井下石的。好在他们鼻子上那块"豆腐干"标得明白，只是戏里人看不清楚而已。丑角脸谱很有意思，贪财的，鼻子上画枚铜钱，甚至银锞子、金元宝；做贼的，画只"黑线鼠""白蝙蝠"；心术不正之徒，画一颗歪歪心，烂得流黑水。总之，演丑角的演员在脸谱上下功夫极多极深，创造性也极强，除了特定人物已被传统造像定格外，一般见他们搞得会让同台演员忍俊不禁，有那故意深藏不露者，甫一亮相，都能把主演当晚的演出补贴因笑场事故而罚得一干二净。

当然，小丑也不都是坏水。过去传统戏多是写帝王将相、才子佳人的，自然脸面是要周正阔大些好看，而给他们配戏的书童、马弁、仆从、轿夫等，多以丑扮，在太过正经的场面插科打诨，增加看点。至于茶楼、酒肆、粉巷、商号、庙会、集镇、客店、船舱里，引车卖浆、跑腿打工者之流，"俊扮"者鲜矣。他们多是为了生存，狡黠、嘴溜、讨好、巴结些，见东说东好、见西说西好而已，为人大多还是没有太大毛病的。有的其实就是对底层人的丑化，今天也不好把我的那些编剧同道——过去叫"打本子"的，从棺材里拎出来进行"现代性"与"人格平等"之类的教育培训了。戏者戏也，没戏只能干瞪眼。丑角为戏之有戏、出戏、出彩，可是做了太多太大的贡献。从古希腊到中国的宋元杂剧，再到莎士比亚、汤显祖、洪昇、孔尚任……直到今天的各类舞台剧，他们都是重要的作料，有的甚至是失之即味同嚼蜡的提吊高汤。更别说在重要关目上，戳穴、点睛、把南辕扭向北辙、把天堂拉下地狱的"秒杀"绝招了。任何严肃场面，都会有他们的身影，就连高僧大德、红衣主教身旁，也是少不了要有一两个专门出洋相的小丑，油嘴滑舌、自我作贱一番，以烘托主子法相庄严。

好了，该说更名后的《喜剧》了。小说《喜剧》是以剧团父子三个唱丑演员的几十年唱戏生涯，展开了一段悲喜交加的人生故事。红火了，寂灭了；人五人六了，倒霉背运了；眼见他搭高台，眼见他台塌了——在喜剧演员身上，尤其能显示出这种况味。当严肃的正剧、悲剧艺术，在以享乐与感官刺激为前提的物欲社会中，渐次退向边缘时，喜剧突然像炸裂的魔瓶，以各种新奇、诡异的脸谱、身段、噱头、"喷口"，变幻莫测地粉墨登场了。贺氏父子也从最传统的秦腔舞台上退下来，融入了这场欢天喜地的喜剧热潮中。尽管"老戏母子"火烧天希望持守住一点"丑角之道"，但终是抵不过台下对喜剧"笑点""爆款"的深切期盼，而让他们的"贺氏喜剧坊"，也进入了无尽的升腾跳跃与跌打损伤中。

喜剧是调节人类情绪的最佳良药，喜剧是洞悉人性弱点的一面显微镜，喜剧也是自我观照后会把自己吓一跳的凹凸镜，喜剧还是讽刺敲打他人的一种尚留情面的"投枪"方式。当然，喜剧也是一种抹了"丹顶红"的欢乐"投毒"，喜剧更是一种比悲剧愈加悲惨无情的"无意义生命揭穿"。试想，一个没有喜剧的世界，该是多么单调、无趣的世界。喜剧在舞台艺术的表演中，尤其强调严肃性。小说中的老丑角艺术家火烧天一再告诫儿子贺加贝和贺火炬："我们演丑的，在台上流里流气、油不拉儿，生活中再嘻嘻哈哈、歪瓜裂枣、没个正行，那就没的人可做了。"丑角为人类贡献了无尽的喜剧笑料，但一个成熟的喜剧演员，一定具有严肃的生存之道，否则，小丑就不仅仅是一种舞台形象了。小说中大儿子贺加贝乘着喜剧的时代列车一路狂奔时，就没有逃脱父亲对丑行的"魔咒"。弟弟贺火炬却在跌跌撞撞中，努力寻觅着喜剧的沧桑正道。

当一个时代拼命向喜剧演员索要包袱、笑点时，很可能把一个很好的喜剧演员逼疯逼傻。可当他们真的"疯掉""傻掉"时，唾弃最快、决裂最彻底的，仍会是捧他们的观众。一个娱乐化或者叫泛娱乐化时代的形成，不是一群喜剧演员的责任，而是由于集体的精神失范和失控。我们都有责任为喜剧的沦陷埋单。我们索求了太多不该索求的笑料，而让他们不得不搜肠刮肚地为我们抖包袱。当他们抖尽了生命最后一根笑神经的时候，我们突然发现，我们早已置身于如此低俗的环境之中，我们一脚把他们踢开，从而"热粘猛裂"地拉大距离，以显示出高雅追求与低俗献媚之间的分野。这也是"国民性"之一种。无论我们集体拥到台前欢呼，还是唯恐避之不及，都显现出了我们比喜剧演员鼻子上那坨"小丑白"并不洁净多少的"豆腐干"。剧场是一个巨大的人性实验室，就像宇宙是科学家探测深空的实验厂一样，那里有无限的可能性会出现。人生观、价值观、世界观，包括真善美与假丑恶，也像万有引力一样，在剧场中会相互作用、牵引；掌声和欢呼声更像是星际之间彼此拉拽的引力与潮汐，会形成越来越不可撼动的运行轨迹与规律。可也有很多时候，一些左奔右突的小行星，在看似热情备至的拉拽中，就纵身撞向了引力过大的星球怀抱，而招致生命的消亡。这就是既渺小，其精神与想象力又可以大到无限的舞台之诡异。

喜剧演员是为人类制造欢乐的人，人类应该感恩他们。古代宫廷，大概是他们最早的表演舞台。当成熟的戏剧，将他们一步步塑造成越来越为大众所享受的艺术形象时，他们便具有了生命的高贵意义。他们在娱乐大众的时候，也在提示和警醒大众：你们并不比小丑高明、圣洁。那些鄙俗、阴暗、丑陋、邪恶的心理与行为，时时都会闪现，甚至人们已麻木地深陷其中而不自知。喜剧永远是警示人类生活的最可口饮品，只有喜滋滋地吞咽下去，才感到辛辣刺激，后劲十足。

因职业原因，我有幸几十年时常坐在剧场里，感受演员与观众之间那种无比美妙的互动关系。我常常突发奇想：喜剧就像蒸汽机，是人性的热能实验室，它能产生无限昂扬亢奋的激情和热量，表现出一种升腾与澎湃的生命气象。而悲剧更像内燃机，外表看似平静，一旦内部驱动，便不动声色地点火了。人的体能、热量不足时，会血糖降低，手足无力。而一旦热能过量，又会皮脂增厚、膨大肥胖，并进一步导致各种器质性病变。如何找到一种平衡，是生命这个小宇宙的最大难点。喜剧从某种程度讲，是人类生存智慧的最高表现形式，其结果代表着一个时代的高度，本质上是集体催生的结果，无非是由个别天才表现出来而已。好的喜剧演员绝对是那个时代的生命精华，也可简称为"人精"。他们的表演令人不能不拍案叫绝。但任何智慧都须有边界，大众在寻找这些天才代言人时，也会胁迫，甚至勒索他们，希望呈现出高过期望值的表演，往往悲剧就发生了。

但无论怎样，我们的文学艺术都需要幽默、诙谐的喜剧，人一无趣，大概夫妻之间也是要过得清锅冷灶、大眼瞪小眼的，何况为亲、为友、为团、为队、为社、为群乎。尤其是为戏、为文，无趣便食之无味，不得不食者，也形同啃鸡肋、嚼石蜡，需做硬着头皮状。元代关汉卿写了多么悲惨伤痛的《窦娥冤》，可里面却出现了一群丑角，他不仅是痛恨着那个时代的丑陋，也是以喜剧风格，将悲剧引人入胜、导向深刻的一种手法。我在小说中，就给一只狗，赋予了小丑"张驴儿"的名字。《窦娥冤》里的张驴儿，正是迫害窦娥的第一元凶。这只名贵的柯基犬，是痛恨着这个贱名的，但人们却偏以喜剧的方式，硬生生强加在了它的头上。它在努力挣脱这种"污名化"，并从它的视角，看到了真正的"张驴儿"。

喜剧到底来自宫廷还是民间，还需要进一步发掘考证。而它流传至今的形式，都是以戏剧的标本存在下来的。既然是戏剧，那它就必须回到民间，只有民间喂养的形式，才能让它传之久远。我在文艺院团做管理的时候，每每看见民间对喜剧的喜爱和对丑角演员的百般稀罕，就感慨系之：唯有在那里，才能真正看到他们的生命价值和高贵。喜剧应该成为使"致广大"的生命群体乐呵呵围拢来的一簇烧得噼噼啪啪的热烈而盛大的火焰。

一部小说我写了这么多年，却在新冠疫情的禁足中画上了句号，是喜是悲，是乐是忧，五味杂陈，难以言表。调来首都已两年有余，多数时候半夜醒来，还以为是躺在长安的床上。做梦也在原单位开会分房，为几百套福利房，每每分出一身冷汗才吓醒来。有时连午睡一小会儿，也梦见的是西安的正午阳光。这大概就是我不得不以《喜剧》，继续延伸《西京故事》《装台》《主角》的命吧！在我阅世不深的印象中，人类好像已经很厉害了，主宰了一切，然而自然随便动了一下小拇指，就措手不及，许多地方甚至乱象横生了。看来人类的力量是远远不能与大自然相抗衡的。悲剧和喜剧的转换都在一瞬间，虽然我们那么爱喜剧，但喜剧并不循规蹈矩、温顺常在。人类唯有敬畏规律、摒弃狂悖、谦逊劳作，才能在喜剧方面有所收获。

乡土是我们割不断的脐带

——再说《星空与半棵树》

　　一部小说创作出来，作者说什么都是多余的，何况我已写过后记，且不短，再要说，似乎就是狗尾续貂了。可接到丁帆先生的短信，要我给他主持的"乡土文学新视界"写一篇《星空与半棵树》的创作谈，我还是欣然应命。因为这部小说完成后，人民文学出版社第一时间给丁帆先生寄了试读本，而他读完，很快就写了一万七千多字的评论，对拙作给予充分解读。他在文章开头说："这是一部乡土小说长篇巨制，立马就引起了我的阅读兴趣。"然后说小说"竟然会对中国二十世纪六七十年代以来的乡村生活与乡土社会有着那么深刻的本质化经验，于是我便沉入了细致的阅读"。我很看重丁帆先生"细致的阅读"这五个字。他用一个月时间，读完"未尽的尾声"后，在最后一页上写了一句批注："这是一部现实主义、浪漫主义、生态主义和荒诞主义四重奏的乡土感伤主义的交响乐！"丁帆先生是中国乡土小说研究史论的开山人物。此前我只读过他的诸多理论文章与随笔，并无任何交集。他对《星空与半棵树》如此抬爱，自是令我十分感动。加上这部小说与乡土小说连接起来后，我似乎也就有了一些乡土的话语要说。

我本无意于写乡土小说，如果说《西京故事》是一种城市乡土，那么《星空与半棵树》就是相对纯粹的乡土的乡土了，因为整体场域都打开在促狭而逼仄的乡村土地上。至于城市，那是乡土社会的延展与溢出，其本质仍是在漫漶着乡土的问题。中国历史的深厚基石是农耕文明。有人说，查查每个人三代以上，基本会与农村、农民、农业相连接。我家三代以上的祖辈，既教书，也种地，老家留下的一些旧迹，无非也是耕读传家的母本。父辈做了公务员，却也被钉在基层的土地上，调来调去，没能离开乡镇半步。我的整个童年甚至少年时期，都是在乡土中摸爬滚打的。因此，乡土记忆是我的生命底色，无论写《西京故事》《装台》《主角》还是《喜剧》，也都一定会有诸多乡土人物杂陈其间，甚至《主角》与《喜剧》的主角们，也都是乡土间成长起来的人物。他们即便到了城市，那脐带仍然与乡村割断不了。

乡土小说是个巨大命题。在中国古代文明与近现代文明以及当代文明进程中，乡土书写始终占据主流位置，有人叫它是"重磅中的重磅"，毫不为过。但今天似乎在偏离这个重心，小说话题变得丰富而多元，甚至在更年轻一代的写作者中，悬疑、玄幻乃至奇幻占了很大比重。读者也在迅速分流。但我们的乡土还在，围绕着乡土问题所展开的一切社会矛盾与问题，正在与百年未有之大变局一起加速演进着。农村、农业、农民问题，抽丝剥茧，可能还是一切问题中的首要问题。因为这个人口比例决定着它的重心。作为一个创作者，能置身乡土书写的行列，我深感荣幸。

乡土书写的现代祖宗是鲁迅先生。这面旗帜一直飘扬到今天仍在呼啦啦作响。因为乡土书写寄予着诸多重大社会问题，一代代作家都在为此呕心沥血，甚至九死不悔。其生活涉及面的致广大与尽精微，或波澜壮阔至于"生死场"，或"死水微澜"与"未庄""土谷祠"及"边城"，都显示出社会沧海桑田般变迁与固化的宏大与微观。而其间人物个体与群像的悲喜交集、冷暖寒凉，作家或哀其不幸、怒其不争，或田园风情、短笛晚唱，抑或讽刺嗟叹、悲悯烛照，不一而足。总之，乡土书写是一种对乡村社会以及延伸到城市社会的仰观俯察、横切竖挖。今天望着乡土书写的那一片片疾风劲草般的风景，我仍觉得书写得力透纸背，不由得不肃然起敬。

我写《星空与半棵树》，是因为一个故事，这个故事的核，就是一棵树的归属权问题。由归属权演绎到人的生存权、价值尊严、族群邻里以及伦理道德、法理尺度等诸方面，最终是想在乡土的文明现状上，提起一缕纲线，从而看到这张网的精细与粗疏的整体面貌。我笔下的北斗村，是我整个少儿时期沉浸式戏剧的辽阔舞台，也是我青壮年时期反复回望的那张极小的邮票。我终生创作戏剧，研究戏剧，喜欢戏剧，戏剧是我勘验历史演进与生活现实的"法器"，也是一个十分神奇的"微缩窗口"，有了这个窗口，我便有了属于我的"现实与浪漫""魔幻与荒诞"。无论是让一只狗还是一只猫头鹰出来"做道场"，都是书写现实的一种张力需求。从本质上讲，我是一个热爱并深耕着现实主义的创作者，但我从来不排斥对任何主义的借鉴。技巧也是一样，需要了尽可拿来。比如戏剧，我也并非单一青睐它的技巧性，我追求的是戏剧对社会生活那种巨大的概括与提炼能力，也可以叫"压缩饼干"式的"内驱动"与"外膨胀"。我在利用长篇小说的戏剧性，也在极力打破"戏剧性"演化中过于"内卷"的"坍缩"。找到最大的外部视角与观照张力，还有深层的内在结构与统摄意识，是我运用戏剧性做小说的着力点。之所以要反复交代这些，是因为《星空与半棵树》以戏剧开头，又以戏剧结尾，并且在十分重要的关目，又上演了一幕称为《四体》的活报剧。因此，我不得不在接受采访中，多次陈述这些一言难尽的观点。

小说是语言的艺术，更是人物的艺术。语言终究是为塑造人物服务的。没有了人物，也就没有了小说。我们说《红楼梦》好，终归是曹雪芹塑造了一群令人过目难忘，甚至可谓刻骨铭心的人物。当我们不谈贾宝玉、林黛玉、王熙凤、贾母、贾政、贾琏、焦大、刘姥姥、史湘云、晴雯这些人物时，谈《红楼梦》就只会留下一些断章残句，精彩是精彩了，可哪来生命的鲜活之气呢？因此我觉得小说仍是写人物的艺术，用尽可能精准、灵动与个性的语言，去把人物呼唤出来。人物塑造永远是长篇小说的重器。众生的无助与渴望、卑微与挣扎、苦难与幸福、黑暗与光明，永远是文学的重心所在。塑造人，是文学的责任。无论什么样的风格、主义，在我看来，离了人物塑造，都是令我"疑窦丛生，思而不解"的阅读，也是自己写作的死敌。我想利用一切手段来塑造人物，把人物写活，所有负载与附加值终归是负载与附加值，能留给人进行无尽解读的，只能是那些永远都充满活性的"巨鲸"与"蜉蝣"式人物，他们身上沾满了历史与现实、政治与经济、哲学与宗教、乡土与城市的灰尘。写好人物，是我这个写作者的雄心，虽然实现起来很难，但不能因怪石推不上山，我就停止奋力。

《星空与半棵树》的男主角无疑是安北斗。他是一个农民的孩子，苦巴巴考上一所二流大学，在北斗村已是光宗耀祖的大事体了。他也获得了属于他的最好结果，考上了乡镇公务员，并且在这里收获了爱情、家庭。他有一个爱好，就是天文观测。乡村有各种爱好甚至癖好的人多了去了，有人爱下棋，有人爱打牌，有人爱拉板胡、二胡，有人爱吹竹笛、唢呐，且水平还都不低。我就曾见过一个炕上只有半片篾席的人，窗口几乎每天都飘出欢乐的《喜相逢》竹笛声，附近人称他"神经病"，我想神经病大致是不容易把笛声吹得如此悠扬且有节奏的。有些爱好能变得实用，甚至转化成一种职业，比如吹唢呐，红白喜事就能派上用场，甚至可以养家糊口。唯独天文爱好是个麻烦，山村没有光污染，这让安北斗便把在大学培养的业余爱好发挥到了极致。因为这个"高大上"的爱好，他赢得了杨艳梅的爱情，也因这个与实用价值半毛钱关系都没有的爱好，他的家庭分崩离析，动如参商。他的事业、仕途也每每"尴尬人难免尴尬事""破漏船偏遭顶头风"。安北斗是个现实主义、浪漫主义、理想主义，甚至"空想主义"集于一身的人，在一个实用主义成为意义判断的首要原则的时代，他便活成了一个笑柄。仰望着浩瀚星空，收获的却是一地鸡毛甚至无数坚硬的"实锤"，这是他人生的巨大不幸，但也正是这种卑微的体悟与不息的仰观俯察，让他具有了对生命意义的通透认知，从而变得理想又现实、深切而悲悯，最终活成了卑微与无助者的希望与火光。居高临下的同情与悲悯是没有实际意义的，只有安北斗们实实在在的悲悯善行，才是贴着大地的"上善若水"。

小说着力塑造的另一个人物便是温如风。他是安北斗的同学，但家境的困局，让他错过了与安北斗一样的读书进取机会，可他在自己卑微的生存轨道上，始终是一个想努力的人。他者与综合环境却一次次在改变着他的生活甚至命运轨迹，让他来到他并不愿意行进的轨道上。他先前是一个勤劳致富者，一个遵守公序良俗者，但因"半棵树"的产权问题，活生生被与权力捆绑到一起的"村霸"，逼成了一颗乱跌乱撞的失序"流星"。问题很简单，就是因为他还要一点脸面，要一点做人的权利，要一点并不比其他人高出一星半点的尊严。如果他甘愿做孙铁锤的"奴仆",那他也会得到"做稳了奴隶"的生活,但他偏不信这个邪,最终便活成了"问题人"。他的同学安北斗始终在努力"变更"他的轨道,企图让他回到生活常轨,可总有一些不可抗力,让安北斗劳而无功,温如风也就持续在"逃逸""滑落",直到成为一个实实在在的"游民"。温如风的确有温如风的问题,但温如风也是那根"权力任性"的"毒刺",扎得人生疼,却找不到拔刺的方子。尽管自己因此而活得卑微甚至一败涂地,但他也是那个被"村霸"所蹂躏的村庄的"暗物质"与"抗力",发挥着他人所无法取代的推动现实前进的作用。

　　小说的另一个重要人物草泽明,是安北斗与温如风的小学老师,也是孙铁锤的老师。草泽明的这三个学生几乎把北斗村与北斗镇搅了个天翻地覆。草泽民也可以称为这个乡土社会的"乡贤",但传统的农业社会突然面临市场与工业化的转型,传统猛然断裂,新的伦理价值又建构不起来,一个乡场,无序生长的权力与资本便成了指挥棒。草泽明看不懂了,也就退居于山坡之上,不置一言,静观其变。安北斗为草泽民在村里一些"大是大非"面前一言不发而失望、怨怼;孙铁锤威逼与利诱兼施,希望草泽明要么为他的"霸道"鸣锣开道、帮腔助威,要么把那点"乡贤"的"人脉腿脚"蜷缩回去,臭嘴闭紧;温如风在他这个昔日十分尊敬的老师面前,也已讨不到半点哪怕是道义上的支持,更是心灰意冷,索性不再往来。一个"乡贤",在这个巨大的社会转型期，面临着存活方式，尤其是精神价值失范的煎熬。价值观突然崩盘，乡村数千年建构起来的坚硬伦理基底，抵挡不住孙铁锤一个眼神的摧毁力。可也就在孙铁锤把自己的恶行发挥到极致时，草泽明突然义无反顾地迈出了最坚实的一步：孙铁锤可以获得现世的一切"福报"，但绝不可以在村子里竖立起一座"魔鬼变菩萨"的石像，为拉倒这座"假菩萨"石像，草泽明甚至付出了生命的代价。

小说中还有一个重要人物是派出所所长何首魁。他可能让很多人特别失望，包括主角安北斗，自然还有温如风等人，他的形象与恶魔相较，也未必好多少，尤其是你很难从他这里听到温暖的词，也别想获得一时的"麻醉"，他对乡土社会有深入骨髓的了解。他既不是一个铁面无私者，也不是一个柔情满腹者，但他的主基调是想建立一个法治的乡村社会。他"包庇"弱者花如屏，使其"杀人"案情不致泄露而遭孙铁锤报复，但对花如屏的丈夫温如风，似乎又欠缺了一些耐心与善意。他的形象有时不可捉摸，可当厘清了法治这个线索后，也就理顺了这个派出所所长的根本愿望与思路。最终，他以自己的牺牲，击毙了恶贯满盈的孙铁锤。也许这个击毙是不必要的，但他毅然选择了击毙，他害怕恶人再次被"营救"，从而逃脱正义的审判。

花如屏是小说里一个特别重要的女性。她是温如风的妻子，外号"小钢炮"，就是个头不大，但做事风风火火、泼辣敏捷的意思。她虽然置身乡土，却生得特别美丽，这个形象是基于我少年时期对乡村女性的一些记忆而形成的。她们并不比城里女人长得丑陋，但生活这把利刃，会在时间上将她们与城市女性的身材、容貌、气质、谈吐距离持续拉大。过几年或几十年再去看她们的行迹，就知道了城乡差别与二元结构之间的深层矛盾。花如屏因容貌姣好，而嫁给了提前靠诚实劳动发家致富的温如风，谁知温如风的生命轨迹因"半棵树"而南辕北辙，甚至成了一个"断线风筝"。从此这个"好女人"便沦落为一颗谁都想撞击一下的星体，遭到各种惦记、骚扰、盘算，尤其是孙铁锤的死缠不休。但为一口活人的气，花如屏终是没有给苦难的丈夫心上再插一把刀。她有她的生命伤痕与秘密。她竟然在少女时代就"杀过人"，派出所所长何首魁所保守下来的"死密"，是这个乡土村落里最原始的义的秩序与道的存续。我对花如屏的塑造充满了感情，也算是对乡土社会所有苦难女性的致敬。

　　小说中另一个女性形象叫杨艳梅，她是安北斗的前妻。当一个背着天文望远镜的大学生突然落户小镇做公务员时，杨艳梅眼前一亮，她母亲也为之一振，这不就是那个前程远大的乘龙快婿吗？安北斗顺理成章地与她相爱、结婚，并生下了宝贝女儿安妮。可生活的进程并不如想象的那么精彩美妙，天文爱好的时髦光环很快便成为一种"白眼张天"的讨厌病症，不仅影响了安北斗的个人前程，也让杨家感到难堪甚至绝望。杨艳梅随着父亲的迁升而举家进了县城，由此两人生命间距拉大，直到杨艳梅跟了"新贵"储有良调到省城，而使她与安北斗的婚姻彻底破裂。省城的生活也并不似想象的那么风光无限，储有良有储有良的生命"偏嗜症"，甚至无可救药。当新的婚姻再次成为面子工程时，杨艳梅与安北斗，已是再也改变不了的按各自轨道运行得越来越远的行星了，尽管在一刹那她也心存"暗结"，为之动容，却自知覆水难收。尤有意味的是，那属于乡土的"半棵树"，竟然被"大树进城运动"移栽在这个"富人区"的深宅大院里。小镇公务员安北斗，在这里读懂了女儿安妮为何不稀罕他苦苦在星空中寻找的那颗小行星。杨艳梅也似乎在一刹那明白了生活可能在物质以外还有其他的意义存在。

小说中还有一些小人物也是我的着力点，诸如蒋存驴，外号叫"叫驴"的。他是一个地痞无赖，但又喜欢跟派出所人混在一起，一边干着偷鸡摸狗的勾当，一边又帮着派出所抓人、撵人，维护一方治安。生活的本来面目有时是十分混淆的，要想厘清，世事反倒无法推演，这就是小说要关注的人物的复杂性和多面性。叫驴毛茸茸地存活着，有时简直就是一只过街老鼠，但他最后又在追捕拐卖人口犯时，献出了"最可宝贵的青春生命"。生活的逻辑永远无法清明澄净，小说在这里刚好一显身手。我喜欢这样的杂色人物，包括小说中的蔡表舅以及大爆炸事故责任人陈大才等，顺着事物本来的面貌去展开一些人物的斑驳多面，让一团一团的生活充分滚动起来，砖头瓦块、钢筋水泥、沙粒杂草具呈，似乎才是小说家要做的事。

《星空与半棵树》的底色，是改革开放给山村带来的巨变，每个人以及家庭、村落的物质生活变化都有目共睹，但在社会价值观上，也明显出现了诸多断裂、缺失、滑坡与畸变。似乎人人都有一种无力感，而这种巨大的无力感恰恰来自欲望。欲望使一些人更加穷奢极欲，也使一些人愈加无能为力。有人无法无天，也就有人活得暗无天日。现代化是一个大题目，乡土社会的再次开启振兴，不仅是自然生态的修复，更是人际人伦人心的修复，讲信修睦、亲仁善邻、自强不息、厚德载物地把传统接续起来，让现代人的尊严感、权利、平等、自由意识"变易"进来，并内化为民众的精神和生存方式，文明才会落地生根。现代化不是一城一池、一章一节的突变，而是一种整体性、结构式的嬗变。一切文明最终都是以人的整体性生活方式体现出来的。无论山川风物怎么改换，人的幸福都是最后的指向，建设具有现代文明的乡土社会，也是乡土文学的沧桑正道。达尔文说，自然界没有飞跃。社会治理更是充满了巨大的历史惯性。从这个意义上讲，乡土书写也许刚刚起步。好在我们都有割不断的乡土脐带。从鲁迅的阿Q到赋予中华优秀文化以现代属性的人的全面换代升级，乡土文学任重道远。

共同讲好文明的故事

——二〇二四世界戏剧日主旨发言

女士们、先生们，大家上午好！

我们相聚在戏剧人的节日里，以戏剧的方式，共话有关世界和平与理解的时代话题，意义深远且重大。我以为世界的本质，其实带着一种戏剧性的运动，充满了人与人、人与族群、人与自然环境以及自身的冲突与和解。其中的变数，一如戏剧的一波三折，云谲波诡、深不可测。因此，我们戏剧人更应该研究世界运动的本质，从而更好地去把握人类戏剧演进的规律。

在整个文学艺术门类中，戏剧是最早开始讲述文明的故事的一种方式。按人类学家的判断，自五万年前晚期智人走出非洲，日渐散布世界各地，其实就是孕育文明萌芽的大幕开启。甚至这个大幕开启的比五万年还早一些，但目前我们只能按照人类学家的研究成果，进行粗略的划分。那时我们共同的祖先，面临着许多共同的问题，首先是对自然认知的限度：突如其来的闪电雷声是怎么回事；呼啸而过的长风是从哪里来要到哪里去；

那巨大的潮汐怎么就能像魔鬼的血盆大口,长舌一伸一卷,便会让整条海岸线一次次重塑。包括地震、火山爆发、洪涝、冰雹、干旱以及天体运行中的日食、月食、彗星、流星等自然现象,都给我们的先辈带来巨大生存困境。他们恐惧、躲避、逃亡。渐渐地,其中一些聪明人,萌发创造欲念,尝试着担任起了"编剧""导演""主演"的角色,开始了对自然的抗争戏码。

最早的戏码,主角是巫师,他们能呼风唤雨,能阻止狂风大作,也能防止日月残破,就是日食月食。其实他们是最先掌握了风雨雷电以及斗转星移的部分规律的人。人们感觉他们很灵验,就经常请他们去"演出",甚至能给到很高的价格,因为这是有关生死存亡的大问题。但大自然的高深莫测、幽密诡异,直到今天,人类的认知仍是一知半解,可想而知,我们的前辈"编、导、演"们,不知遭遇过多少"把戏被揭穿"的尴尬,很多时候,戏都演砸了,"演出台口"也就日渐式微。但这些"编、导、演"并不甘于退出历史舞台,便从"指天骂地"的巫师角色,转换为"敬天畏地"的宗教角色,仍然上演着轰轰烈烈的有关或进天堂或入地狱的大戏。随着人类科学认识自然能力的不断提升,宗教的很多"戏份"被逐渐论证为"非真实存在"。中国的先贤孔子对他弟子季路说:"未能事人,焉能事鬼。"这是人类认识自然的一个很重要的阶段。世界不同地区的"编、导、演"们,在两千多年的时间里,一步步进入对自己所生存的社会,尤其是对人的根本追问与探寻的深度拓展之中,探讨的问题十分广博，包括政治、经济、历史、宗教、哲学、军事、外交等，几乎无所不包，这也是世界戏剧对人类经验智慧最集中的总结概括时期，出现了大量影响人类生命进程的戏剧经典作品，至今仍品质鲜活。

戏剧面对的最大故事讲述对象是人，是人本身的生命探索和精神演进。人类千辛万苦走到今天，创造了无尽的灿烂文化和文明，从身裹兽皮树叶、茹毛饮血，到华冠丽服、钟鸣鼎食、诗礼簪缨、香车宝马；从单打独斗、家族群居，到社会集团、都市国家、全球畅通、网络互联。经历数千年的文明开辟，我们喜气洋洋地陶醉于"地球村"的扑面而来，但世界远不是我们想象的那么文明顺遂、万里晴和，有时甚至越发感到沟通的艰难与冲突的难以消弭。世界的不太平，人类的各种"条块划分"，甚至局部的分崩离析，都让我们深切感受到"百年未有之大变局"加速演进的残酷现实。作为始终在沟通人类共同精神情感、思想价值的戏剧，我们也始终在场，自然应该发挥戏剧的沟通能力，去探寻彼此消除隔阂、增进了解互信的"牵手"。

此时我想起两个戏剧故事，一个是中国的传统戏曲经典《梁山伯与祝英台》；一个是莎士比亚的话剧《罗密欧与朱丽叶》。一九五四年在日内瓦国际会议上，中国总理周恩来，为了更好地同与会各国代表沟通交流，特意播放了"梁祝"这部戏曲片，并在请柬上写了一句话："请你欣赏一部彩色歌剧电影——中国的《罗密欧与朱丽叶》。"播出后效果极佳。"梁祝"是一个有关沟通的故事，其中内涵十分丰富。首先是作品内部人物之间的沟通不畅，所带来的巨大悲剧命题。梁山伯与祝英台相互爱慕，但沟通不畅和家庭干预，造成无法挽回的死亡悲剧。罗密欧与朱丽叶也因家族恩怨、社会矛盾全然无法沟通，酿成了双双含恨而去的后果。这是第一个层面的沟通问题。另一个层面的沟通，即是国际间的情感沟通，在没有翻译字幕的情况下，中国总理周恩来仅以一个比喻，迅速沟通了不同文化之间的共情故事，为在世界舞台上合作对话，提供了人文价值基础。彼此的文化虽然存在差异，但我们的生命样貌、人际关联、感情形态基本是一致的。

　　这让我又想起另外一个故事，《圣经》里有关巴别塔的故事。巴别塔又叫通天塔，是人类团结一心，共同建造的一座眼看就要通向天堂的物理塔。上帝觉得这是个事，天堂怎么能允许人类随便进入呢，于是就把塔给毁了，并且惩罚人类，让他们到不同的地域安身立命去，且还不能讲一样的语言。上帝害怕人类沟通，沟通产生的力量，就会接近天堂。这是一个很好的故事，是一个有关合作的故事，充满了戏剧性。人类一合作，就有通往美好的可能。但也总是有人不习惯合作，喜欢像上帝一样玩操控的游戏。因而，人类也总是在合作的道路上困难重重，犹如戏剧不断发生的冲突与激变。直到今天，局部战争仍在继续，有些火药桶也处在一引即爆的危险之中。很多曾经建立起的伙伴关系，也在分化瓦解，眼见曲终人散。从这个意义上讲，呼唤交流、呼唤信任、呼唤和平，将永远是世界的重大主题。而这个主题，也正是二〇二四年世界戏剧日的主题，足见戏剧人对世界的担当。

信任与合作，是建立在文化认同的基础之上。从人类各不相同的文明背景看，无论差异性多大，个性多么鲜明，但其根本价值仍是趋同的。善良、友好、互助、公平、正义、自由、互信、互利、和平等，从来没有在任何民族的典籍中，具有颠覆性的不同认知。即使处于不同的地理气候条件下，人的性情、面目被塑造得千差万别，或暴躁或温顺，或高大或矮小，或白色或黑色，但人性的本质都是相通的。世界戏剧的所有文本，也都参与了这种人性的证明。即使人类历史所归纳出的那些永远处于"多动症"中的好战者，在基本价值取向上，也不敢明火执仗地对人类这些宝典加以挞伐。他们总是以各种托词，把战争打扮成"天使下凡"的模样。戏剧多有类似的深刻揭示和批判，也从来没有缺席过对滥杀无辜的审判。正是因为有许多共同的文化价值基础，人类才在陆地、海洋、天空、互联网这些不同时代有所创造。对当下的发明，人类总是会保留着一个阶段性的深沟壁垒，深深忌惮着别人的获取。一旦这个成果被更新的技术所代替，也便会普惠于人世。数千年前，围绕着地中海文明所产生的玻璃制造技术，是严格保密的，那些工匠，不仅不许出国，而且在国内也受到特别保护与监视，泄密是有杀头之罪的。在未来的某一天，今天的所有高端技术发明，只要有益，也都会作用于人类的日常，但走向共享的过程，是一部"谍战悬疑剧"，充满了奸诈、血腥与火药味。从这个意义上讲，我们要对人类的文明进步葆有耐心和信心。任何新的技术，终有一天都会成为我们日用不觉的"锅碗瓢盆"。有着沟通人类情感行为能力的戏剧，在文明的曲线进程中，是有着同政治、经济、哲学、宗教，甚至军事、外交一样不可替代的作用的。由文化沟通起来的信任，是我们一再谋求共同出发的基础。

我们的戏剧始终在讲述人类文明的故事，各民族将自己最独特的那一份情感，用多样的手段，汇聚在一起，给人类增添的是一份无比宽阔的自信与自豪。文化的多样性与丰富性，是我们适应不同山川、河流、海洋、土地的必然结果。尊重彼此的个性差异，正是我们遵从自然规律的一种适恰把握。任何骄傲、自大、自负、自恃，不仅成为沟通理解的障碍，也会成为隔阂与祸乱的缘由。尊重他人观点与文化背景，才是达成沟通理解的最重要桥梁。事实反复证明，文明沟通对话解决不了的问题，战争也不能一劳永逸地解决。有时付出成本更高，反而会酿下永无宁日的后患。我们的戏剧，正是在这个地方显示出了卓越的柔性与韧性，从不同地域，贡献出不同的文化元素，在个别中寻求到一种彼此欣赏从而普遍认同的价值力量。情感冰冷的世界，不是文明发展所希望看到的世界。我们也不应该在几千年的发展进步中，没有汲取历史足够沉痛的诸多教训，总在同一个轨道上徘徊或翻车。我赞赏挪威剧作家约恩·福瑟先生为二〇二四世界戏剧日撰写的献词《艺术即和平》中的观点："世界需要同情心、同理心与互助心。"作为人类广泛参与的戏剧活动，应该与弱者和鸡蛋站在一起，不要去做那坚硬而冰冷的石头。我们有太多的对话前提，有太多交流互鉴的可能性，我们是人类命运共同体。对于任何一只蜜蜂无益的事，一群蜜蜂也未必能获得什么好处。戏剧是最能讲好命运共存这个故事的一种样式，戏剧是艺术，具有一种巨大的超越性，也就更容易在大众中传播。

我们都应该有一种信念、信心和希望，将戏剧这个富有人性深度与多样性的文化符号，努力传递到更广大的世界，让戏剧从数千年裏挟来的人性成长价值，作用于我们共有的世界。人类是用讲故事的方式率领不同族群一往无前的，戏剧的优势也正在于讲故事。一如既往地用我们的独特优势，去讲好既有个性又有人类普遍价值意义的故事，把更多柔软心灵的血脉接通起来，为理想、为正义、为自由、为和平拉开演出的大幕！

沟通是世界存在的前提

—— 在中国翻译协会二○二四年会上的主旨发言

假如没有翻译这种沟通方式，"世界"就不存在，我们只能活在各自的茧房中，自我桎梏着了此一生。人类的伟大，就正在于这种突破，希望了解到更多信息，从而活得更精彩也更自知。如果没有翻译家，就没有"世界"这个概念，是翻译沟通构成了物理以外的世界。翻译不仅是语言的转换，更是文化的奇妙对视与深情回眸。

我想在两千多年前的丝绸之路开辟时期，很多人担任了翻译的角色而不自知。是商贸往来的需要，而让不同地域、不同肤色、不同语种的人，以人性的底色，展开了由浅入深的基本生活沟通。那时专门的翻译家兴许不多，但懂得翻译重要性并能参与简单沟通的人，应该遍地都是。就像我国一些大的旅游景点，没有哪个卖货大妈是不会多国语言的，尽管就那么几句，但已十分管用。我想正是老百姓的普遍参与，才能形成像丝绸之路这样浩浩荡荡的伟大的世界性走动。我的家乡陕西，有两个十分重要的翻译家，一个是张骞，一个是唐玄奘。作为外交家的张骞，走了三十六个国家，他的翻译能力，当不可小觑。他狼狈不堪得身边仅剩下一个忠实的奴仆，这个叫堂邑父的匈奴人，想来不会比张骞更具有变通应对复杂局面的语言外交能力。唐玄奘不用说，在他十七年的苦苦跋涉中，历经"百又三十八国"，那是一个人的寂寞行走，几乎每天都要面临沟通的巨大"开放格局"，何况他的人生最高目标，就是要成为大德高僧与翻译家。今天，翻译更是文明对话与交流互鉴必不可少的介质，任谁也不想回到生命的茧房时代，因此，我以为"开放"就是最具有对"翻译"这两个字的阐释力的代名词。

我的部分青少年时代，是在陕西一个叫镇安的县城度过的。那是中国开放的酝酿与初始阶段，青少年都处于如饥似渴的学习状态，没有人逼你，也没有学分压你，就是自己想学习。不仅学习国内的，也把触角延伸到了世界上。而镇安县城那时离西安有二百公里之遥，并且需要翻越大秦岭，车程八小时左右，可谓山大沟深，但这些并没有影响我们向世界探寻的眼光。这一切都拜翻译所赐。那时县城只有一个新华书店，很多时候买一些书需要排队。我为得到一部朱生豪先生翻译的《莎士比亚全集》，整整等了半年才拿到手。而许多重要的世界名著，包括当时的一些热点作品，比如《第三次浪潮》等，我都是在那时接触到的。有些翻译家让我们进入一种"铁粉"状态，比如柳鸣九先生的翻译著作，只要见到，我就一定会买回去读。正是在那种广泛的阅读中，我深切感受到与世界距离的拉近，而这个拉近，是翻译家在内容、审美与推介三个层面的发力。试想如果没有优秀的翻译家，我们便会永远与世界隔绝。一旦与世界隔绝，必然活成了另外的模样。

因此，我今天借这个发言的机会，一是感谢翻译家给我们生命带来的宽阔视野，二是感谢翻译家对自己作品外译所付出的艰辛努力。有些翻译家是我们的朋友，有些翻译家至今还未曾谋面。比如翻译我长篇小说《装台》和《主角》的日本翻译家菱沼彬晁先生，我们就还没有过直面交流，在翻译中碰到的诸多问题，也是通过朋友转达沟通。菱沼彬晁先生翻译的三卷本《主角》，日文版叫《主演女优》，还获得了日本翻译协会"二〇二三年佳作"奖。由于长期致力于向日本翻译中国优秀文学与戏剧作品，菱沼彬晁先生荣获了中国政府颁发的"中华图书特殊贡献奖"。包括今天在场的英国翻译家罗宾·吉尔班克先生和中国翻译家胡宗锋先生，他们不仅翻译了我的《装台》等小说作品，而且还把我的几部戏剧作品也翻译推介到了国外。今天在座的作家朋友很多，我想他们跟我的感情是一样的，在此一并向那些呕心沥血的翻译家表示致敬和深深感谢！

世界是全人类的世界。世界既然已经走到你中有我我中有你的今天，就不可能再回到"老死不相往来"的时空阻隔中。任何阻断，都是暂时的，开放融合是文明的总趋势。从这个意义上讲，翻译家是传递文明的使者，他们是牵着骆驼去"凿空西域"

的张骞，也是背负"经箧"，踽踽独行在"舍身求法"路上的唐僧。很多时候，他们甚至扮演的是打通人类物理空间与生命精神壁垒的穿山甲式的硬角色。文明需要沟通互鉴，于多元中彼此欣赏，欣赏的前提，就是要让人知道这个文明的优长所在。近几日我在北京看法国音乐剧《唐璜》时一直在想，我们中华民族有多少优秀典籍与故事，值得发掘并告诉世界呀！我们的想象力、我们的创造力以及我们的传播力，都面临着全新的挑战。包括今天的现实创造，也有十分璀璨的篇章值得让世界知晓、理解并与之相贯通。我们需要更多的翻译家去开拓新的文明之路，在欣赏世界的同时，也让世界打开的欣赏中华悠久文明历史与灿烂文化的眼光。

在世界舞台上留下彼此欣赏与凝视的眼光

——英文版《装台》与意大利文版《主角》首发式发言

尊敬的各位嘉宾，各位文学界、翻译界的朋友，上午好！

非常感谢大家拨冗参加我的两部作品《装台》英文版和《主角》意大利文版的全球首发仪式，一同见证这个特别的时刻。

这两部作品对我来说都具有重要的意义。它们是我生活记忆的一种会合，也是我对这个时代的一些思考，包括对西部——尤其是陕西地域文化的思考，更是一种对生我养我的故土的深深眷恋与回馈。能够看到这些作品不断地跨越国界走向世界，对我来说是一种巨大的鼓舞和鞭策。西部是诞生中华文明的重要摇篮，它是世界文明的重要组成部分。我们不断地在这里提取精华，用讲故事的方式，向世界传播。这是一个纷纭复杂的时代，也是一个需要广泛交流沟通的时代，文学艺术承担着不可替代的作用。我由衷地希望有更多的文学作品能够走出去，帮助世界各地的读者了解探索中华文明、中国文化以及鲜活的中国当下的故事。

在这里，我要特别向翻译团队表达最诚挚的感谢。他们不辞辛劳，展现出了非凡的专业精神，他们用心理解每一个字词、每一句话的内涵与情感，并将其精准地转化为另一种语言，这需要掌握高超的语言技艺，还需要对中国文化，尤其是陕西地域文化有着深入通透的了解，以确保译文能够传达出原著的面貌，尤其是精神价值。正是由于他们的精湛翻译技巧，我的作品才得以与世界各地读者幸遇。我由衷地感谢他们为此付出的艰辛努力。同时，我也要感谢出版方和所有支持这次首发仪式的机构和个人，是你们的合力帮助，才有了这次盛会的召开。

我非常期待来自不同文化背景的读者阅读我的作品，从中感受中国、感受中国西部、感受我的家乡陕西的非凡魅力。希望英文版《装台》和意大利文版《主角》能够为更多人打开了解中国丰富多彩的地域文化的窗口。愿我的文字以及更多中国作家的文字能够在不同国家、不同地区，播撒下文化的种子。

构筑书籍的磅礴大厦
——陕西新华出版集团成立十周年祝词

陕西新华出版集团十年间出版发行了六万余种图书，我脑海中立即形成了一个磅礴大厦的气象。我们经见了太多辉煌而壮丽的大厦，唯有书籍这个大厦，会给我们带来精神提振。阿根廷作家博尔赫斯说："如果有天堂，天堂应该是图书馆的模样。"我有幸去博尔赫斯当馆长的阿根廷国家图书馆访问，面对那个通天接地并可仰观俯察的书海构架，的确会产生一种精神飞升之感。我们在丰富的图书馆藏面前，立即会感到自己的渺小、无知，我们需要阅读，让自己从浅薄中，尽量向外探出一点身子，从而减少生命中那些盲目的自恃与傲慢。

因为写作，我们总是与各种出版社打着交道。每每走进这些场所，我们自然会收缩起那点自信。因为面对的是知识的海洋。我们搜肠刮肚写出来的所谓著作，在这里永远是太仓一粟、九牛一毛。我们不能不叹服人类智慧结晶的伟大，而出版机构，正是这种巨大结晶体的制造者。人类有太多辉煌而夸张的建筑、华贵而美丽的衣袍，甚至还有镶嵌着无数颗钻石的水晶鞋，但都禁不住时间的磨砺，终归斑驳锈蚀、灰飞烟灭。唯有知识，会以各种方式存续永远。

中华民族从竹简木牍到活字印刷、再到数字技术，已将庞大的智慧能量系统地压缩，这种巨大的文明升级，必将鼓舞与赓续人类更大智慧的生成。陕西是一块文化的沃土，这里创造过无数的典籍，为中华文明贡献过璀璨的华章。立德、立功、立言在我们传统文化中，始终被誉为"不朽之伟业"。今天，这片土地上依然文心绽放、群星灿烂。对历史、政治、经济、文化、艺术、科技、宗教、自然的"立言"，都充盈着厚重、开阔而勃兴的张力。也正是耕耘者甚众，才有出版集团十年收获的滚滚麦浪。

作为数以千万计的写作者之一，我有幸在其中几个社里，出版过包括"文集"在内的近四十册图书。一些文章，也被多个选本所收录。我是这个集团所出版图书的忠实读者，也是出版集团的写作者。每一本书的出版，都给我的人生带来荣誉、信心和力量。在集团成立十周年的美好日子里，我以谦卑而敬重的姿态，谨向出版集团表示最衷心的祝贺与感谢！

祝愿陕西新华出版集团文锦壮美、生命长青！

第二辑

对经典须有温情和敬意

国学经典，近百年来，冷热起伏，几起几落。拥戴者，奉若瑰宝，誉为济世灵丹；弃之者，视若鸦片，恨其铲除不尽，恐再"吃人"。在二十世纪初那种积贫积弱、饱受屈辱的年代，当时的精英人士，对家国恨铁不成钢，骂几句祖传典籍，说点"砸烂""打倒"之类的话，也确实是出于一种责任情怀和担当意识。不过有些掷地有声的话语，在今天看来也未必都是理性的，家道衰落了，不一定全是那些祖传典籍惹的祸。历史，是一个复杂得不能用任何单一方式注解的复合体，任何企图用简单话语归纳历史的做法都是粗暴的。同样，在今天这个家邦兴盛的时期，我们对自己的文化认知，也未必都是理性的，什么典藏翻出来都能"包治百病""包打天下"，恐怕又是另一种夜郎自大式的"笑傲江湖"。因此，对于我们的传统文化，尤其是那些堪称经典的宝藏，更需要悉心阅读，理性梳理，使我们能够生活在一个既不自失，也不盲从的精神家园中。

曾几何时，对传统文化经典的解读，"忽如一夜春风来"地花开遍地，大小书摊，琳琅满目。几千字的原典，能解读成数十万字的"砖头"，你方抢罢我方拍，其中有让人醍醐灌顶、豁然开朗者，也有"文抄公""瞎蒙公"之流，更有"膨化酥""注水肉"之类，总之，借经典的灵堂，哭自己恓惶者居多。如果一味地想从这些被彻底稀释的"软阅读"中，获得文化典籍的原汁原味，多半会倒掉胃口，甚至完全看轻典籍的价值，直至成为新的传统文化蔑视者。因而，在当下，要想全面认知民族传统文化经典，必须从触摸元典开始。

其实历史上已经多次出现这样的开始。孔子是一种开始，他从周文化元典开始，孟子也是一种开始，他由孔子开始，董仲舒、朱熹、王阳明是又一种开始。这种开始都有从元典出发的特征，梳着梳着，后面越来越粗的辫子，就未必还是原来的那缕头发了。今人梳出的一些"花辫子"，更是焗得油汪水亮，再硬接到孔、孟者的发髻上，文化的庄严感顿失，想要发扬光大，岂不贻笑大方？

尤其是近年流行的典藏修缮热，更是驴唇不对马嘴，无论是《三字经》还是《弟子规》，这些传统文化的浅显读本，都因具有所谓的实用性而惨遭阉割，生生搞成了传统与现代的拉郎配，让人读后哭笑不得。问题都出在我们总是怀疑别人的判断力，总是想给人一个现成的思想，让人就范。因而，便搞出了许多非驴非马的"精心"篡改。这种篡改的结果是：传统的似乎很现代，现代的似乎很传统，让人更加难以对这些典籍有好感。至于各类与当下经济社会直接对号入座的演义读本，就更是俗不可耐，读后只会让人对被阉割的传统经典敬而远之。

读中华原典，不仅是对文本原义的回归，更是对历史人文图谱的还原，无论《论语》还是《孟子》，在阅读中，我们甚至能感到两位圣贤的飘然而至。孔子略显木讷，弟子问几句，他只回答一句，那一句出来，用了两千多年，还找不到更合适的替代话语。而孟子却是滔滔不绝，无论是弟子还是王者，只要问一句，他就会回答十句，不仅辩证，而且充满情感与道德力量，话多得让人甚至有些讨厌，太好辩，还"当今之世，舍我其谁"，傲态十足，但也不得不佩服他思维的缜密与用语的精到。如果不读原典，就难以还原出一位先哲的生命质感。任何学术，远离了人性温度，就变得枯燥乏味，形同僵尸了。无论读老子、庄子，还是孔子、孟子，性情的无处不在，也是他们能沧海桑田、历久弥新的重要原因。触摸原典，其实更是触摸先哲们性情深处的本来温度。如果直接用现代话语进行勾兑，这些可以穿越历史隧道进行触摸的人性温度，便荡然无存了。

在《论语·乡党篇》中，有这样十二个字，读后令人直接感受到了两千年前人本、人道的浓郁气息："厩焚。子退朝，曰：'伤人乎？'不问马。"马棚失火了，孔子从朝堂回来，先问是否有人受伤而没有问马。只问财产，不问个人生命安全，演出了多少不该上演的悲剧。其实这些轻贱生命的病毒并不在传统文化的源头那里。无论孔子、孟子，都是以人为价值主体的，孟子甚至当面批评梁惠王说，厨房有肥肉，棚栏有壮马，而百姓满脸饥色，遍野饿殍，他们这样治国等于率领禽兽吃人哪。"率兽而食人"的严厉斥责，让人看到了儒家悲悯恻隐的人道温度与仁者爱人的人性深度。孟子还讲："民为贵，社稷次之，君为轻。"当然，这些理想因没有制度保障，而使整个封建社会并没有成为孔、孟所期望的人本社会。

在原典中，我们还能看到先哲们在政治与道德上，与今人处理事物方式方法上的异同。譬如在处理国与国的关系上，孟子时代的齐国，见燕国内乱，就出兵去"帮忙"治理，打下燕国后，齐人征询孟子的意见，问吞并还是不吞并。孟子回答说，看燕国老百姓是否愿意被吞并。天下哪有情愿被别国奴役者，但齐王误以为燕国老百姓为了规避战乱，"箪食壶浆以迎王师"就是拥戴他的霸业，结果深陷战争泥淖，最后又去问孟子怎么办。孟子说，赶快发布命令，把俘虏送回去，把掠走的国宝还给人家，再与燕国人士协商，择立一位新王，就立马撤退。只有这样做，才可能避免新的动乱和战争。读《孟子·梁惠王》中的这段话，看今天国际纷争中的一些场景，就不得不佩服孟子的深刻。今天的政治家们，其高明程度也并未超越孟子，相反，不知孟子者，却定然要重蹈两千多年前齐国的覆辙。

孔子和孟子都是当时的批评高手，与古希腊文明时期的政治、道德批评力量相比毫不逊色。孔子周游列国，是宣讲团，更是批评团，一路走来，没少惹人，并且惹的都是君王和权臣，除了接待上让他不满意，多有丧家犬之感外，批评始终没有因外力而中断。他颠沛流离地游走批评了十四年，虽然到处遭白眼，但总归还是没有因言罹祸。孟子就更是批评得毫无顾忌了，经常弄得一些想从他那儿"取得真经"的君王下不来台，你失败了他批评，你成功了他也批评，你慢待他了他批评，你太巴结他了他更批评。这种不冷不热、不即不离的状态，可能正是批评与被批评者之间的最好状态。孟子有时批评某些实行霸道而不实行王道的国君，甚至有父亲训儿子的感觉，但这些国君最多变变脸色，翻翻白眼而已，拂袖而去的往往是他自己。有一次，孟子因对齐王不满，卷起铺盖走了，但又并没有离开国境，而是在齐国边界的一个小县城盘桓了三天。一个叫尹士的人就说孟子是因贪婪俸禄才不走的。孟子也毫不讳言地说，他是盼着齐王有了认识后来追赶自己，他真的觉得齐王要按他的想法干，还是能干成一番事业的，结果齐王理都没理他一下，三日后，大失所望的他才"浩然有归志"。在这些原典中，我们读到的不仅是修身、齐家、治国、平天下的理想和智慧，更是一种不能不让人向往的豪情万丈的生命气象。

我们真的应该回到经典源头。可惜的是，始终没有形成一个维护这些批评声音的制度，以至于孔、孟二人，一时被誉为至圣，一时又被唾弃为粪土。有时我们清算历史账目，也有些不由分说地把孔子、孟子当成替罪羊，两个老人也是很冤枉的吧，且不说批评了一辈子当权者，并没有人好好听，就是从批评的内容看，也是与后来积贫积弱的社会现实相背离的。他们主张人民当"富之""教之"，当"有恒产"，认同"人亦孰不欲富贵"，不过反对不择手段，将天下财富"一人货之"而已矣。

西方的现代文明，是从古希腊哲人苏格拉底和柏拉图的哲学大树上生长出来的果实，无论他们的赞美者还是批判者，都为这个文明增添了无尽的枝叶。如果拿孔、孟与希腊这两位哲人相比较，应该说他们从精神上是隔河相望的。他们的共同特点是善思，并且特别喜欢教育人，尤其是始终站在社会批判的立场上。他们的共同命运是当时都不风光，宁可忍受不公正，也不去做不公正的事，苏格拉底甚至被处以极刑。孔子和孟子都喜欢扮演"王者师"的角色，由于主体意识太强，太想推行自己的政治主张，而都被王者不待见。柏拉图也先后两次到暴君那里构筑哲学王国，也都以失败告终。在文明的源头时期，先哲们远隔万里，却有着相同的精神，对于人类社会发展也有着诸多相近的思考，后来，渐行渐远，以至形成十分对立的中西方文化冲突。其实，中西方文化是两条优美的平行线，共同照耀着人类的历史。在全球化的今天，梳理好自己的文化源流，为和谐世界大家庭多提供一份精神动力，当是我们民族的责任和担当。

西方当代最富盛名的历史学家阿诺德·汤因比说："就中国人来说，几千年来，比世界其他民族都成功地把几亿人民从政治文化上团结起来。他们显示出这种在政治、文化上统一的本领，具有无与伦比的成功经验。这样的统一正是今天世界的绝对要求。"中华文明几千年延绵不衰，核心是文化中的睦邻、谦和、礼让、宽恕、仁义、孝悌。在老子、孔子、孟子这些中华文化的先祖那里，始终反对"霸道"，力主"王道"，所谓王道即"仁爱""恻隐""亲民""止于至善"之道。而西方文化自古希腊古罗马以降，崇尚丛林法则，优胜劣汰，以强为美，喜好征服、占领，从本质上看，西方文明具有进取心、进攻性，而中华文明具有柔韧力、内敛性。西方文明得力于法制的不断完善，而终于把狂悖之心羁绊在社群所能容忍的轨道内。中华文明，始终偏向人治，相信自我修养、自我约束的力量。孔子就不喜欢"听讼"，他说："听讼，吾犹人也。必也使无讼乎！"意思是说"在听取诉讼方面，我比别人也好不到哪里去。不过我以为最重要的是不让诉讼的事发生。"这是中西方文化源头上的区别，也是我们今天开放的中国需要修补的一课。

中国是世界公认的传统文明国家，几经变迁，今又崛起在世人面前，作为中国人的我们，无论有没有准备，我们都需要为人类的和谐发展拿出我们的"药方"。所谓人类问题，其实就是生存着的人们的各种关系问题。在中华民族始终没有中断的文明中，确有许多解决这些复杂关系的良药。"一根筋"地推崇中华传统文化的钱穆先生说，对本国历史要持一种"温情和敬意"。这是一句非常到位的话，不仅有感情因素，更有普适的理性。孔子其实就是一个古代文化爱好者，他终其一生克己以复周礼，就是为了融通当下。对历史的尊崇，对古代精神的复兴拯

117

救，其实是防止一种傲慢自大心理的形成，通过对永恒真理的温习，从而产生新的生命哲学，这是人类永远不能放弃传统经典的原因。无论孔子、孟子，回到元典阅读，他们都像普通人一样极其鲜活地存在着。如何去发掘隐藏在已千变万化了的各种学说背后尚未完全遗失的经典原貌，获得真实的体温和人格图谱，当是目前国学热中应解决的重要问题。其实孔子从来都是开放的，他周游列国，既是兜售，也是学习。传说中，孔子曾两次拜访根本瞧不起自己且思想精神实质也大相径庭的老子，在遭受批评以后，回来还对老子大加赞赏。这种胸怀正是我们今天既正视自己的传统经典，固本培基，又不失自我地向别人学习，从而在自己的森林中，重新培植起为世人瞩目的参天大树的最佳时机。

重读老子的当下意义

　　老子五千言，流传了两千多年，据说是世界上仅次于《圣经》发行量的一部人类文化典籍。之所以有这样的翻译量、印刷量和阅读量，其根本在于它对人类精神世界的恒常思辨、警醒和"淬火"作用。人类社会总有许多疯狂的时代，要么是战乱频繁期，要么是急剧上升期，要么是引颈转型期，都需要听听老子的言说。南怀瑾把儒释道对于中国人的作用，分别比成粮店、百货店、中药店，我觉得十分有趣，也很有意味。粮食不吃不行，这是儒家几千年来的作用；佛门对于绝大多数人来说，真是百货店，进去转转可以，也可能买些东西，但多数是转转就出来了；而道家是中药店之说，很是有些奇思妙想，有病了总会来把把脉，开开方子，抓抓药，中药虽不能马上药到病除，但文火炖汤，平衡阴阳，全面调理，自会产生长效。而思想、文化、哲学对于人类的作用，不正在于调理精气、平衡阴阳、文火炖汤吗？

　　我们不能否认，现在是一个美好的时代，物质极大丰富，

119

文化快速发展，思想相对活跃，精神日益自主，现在这个时期既可以说是经济社会急剧上升期，也可以说是人的思维意识与社会结体的巨大转型期，我们如何在日日有庆典、时时有捷报、处处有欢歌的盛世中，保持清醒，保持警觉，我以为读老子，当是时下十分需要推崇的。西方就有许多人重视老子：黑格尔把老子学说看成是真正的哲学；尼采说老子思想"像一个不枯竭的井泉，深载宝藏"；现在也有许多西方人在老子的智慧中，寻找改良经济社会畸形发展的出路。我们得天独厚，更应近水楼台先得月。

老子到底说了些什么？他对当下社会到底能开出一些什么样的"药方"？这虽然过于实用主义了些，但仍是许多学者都在解答的问题。老子不仅对哲学问题有诸多论述，同时对历史、伦理、社会、政治、军事以至修身养性，都有绝妙阐发。老子的辩证哲学观念对于历史、社会、人生的具体应用，颇具实践性和可操作性。我以为老子的学说解答了当今社会的三个问题。

一是如何处理好人与自然的关系问题。

随着人类文明的高度发展和科技的不断进步，人与社会、与自然之间的矛盾日益凸显。一浪高过一浪的强大减排、低碳舆论，与人类对自然的疯狂开发、攫取相比，几乎是小巫见大巫。其症结在于人的享乐之心、占有之心、贪婪之心、狂悖之心。在《道德经》第五章中，对大自然有一个很形象的比喻："天地之间，其犹橐籥乎？虚而不屈，动而愈出。多言数穷，不如守中。"意思是说自然天地，如同一个大风箱，空虚时并没有穷竭，越是拉动不止，产生的风就越多越大。就像人说话越多，越容易招致耗损与失败一样，老子希望人们能保持静虚，别胡乱拉动自然这只风箱。这似乎越来越不可能，满世界为了全球化进程，为了人类的穷奢极欲，把"风箱"拉得震天响，还嫌"风箱杆"太短，"风箱肚子"太小，都在拼命用科技的手段，提升着"风箱"的潜能。谁又能抑制住这种着了魔似的人类集体的疯狂"拉动"呢？

老子讲："知常曰明，不知常，妄作凶。"这个"常"指的就是自然永恒不变的规律。老子始终希望人们清醒认识自然的伟力。许多人说老子的返璞归真、无欲、不为观念是一种倒退，我们能放弃小汽车、放弃电脑、放弃手机，回到"不知有汉，无论魏晋"的桃花源时代吗？甚至回到老子所倡导的小国寡民时代吗？我想，读老子，在于认识"道"，也就是认识事物的本质，从而把握事物的运行规律，是远观一条长河的涌流，而不是近视一个浅滩或一个深潭的短暂波动。一时的精彩，可能带来长久的暗淡，这就是老子讲的辩证法。"见素抱朴，少私寡欲。"即使各种原因，让你不得不继续拉动欲望的风箱，读了老子，能保持一份清醒，一种省察，一点对自然的敬畏、后怕和歉疚，也总比老以为风箱拉得越欢越有理、有功、有划时代意义强。

二是如何处理好争与不争的关系问题。

在《道德经》中，几乎通篇充满了不争的理念："上善若水，水善利万物而不争。夫唯不争，故无尤""夫唯不争，故天下莫能与之争""天之道，不争为善胜""我有三宝，持而保之：一曰慈，二曰俭，三曰不敢为天下先"等等。在今天这个提倡竞争的社会，似乎老子这些"语言碎片"又是极其过时落伍的言论，然而，恰恰由于我们失去了对人类哲学思想的常态把握，而导致了过度竞争中各种"潘多拉魔盒"的无序和倾覆。战争是这样，经济发展是这样，以至于人的常态生活，也在无处不有的竞争中，变得不堪其累，甚至畸形变态。人类进行军备竞赛，导致核武器泛滥成灾；人类进行太空竞赛，很可能要导致太空垃圾的"乌云密布"；而人类的物质占有竞赛，已使地球不堪重负，人与人之间尔虞我诈，弱肉强食，贫富不均，冲突不断，硝烟四起。我们回过头来，再听听老子怎么说："知足之足，长足矣。""多藏必厚亡，故知足不辱，知止不殆，可以长久。"老子还说："勇于敢则杀，勇于不敢则活。""吾不敢为主而为客，不敢进寸而退尺。"在五千言结束的时候，他还侃侃而谈："天之道，利而不害；圣人之道，为而不争。"这就是深受春秋霸主们争强好胜以至祸国殃民之苦的老子，对历史无奈的反复规劝。

社会如果没有竞争的动力，可能成为一潭死水，然而，过分提倡竞争，又没有行之有效的制度加以框范，必然搅动人性之恶，进入明枪暗箭、血肉相残、你死我活的无序厮杀境地。最典型的是：舍去艰难困苦的奋斗过程，直取辉煌结果。不管种没种树，桃子必须要摘最大的。无所谓用什么手段，能摘到最大的就是最成功的。长此以往，为政必然贪大求洋，好大喜功，旁门左道，欺上瞒下；为人必然夸夸其谈，文过饰非，草蛇吞象，不可一世。万事万物，一切都有个由少到多、由小到大的积累与量变过程。老子说："合抱之木，生于毫末，九层之台，起于垒土，千里之行，始于足下。"我们一夜之间就想直捣金字塔，竞争成天下首富、人间阔佬、文化大匠、政治巨星，凡此种种，不一而足，真是怪相频出，闹剧丛生，若老子再世，恐怕连不争这个方子也是不屑于给这些人开的。

三是如何认识强与弱的关系问题。

强大，是人类社会苦苦追寻的一种生存目标，无论邦国、民族、团队、家庭、个体，概莫能外。老子却苦口婆心地要人"守雌""守弱""守柔""处下"。老子说："江海所以能为百谷王者，以其善下之，故能为百谷王。"老子要"大国者下流"，不逞强好胜，处于"下流"，才能真正成为兼容并蓄的大国、强国。老子说："曲则全，枉则直，洼则盈……"老子对强大、强硬说了许多不利的话，他说，人活着时柔弱，一死就坚挺了，草木活着时柔脆，一死也就僵硬了。"兵强则灭，木强则折，坚强处下，柔弱处上。"国家、族群、团队是这样，个人又何尝不是这样呢？社会的浮躁冲动、个人主义盛行、短视与功利主义泛滥，都是一味要强惹的祸。老子一再讲"强梁者不得其死""大音希声，大象无形""直而不肆，光而不耀"，连古代帝王也要自称"孤、寡",以示低贱。老子反复强调"柔弱胜刚强",要"知其雄，守其雌。知其白，守其黑。知其荣，守其辱"。老子认为水是最柔弱的，处万物之下，然而却无坚不摧，无所不至。在这些哲学观点上，老子看似有些阴谋家的意味，但其骨子里仍是为了缓解社会纷争，平复生命激荡，让强者内省收敛，让弱者得以舒筋活络、缓释物质与精神的多重挤压。

今天是一个贫富悬殊落差巨大的时代，强者与弱者界限分明。世界上，无论国家、民族，还是团队、个体，都在进一步加大着这种分界。强者欲望的无限扩大化，必然挤压更多人的生存空间，导致人际之间、族群之间、国家与国家之间的仇恨、纷争。强者如何"去甚去奢去泰"，改变穷奢极欲、炫耀攀比、拼命享乐的骄奢淫逸生活，继而转向怜悯、同情、提携弱者，以以德报怨和"心善渊、与善仁、政善治、事善能"的襟怀来担当责任，当是一剂不使用激烈手段或可解决部分问题的良药。构建和谐社会与和谐世界，必须把过度膨胀的各种欲望限制在一定范围内，尤其是要限制在公平正义的竞争范围内，否则，和谐就只能是人类一种遥遥无期的愿景。

老子毕竟离我们太遥远，他所经历的社会问题，也远没有我们今天复杂多变。但他热爱生命，反对瞎折腾，反对争强好胜，反对物质奴役，反对动辄战争的思想，对于今天的我们，仍是非常适用的哲学。他主张顺其自然，主张简单、朴素，主张谦卑、守弱，主张养生、长寿，我以为是抓住了人的生存本质，我们不能过分放大经济、物质对人类的幸福安康作用，应当剥离诸多舍生忘死的聚富敛财和劳民伤财的建功立业思想，顺应自然，循序渐进，从而活出人的从容、淡定来。

三千万儿女齐吼秦腔

"三千万儿女齐吼秦腔"是一句很夸张的话，只是想说明吼的人特别多而已。陕西三千多万人口，真正能"吼"秦腔和爱听秦腔的，有万人便了不得了。因为陕北、陕南，就没有那么多着迷者，即使是关中秦腔窝子，也未见得都迷这东西。

其实，即使是一千多万人迷秦腔，也是个了不得的数字，它在生意人眼里，简直就是个"斗大的元宝滚进来"的超级市场。可惜看秦腔的人都不喜欢买票，吼秦腔的人更无须买票，这个红火市场也就屡屡让生意人受挫，而只能了无经济效益地白红火了。

尽管没有什么经济效益，但在把什么都想弄来变钱的时代，秦腔并没有因此被遮蔽湮没，反倒一日胜似一日地持续走红，这就是一种文化力量的无坚不摧了。秦腔生命力之强劲，是我们调动所有想象力，都难以穷极的，只有当我们一次次走进戏窝子的深层皱褶，方能感受到这种文化。

关中是一个神奇的秦腔生态园，这里不仅生长秦腔，而且也广泛地接纳、消费秦腔。可以说八百里秦川，本身就形成了一条相对独立完整的秦腔链条。这里有数不胜数的戏校，多呈民营性质，培养的学生不仅供民间剧团选用，而且也有大量的尖子生，最终流进了省市专业团体，甚至成了那里的栋梁之材。剧团与剧团之间，也在不断相互吸收兼并，人才更是跳槽不断，大有"分久必合，合久必分"的激烈纷争态势。在关中许多县市，方圆几十里就有数家剧团的，已不在少数，有的甚至一个镇上，就赫然立着好几块招牌，他们农忙封箱，农闲时，就集合起"只有十几个人来七八条枪"的队伍，四处闯荡，虽然收益不大，但唱戏是个面子活儿，加之行业竞争又激烈，演一场挣几十块或几百块的，逢人就得吹牛说是挣了几千块了。反正无论挣不挣钱，发没发财，吼了秦腔，这精神世界还都是满足得有些"不知有汉，无论魏晋"的。

难以想象，关中的秦腔市场到底有多大，反正见天都有地方在唱戏是不成问题的，因为关中农村"过"很多事，都有唱戏的传统。过去"一大二公"时，逢年过节有集体包戏，后来集体没钱"耍牌子"了，就有人站出来，自己掏腰包"请戏待承乡党"。请戏的事很多，生老病死、婚丧嫁娶、禳灾祛祸、修庙祭祀、乔迁盖房、挖渠修塘，只要高兴、愿意，都是请戏的由头。后来甚至包括学生考上了像样的大学，也都有人烧火着要"唱大戏"。至于在外面发了财的、翻了身的、衣锦还乡"要个声（要些声名）"的，那就更是愿意为此破费钱财，以换取如秦腔一样响遏行云的声名了。

有了这么多的事，要用秦腔戏来"过"，关中大地的秦声秦韵，自然就会不绝于耳了。我每每与剧团一道到关中农村演出，最深切的感受是，他们都爱听（许多戏迷把看戏叫听戏）熟戏，有的一边听，还一边轻声哼哼着，也难怪各种秦腔大赛，会冒出那么多的业余演员，唱起名家唱段来，几乎能到乱真的程度了。从这种现象上看，诸多戏迷本身就是唱秦腔的行家里手，他们之所以还在听，还在看，一是学习，二是鉴赏，三是过瘾。一旦有了机会，他们便会亲自粉墨登场，小露一手"，有的甚至还露成了名家，从此就以唱秦腔为生了。从这个意义上讲，三秦大地能吼秦腔者，就真不是一个小数目了。我曾经多次接待一些唱秦腔的毛遂自荐者，他们是想到专业团体来供职，猛一听唱，确实声震屋瓦，四座皆惊，但细品味，就发现有很多问题，无论节奏、音准还是吐字、行腔，都禁不起推敲，专业人员把这种唱法叫"野路子"。可他们明明在许多地方唱得很红火，并且有观众说他们"唱得比专业的还好"。我想这就是一个有关原生态与艺术加工再现之间的话题了。一种艺术样式要得到发展，必须有很大的基础平台才行，秦腔就有一个硕大无朋的"草根"基座，也就是原生态演唱链的持续延伸。尽管他们的路子，从专业人士的角度看，有些野气，但正是这种粗放、质朴、纯粹、率真的"原汤"感，才支撑了秦腔的内在精神，从而使这门传统艺术，几百年承继不衰，并且越吼越精神，越吼人气越旺。从这个角度讲，艺术的野路子，永远都是"家路子"最本质的营养素，一旦野路子不复存在，"家路子"也就源头枯竭，该殒命消亡了。

秦腔不仅在农村生命勃兴，在城市也气血贲张，大西北的几个省会城市，尽管文化都已显示多元趋势，文艺欣赏也以现当代艺术样式为主，但秦腔始终占有重要地位，尤其是兰州、西安，这种崇尚传统艺术的势头，近年来甚至有增无减。这两个城市都拥有数百座秦腔茶社，其实是以听秦腔为主，以喝茶为辅的。在许许多多的街巷和公园、河堤中，更有数不胜数的业余爱好者，在那里自拉自唱，自娱自乐。仅西安环城公园和城门洞里的自乐班社，每晚都有数十摊，更别说那些聚集在民居、宾馆、单位里借秦腔"过事"、搞活动的各类演唱了。反正每时每刻，这个城市都有秦腔的神经，我甚至觉得，有一天这个城市的秦腔神经消失了，它的文化记忆和性格特征，也就彻底消失了，可以把它叫纽约、叫巴格达，也可以叫约翰内斯堡，还可以叫布宜诺斯艾利斯，就是不用再叫西安和长安了。

特别令人感到鼓舞的是，西安七十余所大专院校中的师生，他们在工作学习之余，对这块土地上的传统文化，也越来越产生起浓厚的兴趣来。好多所大学，都有秦腔学会或秦腔自乐班，不仅研究秦腔，实践秦腔，而且传播弘扬秦腔文化，他们是秦腔在市场经济冲刷中，得到的最重要的支持者。这个群体里面，不仅有热心学子，他们甚至成立了各种大学生戏迷团队，更有诸多一边从事秦腔研究一边传播秦腔文化的教授、学者。我所接触到的一些大学老师，对秦腔文化的认知水平，甚至常常令我们从事专业的人，感到羞惭和汗颜。

在陕西的机关干部队伍中，也有一大批秦腔爱好者，他们大多生长于关中热土，尽管不缺各种时尚的娱乐生活，但秦腔始终是他们的最爱，他们不仅出入高档剧场，而且进茶园、公园、城墙内外自乐班社听秦腔，有的还能操琴执板，演唱一两段名家经典。老省长王双锡，就曾登台高歌秦腔，并通过电视媒体，传向了三秦大地，"省长吼秦腔"的佳话在民间广为流传。机关干部对秦腔的喜爱，极大地推动了秦腔事业的发展，他们不仅从舆论上张扬秦腔文化，而且从各自的渠道，为秦腔剧目的催生和人才托举，给予了物质上的诸多支持。

尤其是在陕西的文化人中，爱秦腔几乎成为一个比较普遍的特征，贾平凹不仅写过绝妙的散文《秦腔》，而且还把一部近五十万字的长篇小说也命名为《秦腔》。更有趣的是，他连手机彩铃也用了秦腔，每每开会到紧要处，那秦腔就"慷慨激昂"起来，但见他憨憨一笑，从腰里抽出个小"黑匣子"，打开盖子，就用一口地道的秦腔，回答起了来自全国各地的时尚和不时尚的问题。陈忠实更是一个秦腔迷，再忙，有秦腔戏都是要去看的，他不仅在诸多作品中写过秦腔的人和事，而且还为抢救保护老腔，四处奔走呐喊，吆喝捧场。有时他被逼急了，也在场面上哼哼几句，但能把音符唱准的时候还是比较少的。作家杨争光，生于关中腹地，倒是能唱一口纯正的秦腔，凡遇活动，无论气氛吻合与否，都要独自开唱一番，有时吼得脖子青筋突起，仍在努力上探着高音区，那种率真的性情，让人看着十分快活。作家京夫、晓雷也都是秦腔迷，但凡有秦腔，必然放下手头一切作业，前半个小时进剧场，后半个小时离剧场，因为每次看完戏，总是有好多话要给业内朋友讲一讲，不讲回去就有些不大好入眠。编剧芦苇，是一个秦腔的研究者和保护者，在他创作电影作品《活着》时，几乎把秦腔皮影戏的全部绝活都录制下来，形成了一套十分完整的皮影戏资料。平常他更是爱戏如命，对一些秦腔名家唱腔特点细微探究，甚至常常令我们这些在业内吃饭者，深感愧疚。音乐家赵季平，大学毕业后，在陕西省戏曲研究院工作二十余年，始终与秦腔水乳交融，最终形成了自己独具风貌的音乐生命，声名远播。诸多书画家更是与秦腔结下了不解之缘，中国书协原副主席、西安交通大学教授钟明善，一提起秦腔，便精神抖擞，滔滔不绝。他的书法备受推崇，一般人去求都要润格费的，秦腔名演员去，却能轻松拿走，分文不取。书法家吴三大，吼起秦腔"黑头"来，不仅字正腔圆，而且神形兼备，连行内人也觉得颇见功力。现任陕西书法家协会主席雷珍民，更是手机彩铃用秦腔，写字时放秦腔，忙里偷闲看秦腔，甚至还为给老家村子办剧团，四处筹募服装道具，对秦腔之钟爱溢于言表。其实在西安的许多文化人身上，都深深烙着秦腔的印痕，他们不仅喜欢听家乡戏、看秦腔，而且还爱亲自吼上几句，尤其乐于为秦腔呐喊助阵，每每在文章中提及秦腔，总是推崇备至，珍爱有加，这也是在时尚文化充斥市场的今天，秦腔精神能得以持续提升、彰显的重要原因。

有了这么多钟情秦腔的人，说"三千万儿女齐吼秦腔"，也就不算是夸大其词了。有人说，抓住了青少年，就算抓住了秦腔的未来，我倒觉得没有必要这样"强人硬下手"，我们太好什么都去硬抓，结果常常出力不讨好，抓来抓去，就把许多事情抓得遍体鳞伤了，还一无所获。其实爱秦腔的青少年已是大有人在。即使年轻人暂时不进剧场，也大可不必担心秦腔的观众队伍，我在几年前就说自己有一个发现：一个人进入中年后，便会对乡音产生特别迷恋的情绪，而民族戏曲是乡音的最典型也是最具精华的代表。中老年人喜爱秦腔，其实是一种精神寻根，无论你走得再远，飞得再高，接受的新东西再多，乡恋情结和那一点从根须上生发出的声音，总是要魂牵梦绕、伴随一生的。因此，年轻人不进剧场，从来就不是一件值得担心的事，因为他们不可能把蹦迪蹦到四十出头，也不可能把花前月下的爱情歌曲，唱到脖颈下面的赘肉打了三折还显得有点垮塌的地步，这时，他们自然就会走近乡音，走近秦腔，只有在这时，他们才发现，用秦腔表达精神世界的亢奋、希冀与苦闷，竟然是这样的自然得体、恰如其分。从这个意义上讲，秦腔观众又何愁"革命没有后来人"呢？

正因为有"三千万儿女齐吼秦腔"的流传，我们许多人便觉得这是一个巨大的文化产业市场了，我十分担心，秦腔不会自己消亡，但会被产业和市场的瞎折腾搞得非驴非马，活着也是九死一生。因为秦腔要市场化、产业化，就必须向市场低头，必须放弃现在坚守的诸多艺术和传统历史价值，以迎合观众为前提的创新、突破、顺应，只会让迎合者的死亡时间提前。与时尚抗争，秉持操守，才是民族传统艺术的真正生存之道。我总会回忆起卓别林创作主演的一部电影：当一个大胖子饿坏了时，他眼前的卓别林就变成了一只小鸡，后来在胖子的幻觉中，甚至一切都变成了食物，一切都准备拿来果腹。这很是有些像我们一些人脑海中的经济建设，好像把啥都能弄出来赚钱似的。自古"艺不养人"，尤其是自觉"载道"的传统戏曲，从来不屑于搔首弄姿和轻薄浅唱，硬要拉出来与市场接轨，我想最终只能是"赔了夫人又折兵"的尴尬结局。秦腔对于陕西人来讲，就像日常所用的柴米油盐，想在这上面"勒"出些利润来，恐怕是一件能下手，但不大好收手的麻烦事。几百年都过来了，秦腔并没有因不太赚钱而被唾弃，今天日子好了，就更应该给秦人留下点与金钱无关的眼福、耳福和口福。我们把金、银、铜、铁、锡、煤、油都挖出来换了钱，总应该养点什么了，养什么呢？祖先留下的那点"作业"，就是我们的文化，真正的民族特色文化，秦腔就属于这个东西。

深厚的根植

　　秦腔有一曲戏叫《三娘教子》，又名《王春娥》，也叫《双官诰》，故事取材于李渔的《无声戏》等小说。其实很多剧种都演过这戏，京剧大师梅兰芳、尚小云、张君秋都曾以不同流派表现过教子的含辛茹苦。而秦腔演过此剧的名家更是不胜枚举，可谓群星灿烂，流派纷呈。故事说的是明代有一叫薛广的儒商，娶了三个老婆，家大业大，不得不长年奔走于江河湖海，追求营销利润和剩余价值。看来薛广的经济思想、管理手段和运势手气都不错，一次就让信得过的同乡捎回了五百两白金，这在今天折合人民币也是一笔不小的数目。谁知这位老乡早已沾染上今人见钱眼开、不讲诚信且心狠手辣的毛病，竟然暗中把薛广"做了"，并空置一棺于荒郊旷野，言说薛广已暴死他乡，便一口吞下了巨金。本来爱情基础就不咋牢靠的一妻一妾，很快卷起铺盖各奔了前程。小妾王氏和老仆薛保，带着大妾刘氏改嫁时因不能"拖泥带水"所遗下的儿子倚哥，以织布为生，艰难度日。谁知倚哥年幼无知，在学堂被同窗讥为无娘之子，回家便不认养母王氏，饱含委屈的王氏立断机杼，以示与养子之决绝。后经老仆耐心细致的思想工作，王氏终于肯笃诚教子，倚哥发奋读书，若干年后，落入"老戏"巢臼：高中状元，并且还给养母挣了顶"官诰"的红帽子。这时，死而复生的薛广，突然回来了，而且还摇身一变，混了个级别相当不低的"高干"身份，捎带着也给王氏弄了身"官诰"的凤冠霞帔，由此苦命的王氏以"双官诰"的社会地位，步入五彩名利场，进入温柔富贵乡。

　　这出戏的套路实在没有什么新意，结局更是怎么批评都不无道理，据说本戏早已无人演出，原因是新的婚姻法实行一夫一妻制，一个人再厉害，也只能娶一个老婆，薛广这家伙就娶了三房，再演出这样的剧目，与国家法律相违背。其实我看这不是主要原因，民间有些剧团也未必都能"红灯停，绿灯行"，而真正的原因还是观众对精粗的无情取舍，与其吃烂杏一筐，不如尝鲜桃一口。《三娘教子》就是这出戏的"鲜桃"所在。很多传统戏在流传过程中，整个身架都不见了，常常留下的只是一只胳膊或一条腿，反倒更见全剧之精神，这使人不由得想起那个被无情地砍掉了两条胳膊的维纳斯。艺术的创造和传世工程，常常与精致和故意相背离，你越是想完美反而个性全无，黯然失色，你越是想传世反而出世即朽，精工殆废，倒是那些带着天然缺憾和不经意之作，人们备加珍视着，传统折子戏的传世法则就充分证明了这一点。

　　当然，秦腔《三娘教子》之所以能被世代传唱，根本还是它的思想内涵在起作用。民族戏曲始终有一个宗旨，那就是"高台教化"。民间把各种娱乐活动的功能其实是分得很清的，耍社火那就是耍，不要求你有啥"意思"，而一旦唱戏，"没啥意思"就成了糊弄人，因此对于戏曲的过分娱乐化追求是行不通的。传统经典剧目的形成过程，就是一个对受众有多少教化作用的筛选过程，更确切地说是一种艺术、思想、宗教、哲学的沉淀过程，还没有哪一出久演不衰的剧目是纯娱乐化的"耍戏子"作品。娱乐仅仅是艺术的一种外在手段，并且是多种手段中的一种，艺术的本质是对人类进行严肃而深入腠理的思考，因此，我们必须对那些推崇"观众进剧场就是来找乐"的纯娱乐化论调予以高度警惕，那其实是为钱而急红了眼的杀鸡取卵法，它恰恰是导致戏曲更加低谷的毒药。

《三娘教子》说的是养母的艰辛，并由这种艰辛唤起养子做人的良知和信念，从而使他步入良性成长的轨道。在秦腔的上千个戏本中，劝善和劝学的作品占有很大比重，那种潜移默化的作用之于广袤的西北大地，甚至比所有政治、宗教、教育都更具有深刻性和普遍性，在中华人民共和国成立以前这起码是不争的事实。农村人的历史、地理、文化甚至包括伦理、道德、价值观，有许多是从"高台教化"中获取的。秦腔有一折戏名叫《打柴劝弟》，本戏也已不传，它是以兄长打柴养家，劝顽皮的弟弟发奋读书为故事线索演绎而成的，尽管只有短短的三十几分钟，却演红了许多梨园名伶，与其说演员的原因，不如说是因为广阔市场需要这种劝学的教化，才有了一折编织并不怎么精良的小戏的名著化、经典化。我甚至觉得"老戏"的劝学比今天的各种劝学更具有"道"和做人的认识价值。我们今天劝人学习似乎更多是在"器"上做文章，"道"的成分越来越微乎其微。如果说过去的劝学是培养了一代代的所谓"封建人格"，那么今天培养了一大批只重"技"和利益攫取的"经济人格"就文明了、先进了、现代了吗？有时许多事物的变化仅仅是用华丽真理遮蔽朴素真理的一个过程，剥开来看，其核心往往是最朴素的东西最具有耐久力和实用性。

在韩剧"肆虐""侵略""扫荡"中国大地的时候，我也利用一次患重感冒的机会，打着抗菌素，戴着有色眼镜，审视了一回百集长剧《大长今》。开始我完全是用怀疑、挑剔和批判的眼光在那找毛病，这也是职业病之一种。找着找着，可能是感冒期间身体抵抗力差的原因，竟然给一头"栽"了进去，有一天甚至被迷惑长达十八小时拔不出来。后来我就成了《大长今》的义务宣传员和李英爱的粉丝，这对于一个过了不惑之年的男人，实在是一些欠缺精神定力的"马卡（老陕俗语，意思是说没个正经形状）"表现。我在网上也看到一些民族艺人抵抗韩剧的慷慨陈词，并且有些演员也是我所喜欢的演艺明星，可他们"连一集都看不下去"的审美痛楚，还是让我有些颇费思量。我以为《大长今》给我们最大的启示就是民族传统文化"出击"力量的不可小视，《大长今》中充满了汉字、中药和饮食文化这些中华民族的国粹，它的思想内核更是坚挺地表达着"抑己利他"的儒家正统价值观念，且劝善、劝学、劝做好人，从骨子里透出的都是"全盘中化"的哲学意蕴。有意思的是这些让我们"连一集都看不下去"的东西却风靡了整个亚洲，甚至真正走向了世界。先别说韩国人大打文化牌，猛赚文化钱的"险恶用心"，单说这牌竟然能打得让我们有点斜鼻子瞪眼地招架不住，也是值得我们内省和反思的。难道我们就不能利用祖上这些已经被"瞧不上眼"的"陈芝麻烂谷子"，也去对亚洲乃至整个世界"险恶用心"一把？韩剧的成功给我们的应该是信心，而不是恼羞成怒。由此我对民族戏曲的存活与拓展潜能也更加乐观了。

民族戏曲是中国传统文化烙印最深的一种文学艺术样式，它饱经沧桑，历尽磨难，走到今天剩下的战斗气力已经不多了，它几乎有些像徐悲鸿笔下的那副油画《老妇》，应该是到了享受各种"养老"和"医保"的年纪了，却仍要受到各种冷嘲热讽和指斥，这真是我们文化的最大不幸。在前不久举行的"诺奖"颁奖典礼上，大不列颠及北爱尔兰联合王国的获奖剧作家品特先生，发表了一段演讲，竟然只字未提获奖之事，倒是把小布什和布莱尔进军伊拉克的事猛批了一通。由这件事我们看到了人类优秀知识分子所焦灼的问题和思想境界，不似我们的一些"牙客（关中话中指那些嘴特别能咬的人）"，总是要在传统文化里咬出"大规模杀伤性武器"来，咬来咬去，把自己的咬没了，食了人家的唾余还得不到奖赏，真是悲哀得不知该用什么掌嘴好了。

　　传统戏曲中糟粕确实不少，但在与社会的磨合过程中，已自觉不自觉地剔除了诸多不合时宜的部分，永远无法撼的是社会的伦理架构和忠、孝、节、义这一块。我在去年先后翻阅了三百多个秦腔传统戏本，大多是讲忠义、诚信、侠骨、节孝的，里面确有"吃人"的东西存在，但这类戏已大多不再演出，永不落幕的总是那些正义战胜邪恶、好人斗败恶人、善良终落好报的"团圆戏"。其实莎士比亚的作品也不尽是悲剧，他的诸多戏剧也是要"皆大欢喜"的，因而，拿西方人来做参照系，民族戏曲的这种"套路"也是不孤单的。更何况给小人物、善良者和好人以希望与出路，恐怕也正是文学艺术所应承担的责任之一。我们在面对小众时，尽可以探索人类的黑暗、龌龊和无药可医，但作为面对大众的戏曲艺术，尤其是面对希望在戏里找到希望的普通观众层，我们恐怕怎么都不能把那点微弱的暖光掐灭了。其实这一切担心也都是多余的，千年秦腔史从来就没见谁有那么大的手能把什么掐灭了，那种深厚的根植，任你怎样的铁壳嘴也是咬不扁嚼不碎撕不烂的，根本原因是它的气血与接受者的文化基因浑然一体，无从剥离。因此，永远也不用担心秦腔会被什么新鲜玩意儿冲击得溃不成军，尽管年纪是大了，外形也不怎么俏皮了，时尚更是只给它冷脊背了，可它的牙口、身板、膂力即使不享受"劳保""医保""遗（产）保（护）"，也还是能自我扑腾下去的，因为有千千万万珍爱它的人自觉自愿搀扶着。

不朽的周仁

　　秦腔有一出演得最火的戏叫《周仁回府》，有人甚至说，这出戏堪称秦腔的代名词，几乎每个唱小生的都涉足过，即使不能唱全本，"回府"一折也是必备的，若连"回府"都唱不了，这个小生演员似乎就该打疑问号了。这出戏唱起来确实有相当的难度，一是要好嗓子，二是要好做功，其中有些功夫还属于秦腔绝活，"单撇子"演员是拿不动这个角儿的。许多演员为了演好周仁，便私下里下劲儿，而艺术恰恰是这些背地里的功课，造就了舞台上的"顶级豪华"。越是有人用功，这个角色便越炫目，角色越炫目，也就越发有人愿意用功，因此，秦腔舞台上便出现了许多精彩绝伦的"活周仁"。这出戏，也便随着层出不穷的"活周仁"，而越发热门走俏，并传之久远了。

　　据说这出戏的最早版本来自陕西渭南皮影，民国初年由秦腔大家李云亭搬上舞台，经过诸多"周仁"和舞台编导近百年的历练，才逐渐成为今天这样一个观众耳熟能详的风貌。它的核心价值是"忠义"二字，因此，早期剧名也叫《忠义侠》。故事的祸根是由严嵩老贼引起，明朝的这个宰相可是没少给他们的类群和时代丢人，这家伙精于权谋，又贪财好色，见了钱物就想搂，见了美女就想扑，特别适宜于编脸谱化的戏剧故事，因此，戏曲舞台上有关他的形象可以说层出不穷，想怎么坏他就能怎么坏，许多才子佳人便在他的淫威下，升华成英雄烈女了。在《周仁回府》中，严嵩依然玩的是那一套，满腔坏水，残害忠良，一个叫杜鸾的老臣被他弄进大狱，儿子杜文学有一美妻，又被严嵩的干儿子严年盯上，为了把杜妻搞到手，严年又弄权发配了杜文学，故事由此牵出了侠肝义胆的周仁兄。

周仁这个人，按《周仁回府》的故事前示，是受过杜家巨大恩惠的。周仁说过这样一段话："小可周仁，想我从前身作兵马郎官之职，自从那年解粮进京，路经黄河，偶遭风浪，失却皇粮银饷，眼看就是死罪，杜公子文学，与我非亲非故，慷慨出银五千两，补赔了皇粮，这才搭救下我周仁一条性命。我无恩搭报，投在他门下，他又和我结为异姓兄弟。这话休说，想哥哥遭祸，临行将嫂嫂托我照料，我怎能将嫂嫂献与严年……"这段道白既有事件前因后果，又有心理剖白，应该说把主人公一下推到了极其尴尬的两难境地。所谓"舍小我""取大义"之举便由此被逼出，经过一番激烈的思想斗争，周仁终于决定李代桃僵，以己妻换朋友妻之清白，从而演绎出了一曲咏唱百年不衰的"忠、义、侠"大戏。

一个人侠肝义胆到用自己心爱的妻子去换取别人生命的程

度，确实应该叹为观止了。可作为今人，又实在不能苟同这种拿老婆不当人的粗暴支配行径。妻子毕竟不是自己的私有财产，周仁有什么权利要求她去为自己的"英雄行为"付出代价？好在这个戏在戏眼处有一重大转折，周妻在愤怒中狠狠掴了周仁一耳光后，面对朋友妻子的处境和丈夫的为难，又毅然做出了乔装改扮，踏进严府，行刺严年，为天下美妇割根除害的侠义抉择。戏剧由此升华到了另一种如荆轲刺秦般壮怀激烈的境界。义举虽未成功，但由此绘成的"义女救赎图"却是感人至深的。倘若周妻是被周仁一手逼进严府，那这出戏的一切价值建构便当做另一番评判和解释了。

这出戏在人物设置上是匠心独具的，尤其是一个小人物的设计，极大地提升了周仁和周妻的品行和人格力量。这个小人物叫奉承东，他也是杜文学的门客和朋友。当杜家惨遭横祸时，为了保全自己，继续寻找攀升的阶梯，甚至不惜出卖灵魂，亲自帮严年设局，把杜文学的美妻往火坑推，从而酿成了一群人的人生悲剧。在熟知《周仁回府》这出戏的观众群中，奉承东已经成为卖友求荣的代名词，常听人说某某是"活活一个奉承东"，足见这个人物塑造的典型性和深刻性。《周仁回府》之所以盛演不衰，恐怕与这种现实中屡见不鲜的"奉承东现象"也不无关系。历史剧只要接通了现实的血脉，人们咋看都会觉得是比审视现实更过瘾、更具有哲学内蕴的。加之传统剧的脸谱化归整，把有些类、族、群的本质特性，无与伦比地外化提升了，反倒比一些所谓非脸谱化的东西更加鲜活、透彻。因此，脸谱化是不能一概否定的。戏曲的脸谱化是民族戏剧发展到最高阶段的一种深刻而又成熟的样式，嘲弄和讥笑，在我看来，是有些浅薄和无知的。

《周仁回府》除了故事跌宕起伏、环环相扣外，它在人物心理发掘上，也堪称秦腔传统剧的一个里程碑。其中最著名的"悔路""回府""哭墓"，无不是以内心折磨为"主脑"，极端强化抉择与屈辱的痛苦，从而使这些段落成为可以独立成篇的经典折子戏。一本大戏是开河的艺术，它开的是一条故事长河。既然是河，就应该有浅流、激浪和险滩。有些戏之所以平淡无奇，就是因为缺乏河流的真正资质。而《周仁回府》既开河，又聚潭，有些地方跳浪走舟，有些地方深水回旋，所谓回肠荡气，在《周仁回府》中，确实是能得到一些实质性体验的。周仁先是被严年给弄了一顶官帽，但这顶官帽是以献出义友妻子为代价的，他便在路上左右为难、痛悔不迭；回到府中，面对爱妻，又感到了舍妻救友的不能实施；当妻子义无反顾地慷慨赴死时，他的内心痛楚更是如针砭骨，难于言表；等一切都拨云见月了，戏剧的误会手法，又使官复原职的杜文学，当众屈打了"卖友求荣"的他，他只好独自一人去妻子的墓地，哭了个昏天黑地。整个戏剧高潮迭起，情感世界波澜壮阔，尽管有冗长拖沓之嫌，也有不合情理处，但它的经典性是不容置喙的。

正是这样一曲经典，造就了秦腔史上七代"活周仁"的生命绝唱。这七代是观众完全公认的七个人，他们是：李云亭、刘毓中、雒秉华、赵集兴、黄金华、任哲中、李爱琴。除女扮男装的周仁李爱琴，尚在苍茫大地上频繁走动外，其余"活周仁"均已作古。我有幸看过任哲中、李爱琴两任"活周仁"的精彩表演，那是两种完全不同性情、不同风格、不同样式的周仁演绎，在我看来，任先生更注重义的投射，而李先生则更强调"侠"的释放；任先生的周仁显得宽厚、内敛，而李先生的周仁则显得豪放、爽快。从这个意义上讲，戏剧真是演员的艺术，同一个版本，由不同的演员诠释出来，竟然是完全不同的效果，甚至连人物性格都发生了根本变化，这便是演员的个性魅力和伟大创造。作为舞台剧的职业编剧，我每每惊奇于这种脚本与演员呈现之间的差异，好的演员，真是编导的巨大福气。

关中农村人看戏，更重要的是听，因此也叫听戏。他们时常处于闭目养神状态，只有当台上演员唱错了时，才会抬一下头，把那主儿"挖"一下，要是错的地方大了，真正的戏迷便会用屁股黏起板凳走人了。他们一般不大喜欢新创作剧目，点戏多是老一套，比如《周仁回府》，只要有新演员，都要点来品一番，他们从来不靠媒体的忽悠，那玩意儿靠不住，乡里也没那个奢侈，他们心目中的名演，完全是靠自己的双眼，"硬盯硬"识出来的货。其实这恰恰是民族戏曲久传不衰的原因。城市人时尚多变且喜新厌旧，多是些啥都只玩弄几天就腻了的主儿，喊叫没有时间，更是没有耐心去对相同的东西进行深切品味，尽管最会说"品味"二字。因此，城里人的艺术鉴赏是有很大盲目性的，别人咋忽悠他咋上道，媒体咋发热他咋感冒，到头来高烧得什么也没品出味来。正是这种盲从和心浮气躁，引发了城里人对创新的如吸毒般的饥渴。结果创新来创新去，绝大多数所谓里程碑式的精品巨制，都在更新更大的喧嚣中销声匿迹了，而"周仁"们却还在成千上万个民间舞台上鲜活着。这不能不说是一种急于求成的创新难堪和悖论。

由于工作原因，我先后看过近十个人的《周仁回府》，其中一个叫胡屯胜的"周仁"，尽管没有进入"活周仁"的七代序列，但仍然给我留下了深刻印象。这个演员在三十几岁便被病魔夺去了生命，也有过于劳累之说的。他是"活周仁"任哲中的高足，如果能活到今天，也许能被观众列入其中，可早早就挂靴而去，也便成为秦腔舞台上永远的憾事了。另一个特别出众的周仁就是李小锋，几年前，我曾在连续看过他的三遍《周仁回府》后，写过一首歪诗，好像是这样的："泪水几多捧，源自周仁情。侠义近迂腐，忠厚谁堪同。经年常演诵，名伶代代红。城楼又易帜，接旗李小锋。"有人已将第八代"活周仁"的桂冠相赠于他，但在今天看来，我以为还是"听封"太早，如果他能用毕生的精力去体味、刻画、完善这个人物，民间迟早是会用集体口碑的形式将他载入秦腔史册的。这个人物是值得一个演员用全部生命去锻造、传承的。艺术创作跟战斗一样，伤其十指不如断其一指。与其塑造十个一般人物，倒不如演绝一个"活周仁"。

周仁的感恩情怀和侠义行为，应该是人类不朽的精神追求，从这个意义上讲，周仁也应该是不朽的。因而，这出戏是值得更多演员去用生命进行反复阐释的。前七代周仁的筛选过滤，据说已有许多遗珠之憾，说明把周仁演活了的还大有人在，正是这种金字塔式的累积，才造就了《周仁回府》的高度，但愿周仁团队在未来的行进中，能有更大更活的人物出现。就像球迷们期待一届届足球的结局一样，"三千万儿女齐吼秦腔"，正在等待着新一轮秦腔"活周仁"的黑马亮相。

陈世美的几个克星

　　陈世美这个人据考是真有的，前几年还出过一本戏，叫《陈世美喊冤》，据说这是经过历史考证的翻案之作。戏中，陈世美才学过人，金榜题名后，太讲组织原则，在提拔使用干部时，完全不照顾当初一起进京赶考的落榜同乡，因而，遭到了这帮人的诽谤陷害。这伙人胸中有点文墨，却出仕无门，便在舞台编剧行打起了主意，创作出了一部名叫《铡美案》的戏。这部戏把一个高级干部满脸抹得五麻六道，然后他们既不要版权也不要稿酬地把剧本交给梨园，让他们排练后四处巡演，很快便从社会舆论上，把陈世美打了个落花流水，人仰马翻，由此酿下了千古奇冤。

　　无论这个冤案是否真实存在，都不是这篇文章所要关心的事，我要说的是《铡美案》这部戏真是一个写得太好的本子。许多优秀传统经典戏曲，都无法考证作者姓名，只是流传到近代以后，才加上去了一些改编者的名字。我查了许久《铡美案》的编剧，也没有一个准确的说法，各个剧种之间的演出本差别也比较大，铡陈世美的开山之作到底是谁创作的，成了一团历史迷雾，但愿不是几个落魄文人"挟嫌报复"的刀笔杀人之作。

还是就剧本说剧本吧。即使在今天看《铡美案》，震撼人心的笔触还是比比皆是。剧中的陈世美，是一个犯了重婚罪的领导干部。他在家乡寒窗苦读时，与一个叫秦香莲的女子结为夫妻，并且已有一子一女。谁知他因才貌过人，进京考上状元后，被皇上和他的宝贝女儿相中了，人走运了，鬼都撵着给搽脂抹粉哩。当有高官从中提亲时，穷怕了、底层欺辱受够了的陈世美，面对突如其来的顶级荣华，自是晕晕乎乎，甚至有些拿捏不住，加之皇上的女儿又美貌过人，思量来掂量去，便昧了良心，斗了狗胆，把家中的实际情况，一概遮掩了过去。自然，他得到了个驸马爷的特殊头衔，但也由此犯下了重婚大罪。

这时，他人生的第一个克星出场了。

陈世美的第一大克星自然是秦香莲了。

秦香莲，进京告状时年龄大约在三十岁，已是两个孩子的母亲，舞台上习惯让她穿一身黑衣服，台词里有"破烂罗裙"之说，足见其穷苦贫贱。一个善良的乡村妇女，一个丈夫进京赶考一去不复返的寡居女人，一个上要养活公婆下要照料儿女的顶梁柱，其饱经风霜、满脸写尽沧桑的样子可想而知。公婆才因冻饿而亡，秦香莲勉强用芦席卷了尸体，就锁了大门，带着英哥、冬妹，从湖广均州地面，风餐露宿地来到北宋帝京开封。此时她已身无分文，母子三人就在城南土地庙里歇宿。秦香莲蓬头垢面地去见已经变心的老公，肯定是一件十分难堪的事。不过话又说回来，即使那时有条件让秦香莲洗漱打扮，恐怕也无济于事，因为陈世美一旦与皇家捆绑在一起，一切就都身不由己了。他即使对原配再有好感，再有恻隐之心，也都再无回天之力，除非放弃一切，隐姓埋名，与秦香莲远走高飞，而这又是极不符合他的奋斗目的与生存哲学的，因而，戏便从一开始就惊心动魄地箭在弦上了。

这时，陈世美的第二个克星出场了。

这是一个小人物，驸马府的门官，严格来讲，他还不配做陈驸马的克星，但他又实实在在地把秦香莲给放进驸马府了。

门官是一个典型的小人，他先是以貌取人，咋都不放秦香莲进去。因为这时秦香莲还给陈世美留着一点面子，只说是均州的老乡，千里到此，祈盼见面一叙。谁知门官通禀后，里面传下话来："驸马爷有事，乡亲故人一概不接见。"秦香莲有些生气了，但这时她仍然顾及着老公的颜面，总想着能和平解决家庭问题，就让门官再去回话："你就说我是英哥之母、冬妹之娘，并非平常乡亲。"门官极不情愿地又去通报了一次，这回却拿出一锭银子来说："我家驸马爷吃酒大醉，不便见客，念你远路前来，赏你白银十两，快快离去，若再纠缠，就要大祸临头了。"这回秦香莲真的火冒三丈了，她干脆对门官亮出了"结发妻子"的底牌。门官这个势利小人，咋都不相信眼前这个衣衫褴褛不堪的乡野村妇，会是驸马爷的前老婆，少不了一阵劈头盖脸的羞辱。谁知秦香莲不仅底气十足，而且态度强硬，并且说得有鼻子有眼的，门官终于软了下来。但他细一想，又不敢再去通报，就出了个点子，叫秦香莲撕下一块烂裙子，让她在前边跑，他拿着那片破布在后面赶，算是闯宫进府的，以此也好撇清自己的责任。秦香莲二话没说，哗地撕下一块破裙布扔给他，就拉着两个孩子往深宫大院跑去，戏也便由此迅速进入了第一个情节高潮。

秦香莲冲进府来，自是吓了陈世美一跳。他先臭骂了狡黠的门官一通，然后便与秦香莲艰难地周旋起来。先是装作不认得老婆和儿女，看这一招不好使，便又说出倘若认了就会引来杀身之祸，企图以此引起前老婆的同情。谁知受尽千般折磨，来京寻求婚姻"死灰复燃"的秦香莲，咋都不能"体谅"老公的"难处"，不仅要回忆陈世美当初走时的信誓旦旦，而且还要诉说他走后的家庭惨景和进京来一路所遭的风霜之苦，也是想以此唤起陈世美的良知。尤其是英哥、冬妹"爹爹，我们饿坏了，你把我们收下吧，有吃不了的剩茶剩饭，让我们充饥也就是了"的苦苦央求，在一刹那，也唤醒了陈世美为人父母的天良责任，但很快又在个人前途、生命安全与人格人伦、道义天良的利弊权衡中，毅然做出了灭绝人性的决断，不仅狠心地将母子三人踢出府门，而且还暗派杀手，开始了一场赶尽杀绝的"土地庙斩草行动"。

陈世美的第三个克星出场了。

他叫韩奇，是驸马府上豢养的一个门客。平素陈世美待他不薄，"关键时刻"便派上了用场。陈世美唤他前来，先是给他上了酒，又给盛酒的盘子中放了五十两银子，然后吩咐说："城南土地庙内，有一秦姓妇人，领着一儿一女，此乃本公的仇人，今派你前去除我心头之患，不得造次。"还不等韩奇问明原委，驸马爷又拿出一把刀来，要他"回宫时须刀头见血"。韩奇就这样被不明不白地推上了杀人犯罪的道路。

秦香莲做梦也没想到，陈世美的做人底线，已经跌落到了如此不堪设想的境地。就在她拉着英哥、冬妹返回土地庙时，杀手韩奇已经气势汹汹地破门而入了。韩奇进得庙来，不由分说，只是谴责贱妇不该冒犯皇亲，接着举刀便砍，秦香莲急忙拦挡，并苦巴巴地诉说起冤情来。韩奇虽属恶人之鹰犬，但却天良未泯，心怀正义，听明原由后，不免生出怜悯之心来，那握刀的手，就哗哗颤抖个不住，他唱了这样几句词："她母子把我心哭软，刀光霎时不放寒。背地里我把驸马怨，心比狼虎更凶残。你和发妻有仇怨，我和她结的哪里冤？把他的银两我赠予你，你母子逃走莫迟延。"秦香莲正有些惶惑地拉起英哥、冬妹往庙门外走呢，韩奇却又突然大喝一声让她娘儿仨回来。如果就此将三人放生，韩奇也要考虑一下自己的生命保障问题。秦香莲极理解韩奇处境地唱："要杀就把我杀了，留下这儿和女，权当是大爷你亲生。"面对此情此景，韩奇开始了人性的自我"肉搏"，最终，他决定以自己的死，换取她母子三人的生，由此成就了一个千古不朽的正义杀手的美名。在刀最终刎向自己脖子的一刹那，一个与"风萧萧兮易水寒，壮士一去兮不复还"的荆轲一样大无畏的英雄刺客形象，便迅速使戏剧出现了撼人心魄的光芒。

这折戏叫《杀庙》，无论是秦腔还是其他剧种，都因这折戏成就了一个又一个铁骨铮铮的好须生。有些戏，演员挣死挣活，技巧耍得云山雾罩，结果丝毫不能触动观众的心灵。而《杀庙》这折戏，谁演谁红，皆是戏剧自身的思想情感摆拔力量使然。

韩奇英勇地背叛了邪恶的主子，将一把带血的钢刀留给了秦香莲，一桩家庭婚姻纠纷调解案，由此彻底转化为一桩重大的刑事诉讼案。

陈世美的第四个重要克星出场了。

他就是开封府的包文拯，外号"包黑子"。

"黑老包"自古以来就是人民的大救星。无论我们怎么鄙薄清官政治，但在几千年传统的封建社会，官场清流知识分子层，对社会公平、公正的维护，永远是这个民族不能忘却的光明史。试想，如果没有包黑子们揄起黑暗的闸门，让呻吟在漆黑一团的生活中的弱势人群，呼吸到一点新鲜空气，看到一点生的希望，那几千年的封建社会，还能让我们再读出一点人味吗？

中国传统戏曲中的包黑子，实在是一个太可爱的形象。连他自己都唱"头戴黑，身穿黑，浑身上下一锭墨。黑人黑相黑无比，马蹄印长在顶门额"。他因黑得有些瘆人，连见皇后娘娘时，怕把人家吓着，都是要用"三尺红绫遮面额"。就是这样一个"黑鬼"，却让千千万万老百姓爱戴无比，舞台上每每包黑子要出场时，台下立马就会响起雷鸣般的掌声。连我多年看戏，也都保持着这个习惯，那是一种冲动，更是一种对苍天在上的自然敬畏。

咱们的老包要出场了，让我们掌声先响起来。

那天老包从陈州放粮回来，风尘仆仆的，正一路歌唱着放粮肃贪的战果，却有人拦路告状。老包开始并不想管，说州有州官，县有县衙，不能啥事都让他包圆儿了。谁知告状人说她告的是皇亲国戚，州县衙门管他不下。老包顿时像战士听见冲锋号角吹响般地打起精神，连忙住轿放告。秦香莲就把自己的悲惨遭遇，一五一十地和盘托出告诉了"青天大老爷"。老包这个人，因是人民心中的正义化身，编剧在面对如此"扛硬"的惊天大案时，不仅没有去写他一丝半点的内心矛盾，反而像鲨鱼闻见血腥、老虎听到风啸般地兴奋起来，他一边叫人收了带血的刀，一边安排秦香莲去写状子，另一边又派人诓骗马爷到案，一切安排停当，才喝道回府。一场在老虎嘴里拔牙、在龙王头上锯角的战斗就这样打响了。

陈世美被使了些计谋的包黑子诓骗来了。

陈世美做梦都没想到的是，克星韩奇，竟然以自杀的方式给他惹下了这么大的乱子。面对突变，他仍倚势压人，不仅不认秦香莲母子，而且还要老包杀了诬告他的贱妇，以正视听。老包先是想替皇上遮遮面子，毕竟身为人臣，也不愿把人逼到绝处。他希望陈世美能认下秦香莲母子，然后通过"九卿四相，上殿奏本"，以化解矛盾，和谐抹平皇室丑闻，这也算是老包面对皇权不得不做的妥协。谁知陈世美牙大口硬，不仅不愿认亲，放弃做驸马的特权，而且公然藐视老包，竟谵言："既然你说民妇好，就该认她做妾娇。"还狂傲地刺激老包道："你铁不铁面，无不无情，又敢把我驸马爷怎开销？"老包忍无可忍地拍案而起："陈世美太骄傲，好言好语不从招。叫王朝，与爷击鼓升堂拿被告，我要把钢铁炉内销。"事到此时，陈世美仍不相信老包能把他怎么样，不仅咆哮公堂，而且还对秦香莲大打出手。包黑子终于再也不能容忍他为所欲为了，愤然唱道："漫说你是驸马到，龙子龙孙也不饶。（对王朝、马汉）先打去他头上的乌纱帽，再退去他身上的蟒龙袍。尔等把犯官捆绑了……"陈世美一看，大事真的不好，便要开溜。此时包黑子已布下天罗地网："知法犯法你岂能逃！"霎时，驸马爷便被捆得跟粽子一样，活生生地被几个彪形大汉嗖地一下抢到了半空。

包拯："陈世美！"

陈世美："包文正！"

包拯："小孺子！"

陈世美："黑面贼！"

无论陈世美怎么猖狂，怎么挣扎，怎么谩骂，他都已成了砧板上的肉馅。事情弄到这个分儿上，任谁出来收场，也就都不是一件容易的事了。

这时，陈世美的第五个克星出场了。

她就是陈世美的"二奶"，秦香莲眼中的第三者，当今皇上的宝贝女儿岚萍公主。严格来讲，这也是个不明真相的受害者。然而，由于在明白了真相后，所表现出的自私与蔑视别人生存权利的冷酷，完全暴露了"金枝玉叶"内里的"枯枝败叶"，最终也沦为正义的反动，她是陈世美的奶酪，更是陈世美的命运劫数。

当耳目把驸马爷在包公府遭"非法拘禁"的事告知公主后，公主便在第一时间赶到了出事地点，准备"现场办公"，解救"受迫害者"。老包不得不唤来原告，让秦香莲给公主讲述事实真相。此时的秦香莲，已是被逼到死胡同的弱者，性格的反弹、转守为攻的控诉谴责，顿时激怒了岚萍公主，一场好戏"面理"，便在她们的唇枪舌剑中，演绎得波涛翻卷、浪花四溅。先是公主要秦香莲给她跪下，秦香莲道："我为正（房），你为偏（房），如此下跪理不端，要跪你给我跪下，祈求饶恕罪容宽。"公主唱："好一大胆秦香莲，敢与公主论正偏，常随官儿一声唤，先打这泼妇四十鞭。"公主的手下人，已习惯于这种胡作非为，立即就将皮鞭雨点般抽打在秦香莲的身上，包公上前阻拦，公主又责怨"包黑脸"，说他偏袒贱妇，并吩咐家奴，要将秦氏立毙杖下。包公自是不能容忍这种无法无天的恶少行径，不仅力保秦香莲，而且还怒斥公主："国王家女儿太任性，一味徇私不顾公。"其实在公主眼中，国即是家，家即是国，连整个国家的事都是自己家中的事，打死一个秦香莲，还不比踩死一只蝼蚁来得容易？可黑老包偏要认为："百姓也是娘生养，哪点与你不相同？她虽身贫有血性，不过未曾生皇宫。"公主无奈，只好搬出皇宫的"总打理"威胁道："你敢和我见国太？"包拯大义凛然地说："漫说搬来龙国太，宋王爷到来也不容。"

这样，陈世美的第六个克星就颤颤巍巍出场了。

她就是龙国太，皇上他妈，公主的"黑保护伞"，后宫的"总脓疮根子"。

照说她是为公主和陈世美而来，但由于她的威逼恐吓，反倒加速了包黑子对驸马爷的处斩决心和时间，她不是克星又是什么？陈世美由一个平常读书人，被选拔进宫做女婿后，很快就变成了冷血动物，不仅冷酷无情，而且敢指使人去非法剥夺别人生存权，且是自己妻儿之性命，这种令人发指的暴行，如果不是在后宫得到真传，料一个文弱书生，在常态下，即使借他十个胆，恐怕也是不敢思想一二的。从这个意义上讲，龙国太不是陈世美的克星又是何物？

其实在陈世美重婚罪暴露后，除了公主可能有点依恋感情，怕从此守寡外，恐怕皇宫干预此事的真正目的，就是先息事宁人，不要伤了"国体"。一旦把外墙抹光，只怕陈世美也会死在毒酒、砒霜、暗器之下。堂堂帝王之家，又怎能容忍这样一个早已被"掏空了身子"的臭男人，再行走在宫墙内外，四处招摇呢？可包黑子就是不明这个理，也许是明了此理，偏要公开宣判，以正国统。反正这场拉锯战，最终已不是解救人质，而是力挽皇权的殊死搏斗。

龙国太威风八面地出场后，并不似小孙女那样来得外露、莽撞，她先是表扬包黑子的为国尽忠，然后又提到皇家对包黑子的恩重如山，再然后又说到包黑子的光明前程，言到此处，话锋一转道："若能生还驸马命，把你的官儿往上升。"谁知老包根本不吃她那一套："国太讲的哪里话，把我当作小顽童。我既不能战又不能征，无故升官为哪宗？"老太太见他软的不吃，又上硬的："好一胆大包文正，本后面前敢高声。若再与我胡争论，带尔上殿见主公。"不说此话还罢了，说出此话，老包顷刻热血奔涌地传唤手下，抬出铜铡，就要当堂杀了陈世美。龙国太见此情景，又急忙使出缓兵之计，要老包凡事都要"留有余地"，能否多给秦香莲些银两，让她撤了官司，就此作罢？包拯明知秦香莲不会善罢甘休，也许是故意要制造更大怒潮地让人拿过三百两银子，要她领着孩子回家算了。

戏到此处，愤怒的火山终于喷薄而出，秦香莲不仅当堂摔了白银，而且还将怒火直冲包青天燃烧起来。她哭天喊地地用滚白腔（秦腔的一种唱法，无诗无韵，却情感饱和，铿锵有力）呐喊道："我叫叫一声天哪天哪！你看我民妇冤枉甚大，州县衙门管他不下，闻听包相爷执法如山，不避权贵与民伸冤，为国

157

除害，是我不顾性命冒死前来，托天上告，谁知他是官官相护，处处皆同……我叫叫一声相爷相爷，事到如今我也不要你与我银两，我也不要你与我伸冤，但求得将我一刀两断，也免得相爷为难了……"

时机终于成熟，怒潮终于与怒潮会合，火山终于与火山融通，包拯"哇呀呀"一声长喝，铜铡开启，人犯就位，一切就只待那一声咔嚓断响了。龙国太终于再也顾不上国体，干脆死乞白赖地扑到铡刀前，将毫无血色的一只手，颤巍巍地塞进了刀口，以此强阻老包行刑。老包岂是在淫威与强权面前轻易服软退却的人，他愤然回敬道："国太能豁出她的龙凤爪，难道说我舍不得这颗黑头脑？卸去头上的乌纱帽，再扯烂身上的衮龙袍，走进铡口将身倒，咱三人做鬼路一条。"面对此等冥顽之徒，龙国太自是吓得急忙抽回了本来就舍不得失去的手，恶狠狠地扬言，要进宫找她的皇帝儿子来惩治"黑脸"。陈世美当即身首异处，秦香莲泪如倾盆，老包安排她母子火速离去，并让手下人准备了一口棺材，置放于午门，自己就捋捋胡子，掸掸身上的灰尘，进宫领罪去了。戏到此戛然而止，老包的命运如何，自是且听下部戏分解了。

从这个案件最终处理结果看，陈世美的最大克星无疑是包拯了。秦香莲虽然为维权步步进逼，不依不饶，但她毕竟是处于被动位置，唯有老包可进可退，可攻可守。可老包始终耿耿正气，为民妇鸣冤不畏强暴，不惧死生，用智慧步步为营，以精神感天动地。《铡美案》是民族戏曲给我们这个民族的重要精神养料之一，它不仅赐予我们正义的力量，而且也给了广大平民以活着的勇气和生的希冀（尽管我们不能傻乎乎地把希望完全寄托于此）。尤其是秦腔《铡美案》，每每观看，我们总是热血沸腾，热泪涌流，那种思想的回肠荡气、声音的慷慨激昂，让我们不由得激情澎湃，浩气穿胸。我相信无论到任何时候，这都会是一出好戏。让我们再一次伸出双手，为《铡美案》的尚不能落幕而热情鼓掌。

马健翎这个人

　　说秦腔，不能不说马健翎。

　　曹禺先生一九八七年说过这样一段话："马健翎在秦腔改革上是有贡献的，成绩不可磨灭，真了不起！我和马健翎很熟，是老朋友啦！可惜他死得太早。

　　二十世纪六十年代初，戏剧家田汉来陕西，专程到常宁宫拜访马健翎。

　　常宁宫是关中农村的一个地方，离西安不远。马健翎为熟悉生活，特地在那里买了三孔旧窑洞，其中一间还住着一户老农民。田汉来到这里，见脚下河水潺潺，远处终南山隐约浮现，四周村落鸡犬相闻，便兴奋不已地说："这真是一块风水宝地，生活的海洋啊，能在这窝窝里生活，真是很幸福。创作素材取之不尽，用之不竭，难怪你的作品好。"

　　马健翎笑着说："咱这是老百姓的生活方式嘛，我就爱在这农村，和群众一起混。"

　　田汉说："你这才混出名堂来了，你马健翎不枉活一辈子了！"

紧接着，田汉又说："你马健翎的戏很多，我没几个，看了《游西湖》《赵氏孤儿》，就知道你的功力，大手笔，曹禺说过你，有胆识，很恢宏，激动人心。你是艺术大师，戏曲界，我们的老师、大师。"

马健翎瞪大双眼笑笑说："我能有这么贵重？这是你主席（田汉时任中国戏剧家协会主席）的捧杀，我是一个兵——你领导的兵。"

田汉哈哈大笑后，话锋一转说："健翎兄，你这个大家，看了《关汉卿》（田汉创作），应该举斧了吧？"

马健翎是一个爱实话实说的人，当即说："田汉老，你写的那些诗词，我马健翎一辈子也达不到，可是你那戏剧结构，我一辈子也看不上。"

田汉呵呵笑着说："咱们是互相都知道，你看得很透。"

马健翎继续说："你那个（戏剧）结构太松散，许多地方拉不住人，拖沓。就是文辞好，把戏弥补了。我这一点文化水平，很有限，咋都到不了你那个意境。"

田汉说："你这个作家是专对老百姓的，语言很朴实、群众化、深刻生动，不要把这个磨掉，有些地方再润色一下就好了。"

…………

马健翎对于今人来讲，可能已经有些陌生，但一提起他的诸多戏剧作品，人们当会感受到他的分量。曾经产生过巨大影响的现代戏《血泪仇》《穷人恨》《中国魂》《十二把镰刀》《大家喜欢》等就出自他的手笔，而至今仍是多家剧团经典保留剧目的《赵氏孤儿》《窦娥冤》《游西湖》《游龟山》《四进士》《回荆州》等传统戏，更是经过他和他的创作集体的悉心删改，才生命鲜活，久演不衰。有人说马健翎的戏剧成就，重在对诸多传统历史剧的重新打造和整理改编，其现代戏由于趋时随世，时过境迁，已成明日黄花，我以为恰恰是对现代戏的开创性贡献，才更加奠定了马健翎作为戏剧大家的不朽历史地位。在民族现代戏曲初创阶段，曾经出现过把朱德总司令当"大花脸"装扮，毛泽东当"红生（红胡子）"装扮，周恩来也是戴着诸葛亮式的"黑三绺"，摇着"鹅毛扇"。想咱们的朱总司令扎一身大靠，挥一条马鞭，出场先威风凛凛地"哇呀呀"喊叫一通，然后将胡子来回摆几番，拿腔拿调地自报家门："俺——总司令朱德是也！"那是怎样一种滑稽幽默的场面，据说连宽厚的朱总司令听说后都笑出了满眶眼泪。而马健翎创造的现代戏，一开始就注重对生活的真实模仿与提炼升华，不仅具有生活的原汤感，并且注重"以歌舞演故事"的戏曲美学把握，最终发展成为让广大观众喜闻乐见的现代戏曲艺术。因而，在中国现代戏曲史上，怎么强调马健翎的功绩和地位都是不过分的。

马健翎一九〇七年生于陕北米脂的一个飘着书香的平民家庭，父亲做过多所学校的教员，后因主张"革政治，雪国耻，废八股，办新学，讲白话，反迷信，以教育学生"，遭旧士绅攻击而去职。兄长做党的地下工作，遇叛徒告密而就义。二哥与妹妹也都做着与社会进步相关联的事，这给马健翎的成长营造了极其特殊的氛围。加之米脂这个出产美人的地方，商业活动特别发达，演艺市场火爆，有时各类戏班一个月数次光顾，便在马健翎幼小的心灵播下了戏剧种子。他不仅陆续学会了多种乐器，而且还练就了一手讲故事的能力，而这个能力对于戏剧创作来讲，可谓是最重要的"入辙"前提。由于在学生时代就演宣传进步主张的"文明戏"，当教师后，他又利用课堂阵地和寒暑假外出从事相同活动，险些遭国民党逮捕。无奈之下，逃往北京，一边在北大选修哲学、《诗经》和宋词元曲，一边广泛涉猎戏曲精粹，不仅反复观看了梅兰芳等艺术大师的精彩表演，而且对其他剧种的特色、形态也一一熟知起来。以至后来经人举荐，到河北清来县（现属河南）任教时，已成为能自编自导自演"让观众泪流满面"的抗日话剧的"戏剧多面手"了。一九三六年，西安事变爆发，全国政治形势急剧变化，"四处流浪"的马健翎很快回到陕北，应邀走上了延安师范校长的岗位，先是领导学生组建了乡土剧团，由于好戏连台，观者如潮，而引起毛泽东的注意，紧接着，便在毛泽东的倡导下，与诗人柯仲平一道，成立了陕甘宁边区民众剧团。由此，一个民间戏剧爱好者，便日渐走入绚烂壮阔的戏剧大家之路。

综观马健翎的创作，大体可分为两个阶段，一是延安时期（中华人民共和国成立前）的现代戏创作；二是西安时期（中华人民共和国成立后）的传统戏改编与创作，两个相对完整而又

163

独立的单元，构成了马健翎丰富多彩的戏剧世界。著名作家丁玲、文艺批评家周扬和许多老一代文艺家，都曾撰文评介过马健翎的文艺创作功绩，有学者甚至这样肯定马健翎延安时期的创作："如果有人问，谁的作品比较全面地反映了陕甘宁边区的生活，我们的回答首先是马健翎。"无论是在生活视野还是历史视野上，马健翎都为边区生活与波澜壮阔的政治军事斗争画卷，以及老百姓的精神面貌和生存状态，提供了最鲜活的生命记忆。他的《中国魂》《十二把镰刀》《血泪仇》《大家喜欢》《一条路》《好男儿》《查路条》《穷人恨》《保卫和平》等剧的成功演出，不仅鼓舞了抗日士气，对旧的统治也起到了摧枯拉朽的作用，连美国朋友斯诺都几次对毛泽东讲："没有比'红军剧社'更有力的武器了，也没有比这更巧妙的武器了。"这些剧目中的诸多片段，由于生活气息浓郁，人物性格鲜明，且具有真实的感情力量，而成为盛演近七十年不衰的红色经典。尤其是作品中始终如一的底层老百姓的生命呐喊之声，引发了整个陕甘宁边区乃至所有解放区军民的情感互动，因此，他被边区政府授予"人民群众的艺术家"称号。也正因为这种在老百姓中演出得来的影响力，而使他成为毛泽东在延安时期，特别关注的文艺家之一，不仅在住地召见"美髯公"，而且多次看演出，谈修改意见，并亲自为他改剧名。

如果说战争时期他以现代戏创作为主，那么和平时期则把传统戏的创作改编放在了首位。两个时期虽然都有相互交叉的创作式样存在，但总体看，侧重点是异常显明的。在解放区，他的创作特别贴近生活，注重反映当下现实；而中华人民共和国成立后，则趋向于历史传承与推陈出新。这是在战争与和平条件下同时推动戏剧进程的不同方式，也是一种目标高远的民族戏曲建设思维和心态。在西安，他先后对秦腔《四进士》《游龟山》《游西湖》《窦娥冤》《赵氏孤儿》等一大批传统戏，进行了"旧瓶装新酒"式的梳理改编，这在今天看来，都是一项功德无量的创新工程。由于传统戏在观众心目中深入持久的积淀和影响，如何保留精华，去其糟粕，便是一件需要十分谨慎处理的事。马健翎对传统之审慎，用他自己的话说："就好像一个考古学者、一个珍爱古董者，在发掘一件珍贵的古物，小心翼翼地唯恐它受到一点损害。"正是这种特别的珍爱和呵护，才使他的发掘每每能化腐朽为神奇，最终获得观众与戏剧史的深切认同，不似今日的某些传统改编，已在解构、颠覆和"借壳生蛋"中把精华葬送殆尽了。马健翎的创作实践所留下的最宝贵经验是：戏曲必须走大众化的路子，既要反对庸俗，更要反对一味的雅化，戏曲史上"花雅之争"的"雅部"败北，已有前车之鉴。马健翎每次将剧本创作完稿后，先要拿去给炊事员们念，如果这些人听不懂或者不喜欢，他就会反复修改，直到他们点头为止。从这个意义上讲，马健翎的成功，来自他对民族戏曲本质的谙熟与圆通，如果只是寻求在剧坛上的怪叫一声，从而招徕一阵热炒，混个圈内脸儿熟，恐怕他的创作与改编实践，早就随着二十世纪六十年代的含冤去世而灰飞烟灭了。

马健翎不仅在艺术创作上独领风骚，而且在管理上也独具匠心。他一九四二年从柯仲平手中接过民众剧团大旗，一九四九年率团奉调进入西安，尽管当时身兼西北军政委员会文化部副部长、陕西省作家协会和戏剧家协会"双料主席"，以及其他诸多职务，但他始终把根扎在民众剧团（一九四九年更名为西北民众剧团），在他看来，唯有"扎扎实实搞戏才是本行"。即使后来上面对他有更高的升迁动议（据有关资料说，是让他去做国家文化部副部长），他都婉言谢绝了，他以为："哈密瓜在新疆才甜，秦腔在大西北才火。"后来甚至连省作家协会主席一职也主动申请辞去了，用他的话说："柯老（柯仲平）既然从北京回来了（柯仲平辞掉北京工作，请求回陕西搞长诗《刘志丹》的创作），主席就应该由柯老担任，我做副主席合适。"从而，把全部精力都用在了戏剧创作和管理上。

马健翎的"管理经"与今天最时髦的现代管理学比较，有许多异曲同工之妙。一是"先把人拢到一起"。这种人才观，不仅把西北五省区的众多戏曲精英团在了一堆，而且还把远在福建的著名国画家蔡鹤洲、蔡鹤汀兄弟都吸引来为剧团画布景了。二是"观众不买账啥都不顶"。这不仅是一种创作指导思想，更是一种市场经营理念，正是这种理念，才使诸多作品具有了经久不衰的传承品质。三是"一棵菜精神"。所谓的"一棵菜"，就是一台戏的演出要像一棵完整的大白菜那样有向心力，协同力和协调性，这不正是现代管理学说的云山雾罩的团队精神吗？马健翎把舞台艺术中的演艺"验方"，用作团队管理，不仅形象明了，而且朴素实用。始终把各种艰深的理论转化为深入浅出的朴素实践，这便是马健翎获得创作与管理双丰收的根本经验。加之他真正的爱戏、懂戏、用生命营养戏的情怀与精神，最终把一个"十几个人、七八条枪"的乡土剧团，带到了集研究、教学与示范演出于一体的"西北秦腔最高学府"——陕西省戏曲研究院的艺术高地。

据很多老艺术家回忆，住进西安的"马院长"，由于身体不好，畏寒，一年四季都穿着一件羊皮袄，挂着一根拐杖，加上一脸大胡子，很是有些老延安的威仪。他长年住在常宁宫创作，每礼拜回剧院工作一两天，当"美式中吉普"进到大院时，下个礼拜的工作，很快便布置得井井有条了。平日他很少干预其他领导的管理，但在艺术上却斤斤计较，一丝不苟。在希望有权威的年代，大家都从心里服膺，"他是剧院的绝对权威"。

马健翎是一九六五年深秋自杀身亡的。

一九八〇年，举行人民艺术家马健翎骨灰安放仪式，据《陕西日报》载，陈云、习仲勋、刘澜涛、杨静仁以及丁玲、刘白羽等文艺界知名人士送了花圈，省委书记马文瑞等诸多领导出席。

二〇〇六年春，由陕西省戏曲研究院、陕西省剧协、陕西省作协和一百多位艺术家与热心观众，为马健翎雕塑了全身铜像，永久竖立在省戏曲研究院北广场草坪。

许多人创作的许多作品都烟消云散了，但马健翎创作和改编的几十部戏，还在大西北和更大范围内传唱着，有的戏，是很多秦腔剧团不折不扣的"吃饭戏""看家戏"。我想，这对马老来讲，就已经足够了。

话说李十三

李十三其实是一个村名,离西安不太远,在渭北高原上。这个村叫这地名已经好几百年了。关中李姓多,大概与大唐在此建都有关。姓李,排行十三,就叫李十三村,想必还有十一、十二、十四、十五村了,可哪个村都没有李十三村名满天下,盖因这村子在清朝乾嘉年间出了个不想出名,却名声大振的舞台剧写手,本名叫李芳桂,后世因忌讳直呼贤者名讳,便以村传名,叫李十三了。

李十三这个人,本无意做职业编剧,如果评职称的话,他大概也无心去填表、考试、申报、找评委说话,因为他的心思始终在功名仕进上。他的经历有些像写小说的蒲松龄,但比蒲松龄考得好一些,蒲老折腾到七十一岁,才弄了个贡生。想来蒲老如果能料到小说在后世浪了那么大的声名,恐怕也就懒得捋一把老胡子,吭哧吭哧,年复一年地跟一帮年轻人,去看各级考官的驴头马脸了。李十三不到四十岁就中了举人,五十二岁甚至在京城会试中,还被主考官纪晓岚批了个"拟录六十四名""截取皋兰（兰州）知县"。所谓"截取"就是候补的意思，虽然终未候补上，甚至在《皋兰县志》的职官表里，连个名字都没混进去，但终究还是比老蒲混得强些，毕竟弄了个候补县长的名分。

一七四八年出生的"候补县长"李十三，如果活到今天，已是快二百六十岁的人了。这人家境十分贫寒，祖上以"箍漏盆漏瓮的竹篾手艺"为生，后世多务农桑，"废读者多，质朴少文"。到了父亲这辈，念了"半个秀才（附生）"，乡里才给了"先生"的尊称，后因穷愁潦倒而弃儒，最终做了走街串户的"赤脚医生"。李十三打小便是家里担水、劈柴、推磨、稼穑的好手，一边干活儿，一边苦读，立志要做"儒林高士"。十九岁那年，还就真的考取了"生员（秀才）"，据说县里差官来报喜时，他正在柴房帮继母推磨。考上了官府儒学，他就到县里读书去了，享受"廪膳生"待遇，念了几年由官府发放伙食补贴的书后，又去开办私塾，教了十数年的书，然后再去省里考举子。三十九岁那年，他在陕西乡试中，获得了举人第二十名的好成绩。应该说中举后，离官场也就一步之遥了，可这一步之遥，李十三又用了近十年的磨砺时间，一边继续做乡村教师，一边寒窗苦读，直到四十八岁时，才有了进京会试的机遇，谁知苦读半生，名落孙山，回来三年后，按大清的干部录用制度"凡考中举人后，参加会试一科未中，以州、县儒学教谕录用，正八品（相当于正科级），掌文庙祭祀，教育所属生员"他才被派往陕西洋县做了正科级儒学教谕。

这个职务不知与现在的县教育局局长有什么关系，反正李十三为此吃尽了苦头，洋县地处偏僻不说，而且薪俸低，不似当代管教育的官员差事肥美，手里不仅拿捏着成批教师的调动、升迁与职称评定，而且操作着学校的晋级、学生的升学，以及各类建设项目等，哪似二百多年前的教谕李十三，竟然混得连"门斗"都敢翻他的白眼。所谓"门斗"，就是儒署学官的使役，看门的叫"门子"，料理膳食的叫"斗子"，两差常常由一人兼任，因此也叫"门斗"。李十三在洋县教谕位置上，曾经写过这样一副对联："纵口腹之欲，割豆腐四两带筐；发雷霆之怒，瞪门斗一眼隔窗。"意思是说，买四两豆腐，还是连筐子称的，恶狠狠瞪狗眼看人低的门斗一眼，还是隔着窗户的。那种自嘲与幽默中，渗透着几多窘迫与凄怆。因此，干了一年，他就脱岗离职，依然回渭北高原上，"当娃娃头"，做教书匠去了。

五十二岁那年，壮心不已的李十三，再次牵一头骡子北上，进京参加嘉庆四年庚申科会试。主考大人是纪昀，不知考生有多少，反正正常名额录完后，他还弄了个"拟录六十四名"，应该说李十三成绩还是不错的，毕竟还给了个候补县长的虚名。他大概也清楚，这一候补，便候到牛年马月去了，何况不使银子，要补上也是白日做梦。想想这年月，又看看官场的重重黑幕，再看看没完没了的仕进排队，不算加塞的、讨巧的、从旁门左道胡绕的，已是遥遥无期，再折腾也是无益，便灰了心，由此，他比蒲松龄先觉悟一步，再未往帝京多瞥一眼，骑着瘦骡子蔫头耷脑回来后，就一边教书，一边专心侍弄起了戏剧。

李十三生长的渭北高原，是碗碗腔皮影戏的发源地，据史载，已有三百多年历史。李十三开始"打本子（编剧）"时，大概已流传几十年或上百年了。碗碗腔又叫华剧，可能因主产地在华阴、华县而得名。二十世纪末，张艺谋的两部电影都与碗碗腔有关，一部是《秋菊打官司》，每到主人公要出门去讨说法时，作曲家赵季平便端出了碗碗腔最典型的乐句，上下跳荡，"牵筋（旋律）"柔中有刚，让人感到一种力量与精神。再就是编剧大家芦苇，根据余华同名小说改编的电影《活着》，更是以皮影艺人的一生，来阐释葛优主演的那个"多余人"活着的无奈与艰难。芦苇是我的好朋友，他曾多次讲到为改编《活着》，去渭北高原寻找生活根基的过程。他对李十三以及李十三所创作的"十大本"剧作的了解，甚至超过了许多专业从事戏曲研究的人。

李十三生长在碗碗腔的戏窝子中，作为一个文化人，那时又无其他娱乐方式，做了农活儿，推了磨，喂了猪，读了《文选》《六艺》，写了八股文，晚上总得有点休闲的时间。既然没有咖啡屋、洗脚房、茶社、歌厅可去，那村头锣鼓敲得咚咚嚓，艺人唱得咿咿呀，不去看看就是不可能的了。从小看到大，台前幕后，耳濡目染，知道了戏的凤头豹尾，懂得了戏眼戏胆，再面对演出脚本的平庸与匮乏，一个心存文墨的儒生，就不可能不手心痒痒地要产生些创作冲动了。尽管他的主攻目标还是仕进，但业余时间练练手，传传世情，就像今日已在仕途的官员，写写散文随笔，弄弄小说诗歌，并不干扰提拔升迁一样，性情使然。在他二三十岁时，禁不住创作的诱惑和皮影艺人的撺掇，就写出了至今还活跃在戏曲舞台上的"十大本"之一：《春秋配》。

　　《春秋配》既可以说是一曲公案戏，也可以说是一部言情剧，情节非常曲折复杂，这也是传统杂剧的特点，无奇不传。说它是公案戏，这里确有几端公案搅扰，主人公李华，又叫李春发，路遇美女姜秋莲在荒郊拾柴，怜香惜玉，无端赠银数两，这也是男人的通病，再吝啬的家伙，遇见美人，都可能产生点慷慨之举，当然，这都属于好男人了。恶男人就除外了，这部戏里也有这样几个歹货，一见美女就上头，一上头就动手动脚，动作幅度一大，就弄出来了人命案，这是后话了。那秋莲拿着好心男人赠送的银两回到家里，结果惹得狠毒的继母一番淫奔苟合的猜疑，并要告官。秋莲好生委屈，又不愿连累了好人李春发，便星夜与同情她的乳娘一道逃走了。谁知路上就遇见了一个坏男人，姓侯名上官，他不仅抢劫，而且性欲还十分旺盛，抢了包袱、杀了乳娘不算，还要顺便调剂一下性生活。那秋莲岂能容这等恶魔沾手，便心生一计，诳他到涧边折花作聘，拜月为媒，那厮此时春心荡漾，智商顷刻与笨猪画等号，心里正美着呢，秋莲从上面一石头砸下去，他连哼哼都没哼哼一声，就顺坡滚到涧中，弄了个脑震荡加腿断胳膊折。秋莲自是得以逃脱，并于一慈悲庵中藏起身来。事情闹得这么大，秋莲的继母当然搁不下，李春发自然难逃干系，遇见个糨子官，很快便以"才子佳人私奔，杀死乳娘以灭证见"，将"案犯"李春发一顿暴打，还未及上老虎凳、灌辣椒水、使美人计，这个软骨头就认罪服法，被钉枷收监了。

戏中的另一个官司很快也引发出来，一个叫石径坡的男人，曾经到李春发家偷过东西，被李春发逮住问过后，得知石家确实可怜，尚有衣不遮体、食不果腹的老母，他不仅义释盗贼，而且还赠过银两布匹。石径坡当得知李春发的冤案后，即产生报恩义救之举。先是去侯上官家给李春发偷买饭的钱（此为之善贼偷恶贼矣），谁知这个没摔死的侯上官，正在家里商量着买卖妇女之事，而被卖的姑娘张秋莺，恰与官方正要查找的姜秋莲谐音，石径坡误以为是拿到了重要人证，便跟着这个又采取夜逃法的弱女子来到庄外，要她去公堂对质，以解救李春发。被蒙在鼓中的张秋莺，误以为遇见歹人，眼看僵持不过，便一头扎进枯井里寻死去了。就在石径坡去报官的时候，又一个叫许黑虎的歹男人与姜秋莲的父亲贩米路过枯井，听见救命声，即把张秋莺搭救上来。谁知这个黑虎兄一见秋莺妹子水灵，便生出些兽性来，三折腾两折腾，把个姜老先生反砸死在了井里。等官府来救人时，井里没见了美人，却捞出个死老汉来。故事曲折到极致，奉旨出京查访的新科按院何大人就喝道出场了，先是抓了黑虎兄，救了张秋莺，然后案子便可想而知地在那个时代也不可能再有别的途径地进入了环环解扣状态。

　　说李十三的戏曲折离奇，真是曲折离奇得很。《春秋配》里还贯穿着一条重要线索，那就是李春发的另一个好友张雁行，因京都会试，一字写错，而遭革除功名之罚，一气之下落草为寇，做了义军领袖。当得知好友李春发被冤案所困时，毅然率部攻打南阳府，并斩了府首，劫了杀头的法场。创作此戏时，正踌躇满志，意欲报效朝廷的李十三，借主人公李春发的行动，表达了自己对大清朝的耿耿忠心。就在自己被救后，他坚持"宁为含冤鬼，不做反叛臣"，大义凛然地去按院何大人处投案自首，并力劝张雁行归顺（这小子还真就归顺了），最终让坏男人侯上官、许黑虎服法，义士石径坡在按院门下听用，自己不仅弄了顶县令的花翎顶戴，而且还由按院大人做月老，将姜秋莲、张秋鸾（实乃张雁行之妹），一并塞进了他的"后宫"，由此，月明星朗，洞房花烛，吹吹打打，皆大欢喜。

　　二百多年来，尽管这出戏有秦腔、京剧、川剧、滇剧、汉剧、湘剧、豫剧、晋剧、河北梆子等多个剧种不断上演，并且已成为当之无愧的传统戏曲经典，但在今天看来，它仍是有可笑之处的，这大概也就是李十三的历史局限性吧。李十三的生平却又是极其珍贵的心路佐证。这个阶段，正是他对大清充满希望与幻想的时期，他的笔下，不可能出现对"叛贼"张雁行的肯定、赞颂与支持，出于对底层的了解，能对张雁行寄予同情与理解，并希望给他以好的结果与出路，已是非常难能可贵的

"草根"精神的闪现了。十几年后,当他进京赶考时,京都许多戏剧班社都在演唱他的《春秋配》,按说,应该给他以很大的精神鼓舞,但由于会试名落孙山,他仍郁郁寡欢,痛苦不能自拔,足见他当时的主要追求,并不在于"轻薄艺文"上。直到二次赶考,弄了个拟录与候补的资格,确实感到出仕入相前景渺茫时,他才慢慢沉下心来,让双脚踩在大地上,真正进入了一个"草根戏剧家"的创作生涯。

按常理,一个有正式举人资格,当过几天"县教育局局长",且还有京都会试拟录名次和候补县太爷资质的人,回到乡里,是要"驴死了架子不倒"的,最起码也得发挥发挥余热,大事小情的,顾问顾问,咨询咨询,策划策划;遇红白喜事,乡绅议约,坐个上席,蹭个主席台什么的,管别人爱听不爱听,先美美讲一通话,让周边人始终感到他的余威,可李十三非常通达,当他真正体味到了杜甫先生"儒冠多误身"的千古忠告后,一头扎回乡间,"扔掉了胸前绘有鹌鹑图的八品文官服",不分春夏秋冬,腰系一条白腰带,脚蹬一双布耳子鞋,地地道道地做起了关中老农。清朝有一句谚语说:"男儿要风流,一月三剃头。"有好讲究的达官贵人,甚至一天几剃,为的是干净体面,脑门放光。李十三已不屑于给大清争这种体面,更懒得弄一副油光水滑的虚架子,四处游走显摆,该推磨推磨,该喂猪喂猪,该教学教学,"伴侣只有三个:明月、清风共我",再就是写戏。一旦摆脱了仕进的枷锁,完全站在大众层面,认知事物的角度,选择事件、情节、细节甚至语言的方式，就都发生了根本逆转。史家所称的"乾隆盛世"，在他笔下的七本戏中，却是盗贼谋杀蜂起、战祸内乱不绝、百姓生死无助、官场迂腐黑暗的贻误天下苍生的遍体毒瘤时代。李十三的戏剧，给我们提供了盛世王朝的破烂背影，从某种程度讲，已经超越了传奇戏剧的艺术审美与作用力，而进入了社会与历史学应该研究的范畴。

在李十三的"十大本"中，始终没有出现一个帝王形象，我想一是他不想惹事，二是不愿为其歌功颂德，既然皇帝看不上他，他也就犯不着去讨皇帝的什么好了，何况在他这个"自己磨面自己吃"的底层人看来，皇帝本来也没好到哪儿去。不似今日各种作品以及各种讲坛对帝王的普遍热衷，可以说已经到了"无帝不成戏"的地步，几乎所有帝王都出奇地好了起来，他们爱民如子，他们大智大勇，他们大慈大悲，他们大仁大善，他们胸怀全局，他们放眼世界，他们革故鼎新，他们气吞山河，他们反腐倡廉，他们气清节高，他们发言民主，他们呼唤自由，他们平易亲和，他们幽默可人，他们怜香惜玉，他们情深似海……总之，只要这个世界所认可的优良品质，无论是传统的还是现代的，这些帝王都不缺乏，那就让人闹不明白了，我们一代又一代的仁人志士、革命先烈，要举义旗、唤民众、抛头颅、洒热血，拼着老命去推翻封建帝制干什么？这种全方位的呼唤、昭雪、弘扬，尚不知高潮在哪里，尽头在何处，真是有些让人丈二和尚摸不着头脑了。难道我们一个时代的创作群体，竟然不如一个二百六十年前的李十三看得明白？这真是一件该让人笑掉大牙的怪事了。

李十三的所谓"十大本"，据权威著作《李十三评传》（李十三史料研究组高泽、王禾、辛景生等专家执笔）勘定，其实只有"八大本"，它们是《春秋配》《白玉钿》《火焰驹》《万福莲》《如意簪》《香莲佩》《紫霞宫》《玉燕钗》，另有两折小戏《四岔》与《锄谷》，并称"十大本"。纵观李十三的创作，一是充满传奇色彩，这是戏曲创作的本质特征，无奇不传。二是民间立场，既不仰视，也非俯视，而是平视生活，"草根"思考。三是处理矛盾充满智慧，注重生活逻辑的自然演进，一改大事由皇帝"圣旨定乾坤"的创作流弊，流露出早期民主思想的某些端倪。李十三成长的时代，恰逢全国戏曲"花部"与"雅部"的酣战时期，以秦腔为代表的"花部"地方戏曲最终取得胜利，而以昆曲为代表的"雅部"戏曲惨遭败北。"花部"之所以能够取得胜利，最重要的原因就是来自民间，来自底层，生活气息浓厚，"食人间烟火"，且具有一种寻求光亮与"喘气"的精神奔突。而"雅部"只演帝王将相、才子佳人，循规蹈矩，抑郁沉闷，加之剧词过于注重用典、掉书袋，可以说已进入"牙雕时代"，看戏时，观者一边盯着舞台艺人，一边掌灯参看脚本，一种艺术，发展到了这种佶屈聱牙的地步，不败犹待何时？李十三既注重文学传情达意的精准，又匍匐大地，开掘戏剧演进的生活化与当下化，加之所创造的舞台形象，又大多是观众所熟悉的老百姓，尤其是笔下的年轻人，他们反对禁锢，离经叛道，全然打开了一种时新戏剧的领地，不大红大紫，不招徕追星族、粉丝，也就由不得自己了。

李十三的"十大本"之所以能够广泛传播，一是得力于对宋元明以来优秀戏剧的继承，尤其是成熟技巧的运用；二是得力于思想与艺术的全面创新，根本是民本思想的植入；三是得力于皮影戏流传的简便与多头。《李十三评传》里有这样一段话，十分精辟地道出了皮影戏的优长："皮影戏的社会功能，不是所有的大戏能够代替的。第一，演出费用少，适合农村的经济条件。第二，演员只五六人，戏箱用一头毛驴就能驮得动，便于搬迁，容易深入穷乡山区。尤其是舞台设备，极为简便，所需材料，为农家户户所有。艺人有这样一段顺口溜：'七长八短（木椽），五页大板，四条撒绳（耕畜牵引犁头用的皮绳）一挽，十二根线串（细麻绳），六张芦席一卷，撒下一镬，你再别管。'恐怕自有戏剧舞台以来，没有比皮影戏舞台更简便的了。"正是这种便捷，才使李十三成为享誉二百六十多年仍声名不减的经典剧作家，倘若似今天这般大制作，动辄灯、景、服、化、道、效就拉十几卡车，甚或几火车皮，李十三的戏，恐怕早就随着他闭目蹬腿日，片纸不存，烟消云散了。

二十世纪五十年代，他的《火焰驹》被长春电影制片厂搬上银幕。二十世纪六十年代，根据《万福莲》改编的《女巡按》，又被著名戏剧家田汉看上，据此改成了京剧本《谢瑶环》，随后被全国多个地方剧种移植演出，至今余音绕梁，后继者不绝。

这里要特别提到的是他的《火焰驹》，不仅造就了大批秦腔演艺人才，而且至今在秦地家喻户晓，已成为秦人当之无愧的心灵文化胜景。

《火焰驹》的戏核，其实仍是一个坚贞不屈的爱情故事，它讲述的是一个叫李绶的掌管国家兵权的人，因受奸臣陷害，说他的大儿子叛国投敌，遂被革职查办，满门抄封，举家被赶出京城。次子李彦贵过去已定亲的老岳丈，见未来的女婿落魄至此，话翻脸变，执意悔亲。谁知女儿黄桂英却不嫌李彦贵穷困潦倒，偏把个"瘦死的骆驼"爱得死去活来。老岳丈为彻底解除后患，甚至不惜栽赃陷害，将李彦贵以谋财害命罪置于死地。"火焰驹"由此亮相，原来这匹马能日行千里，义士艾谦骑上它，直接跑到番邦，给李彦贵哥哥报信，引来救兵，劫了杀场，终使所有冤情大白，花好月圆。

这曲戏现有多种版本，有的情节已相去甚远，但戏核是共同的，黄桂英不嫌贫爱富的精神实质是异曲同工的。许多秦腔演员因它走红，它也因这些层出不穷的秦腔名流，而与日同辉，生命永驻。

李十三是六十二岁去世的，去世那天他正和老伴在院里推磨。应该说事先他已有预感，清政府对以"花部"为代表的地方戏的风靡全国，早已嗅出其中的不稳定因素，终以"查抄淫词秽调"的"扫黄"名义，在天下横加铲除。李十三的皮影戏如野草般四处疯长，且明显有"不尿"皇帝，却"尿"反清义士与侠客的"犯忌"刀笔，自是难逃恢恢法网之制裁了。为将"不法"艺人赶尽杀绝，嘉庆皇帝甚至"派出专使，宣旨提取李芳桂进京"。当宣旨人进入渭南县境时，即有人通风报信于推磨的李十三。闻此恶讯，本来就贫病交加的剧作家，连急带吓，当下就跌在磨盘上，喷出一口鲜血来。随后，忙不择路，落荒而逃，大约行至二十里，终因体力不支，软瘫如泥，眼前一黑，一头栽下去就再未起来。

更为可悲的是，一些皮影艺人至今还在传说，当初嘉庆皇帝是因看了李十三的剧作，惜李有翰林之才，欲提调进京，封官授职，才来渭南寻人的。谁知李十三自己如惊弓之鸟，病身子再加心力不支，便一命呜呼了，要不然，李十三恐怕早就做大官了。一个人无论有多大成就，最终没弄到一个像样的级别，一顶像样的"帽子"，似乎都不足以道其伟，不屑于称其大，最起码也是有了很大的缺失与遗憾，哪怕捕风捉影，也得弄个合适的身份安顿一下，所谓的各种追认，大概都由此派生。我想，并没有彻底摆脱每部戏都要大团圆结局的李十三，如果在天有灵，恐怕对人们安排给他的这个"大团圆结局"，也是要既尴尬又无奈地摇头叹息再三了。

也有人说，李十三如果从年轻时，就一直侍弄戏剧，不去忙碌仕进之道，也许创作成就会更高一些，不定弄个"二十大本""四十大本""六十大本""八十大本"来，我想这种推测是毫无道理的，如果他没有半生追求仕进的挫折与绝望，就不可能产生对"清明盛世"的怀疑，不可能在作品中露出早期民主思想的曙光，更不可能使民间立场成为一种自觉。曹雪芹并没有当作家的故意，却成为不朽的作家；蒲松龄也没有打算做小说家，却写出了《聊斋志异》；同样，李十三并没有刻意要当剧作家，却写出了"十大本"。创作之所以"不可能出现两条相同的河流"，根本在于生命的不同感悟。仅追求刻意写作，一生故意为之，就容易形成只可供人把玩的器物，精致、机巧，却缺乏具有独特生命印记的骨质与活性。当下的戏剧创作，不是已经显现出这种精到而又缺血的症候了吗？李十三的意义在于他在寻求突围，因而具有不可替代的生命个性，这种个性就是李十三戏剧还活着并且还将继续活着的理由。

"秦腔正宗"李正敏

李正敏是一个男旦。从二十世纪三十年代，经由英国人在上海创办的百代公司，为他灌制秦腔唱片发行全国始，二十岁的李正敏，便迅速走红国内，并誉满大西北了。

他是被一位叫周伯勋的电影演员推荐给百代公司的，这位电影演员是陕西人，二十世纪二三十年代在上海很红火，不仅出演过《一江春水向东流》这样的名片，而且还做过多部电影的制片人，连西安的第一家电影院（阿房宫影院），也是在他的倡议下创建的。因了他的鼎力举荐，百代公司特邀李正敏去上海，灌制了九张唱片，那都是李正敏的拿手好戏，它们分别是：《赶坡》《探窑》《南天门》《断桥》《血泪鸳鸯传》《游园》《店遇》《二度梅》《黛玉葬花》。在每张唱片的前边，都由周伯勋朗读了这样一句话："上海百代公司特邀秦腔正宗李正敏先生演唱。"由此"秦腔正宗"之美誉便不胫而走。何为"正宗"，已是秦腔界热议了大半个世纪的话题，其中不乏争论之声，但无论怎样争论，李正敏的影响力都有增无减，这便是"正宗"的生命效应。

李正敏一九一五年生于长安县狄寨原上的一个贫寒家庭。这里又叫白鹿原，二十世纪最后几年，著名作家陈忠实"一尻子塌在这里"，寒窗五载，完成了他的皇皇巨著《白鹿原》，遂使人文底子本来就十分厚重的白鹿原，更是声名远播，踏访者络绎不绝。

李正敏十一岁那年，因原上生活苦焦（十分穷困）不堪，而随父到西安城里"觅食"。一个十一岁的孩子，入梨园学戏，自然是相对稳定的谋生手段了。加之他勤于钻研，舍得吃苦，在名师党甘亭（人称"胎里红"）的教授下，技艺长进很快，不久，就以一曲折子戏《审余宽》亮相舞台。谁知由于第一次见观众，紧张得不能自持，他竟然把戏"烂"在了舞台上，因此遭遇了师傅对全体学生的"打通堂"惩罚。所谓"打通堂"，就是"连坐法"，一人犯事，全体遭殃，有此一顿深重鞭策，自是"小蹄蹄蹦得比鹿快"，经过一番人后苦修，再登台时，就让人为之一振，眼前豁然，李正敏一鸣惊人了。

梨园行，少年蹿红者不乏其人，但能安道守恒、层楼更上、可持续发展者却凤毛麟角。早夭者，有因嗓子变化而折翅的，有因生活变故而弃舟的，更有因水满自溢、张狂疯癫而穷途末路的。李正敏显然不属于这类角色。首先是老天给了他一副好嗓子，加之安贫乐道，谦虚好学，勤勉刻苦，便路途越走越宽，声名愈蹿愈红了。不到二十岁，他就身背数十部大、小戏，走遍三秦、陇西地，成为家喻户晓的一代名伶。时有报评曰："五六年来，夜无虚席，每出一新戏，更为轰动西安，蜚声秦陇，此虽比之梅氏（兰芳）亦无逊色。"著名戏剧家封至模在《陕西四年来之戏剧》（一九三二年撰）一文中也说："盖李之长在唱，彼时正嗓音完整，精神饱满，兼善运用，每唱一曲，虽大段亦一气呵成，耳音为之一快。"

这种声名，加上百代公司的锦上添花，给李正敏注入了"虎入深山，龙归大海"般的生命激情，由此艺术创造力更加自由酣畅，角色拿捏越发游刃有余。

李正敏先后创造过数十个舞台艺术形象，其中脍炙人口的代表作有三部，一是《五典坡》中的王宝钏；二是《玉堂春》中的苏三；三是《白蛇传》中的白娘子，人称"李氏三部曲"。这里面，尤为《五典坡》中王宝钏的塑造，最是影响深远、魅力四射。

《五典坡》是秦腔的经典名著，又名《王宝钏》，这是一个忠贞不渝的传统爱情故事：相府千金小姐王宝钏，竟然看上了一个要饭的叫花子薛平贵，多少达官贵人在"相府择婿彩楼"前招摇呼唤，眉眼传情，王宝钏却偏偏把绣球砸在了薛平贵这个来"哄摊子""架秧子"看热闹的闲人的扁脑袋上，这不仅让欲攀亲结贵的王孙公子们两眼发直，也使相爷由此与爱女彻底决裂，将她赶出门外，形同陌路。任家人如何规劝，王宝钏都矢志不移，安贫如山。相爷为了彻底斩断他们的"孽缘"，甚至还动用权力，让薛平贵突击入伍，发往西陲戍守。可王宝钏仍不为淫威所撼，于寒窑（这地方西安人已开发为旅游景点，好像票价还不低）苦守十八年，直到叫花子薛平贵荣归故里，才唢呐声声，花好月圆。

王宝钏十八年守寒窑，苦等一个叫花子，到底因了什么？早期剧作上说，王宝钏从薛平贵头上看到了特殊光晕：这小子有皇帝命，将来必居万人之上（后来果然降伏了那边，还做了那边的王，最后又归顺了这边的皇帝，富贵了还有爱国统一情怀）。这在封建时代，是一个很有说服力的苦等缘由。即使在今天，如果哪一位真能预测到谁将来可能成为大款或显贵，恐怕也是愿意在人前装出一副苦等的样子来的，至于背过人会干些什么就不大好说了。后来有人改掉了薛平贵有皇帝命的情节，演绎成勤劳勇敢的民间好汉形象，观众反倒不能接受，说那假得很，那就还是让他保留着皇帝的身坯子吧。反正王宝钏苦等一个人的信念和不为眼前利诱所动的淡定精神，总还是有可取之处的。学习不能，效法不得（大概也没人学习效法），但作为一种传统的文化活化石，总还是有研究探讨价值的。

李正敏就给大家演绎了这样一个王宝钏。在表演上，他把王宝钏由温顺、娇媚到坚毅、果敢的反抗性格，塑造得惟妙惟肖，荡气回肠。尤其是在唱腔风格上，杂糅百家，博采众长，最终探索出独树一帜的声腔体系——"敏腔艺术"来，至今流传广泛，影响百家，被秦腔界誉为"百年不遇的演唱神话"。《五典坡》中最能代表"敏腔"行腔特点的一段唱词是:"老娘不必泪纷纷,听儿把话说原因。我父在朝官一品,膝下无子断了根。所生我姐妹人三个,个个长大配婚姻。我大姐、二姐有福分,与苏龙、魏虎结了亲。单丢下苦命命苦宝钏女,绣球单打讨膳人。好配好来歹配歹,富的富来贫的贫。世人都想把官做,谁是牵马坠蹬人?"有人说,快一百年过去了,李正敏的这口绝唱,至今无人能出其右。他在唱"老娘不必泪纷纷"时,"情中带悲,悲中有柔,含蓄朴实,情真意切。行腔抑扬顿挫,四声分明,击节有度,刚柔兼备"。在唱到"单丢下苦命命苦宝钏女"时,把"苦命命苦"四字,"用拉腔的方法'颠'开,着重突出两个同时出现的'苦'字,托音与丝弦交织在一起,哀苦有声,婉约动人,然后大口换气,稍作停顿,随即运足底气,让'宝钏女'三字喷薄而出,大有雷霆从天街滚过的收放奇效,顷刻间把王宝钏十八年的幽怨、屈辱、诉求表露得淋漓尽致……"这是一段深中肯綮的业内评价,关于此类评价,在秦腔界,可谓俯拾即是,有人说,若整理出版,是能有几块"秦砖"的厚度的。

李正敏之所以能称"秦腔正宗",我想原因是多方面的,首先,李正敏先生与正俗社正艺社相关,并且正艺社干脆就是他创建的,他本人学名又叫正堂,艺名又叫正敏,誉为"秦腔正宗",大概也与这处处皆"正"有关,当然,更有开宗立派之意。加之在同一时代的演唱中,李正敏匠心独具,技压群芳,尤其是在大多秦腔艺人只注重比较单一的"怒(挣)、吼、尖(高音)、放

（粗放）"的演唱时期，他能吸纳京剧、晋剧、河北梆子、吕剧等兄弟剧种之长，使演唱风格进入峰回百转的凄迷状态，讲歌喉婉转，重高低错落，推崇中低音效率，追求丹田音共鸣，从而形成了道白、吐字、行腔、收音、归韵都有别于同行的"敏腔艺术"。我想，从陕西走出去的电影明星周伯勋，之所以要旗帜鲜明地在上海给他打出"秦腔正宗"的旗号，恐怕与这个西北汉子在庐山之外看庐山，最终看清了"横看成岭侧成峰，远近高低各不同"的庐山真面目不无关系。

有了"秦腔正宗"的封号，李正敏接着又有了"秦腔皇后"的美誉，当时的报纸说他"虽比之梅氏也毫无逊色"，而谦虚的梅兰芳，自是不能拿自己相比，听完戏后，又称他为"西北的程砚秋"。那种时下最爱论及的知名度与影响力，由此当能管窥全豹了。

我觉得"秦腔正宗"李正敏的深刻意义在于，对固有形态的勠力改革和对剧种程式的坚强突破。秦腔自古响遏行云，而李正敏之正宗，却讲究余音袅袅、歌喉婉转，这是一种声音的革命。当然，李正敏是在精通秦腔音律、板式，甚至谙熟各种弦乐、打击乐基础上的"清醒革命"，是一种生命在行进中的悟道、蓄含与修正，因而，接受者甚众，最终造就了一个秦腔改革者的成功范例。许多企图改革，又谬之千里者，根本还是对秦腔缺乏"李正敏式"的生命体悟与认知，被骂，被剿，被"公审"，被"判决"，也就在所难免了。一部秦腔史，是一部发展史，一部改革史、可到了今天，一提改革，便招来诸多不谐和之音，有的甚至把秦腔改革者骂得狗血淋头，我想一是因为爱之太切，不容秋毫有犯；二是因为改革者自身并未进入秦腔生命本体之中，多呈隔靴搔痒状，如果再隔行通吃，时音泛滥，热爱者不扔几块"砖头"，也的确是难以解除心中的怨愤与郁闷。但无论怎样，秦腔的改革还是应该继续的，既然大家都承认艺无止境的铁律，那么就应该给秦腔的改革让出一条通道，这里也需要有一种民主的生态，应该有对所有改革者的理解与宽容。时间是最无情的裁判，在多重声音的咬合中，正宗自会更加正宗，斜枝自会式微衰落，任何在艺术上进行迎头痛击的办法，都是可爱而又荒谬的，看似强劲实则懦弱。从这个意义上讲，我们真应该向李正敏时代的那些胸怀宽广的秦腔观众表示敬意了，因为无论怎么讲，李正敏都是秦腔的最大改革者，他的成功，不仅得益于自身的艰苦求索，更得益于观众的悉心呵护与宽博接纳。

可惜李正敏的艺术好运并不长，一九三六年，他脱离正俗社，自己组建正艺社后，由一个名演员变为领班长，一群人吃喝拉撒睡的担子，就沉甸甸地全压在了他一人肩上。有句俗语说："要怄气领班戏。"看来自古演艺队伍都是不好带的。一来流动性大，变数多；二来人才具有不可替代性；三来观众对人才的认定决定一切；四来人才自身文化浸润不足，较少理性约束；五来经费不宽裕，这是任何时代都难以彻底摆脱的艺术困境。李正敏也因这个困境，加之二十世纪四十年代的战乱灾祸，自己又疾病缠身，最终搞得班社解体，树倒猢狲散了。

中华人民共和国成立后，他被招到西北戏曲研究院（陕西省戏曲研究院前身）马健翎麾下，先后担任过该院秦腔团团长和演员训练班主任职务。这期间，流传过这么一个精彩绝伦的故事：他有一次到蓝田县下乡演出《五典坡》，正唱王宝钏的《赶坡》唱段"头上缺少帕儿苫，身穿一领补丁衫……"时，台下一老者突然直冲到台前，指着他的鼻子大喊："你不要唱了，你挖什么野菜，穿什么破衫，把你嘴里那颗金牙卖了，看能买多少粮食，还用得着挖野菜，穿补丁？"原来李正敏嘴里是镶着一颗金牙的，在那个年代，这是一种富贵的象征，即使牙没坏，有钱人也是要用黄澄澄的金子，把人能看见的牙齿包起几颗来的，这跟前几年时兴手上戴一大金镯子，腰上挎一呼机和今天坐奔驰、宝马，几乎有异曲同工之妙，想李正敏先生做过班主，又是脍炙人口的名演，这个"阔"自然是要摆也能摆得起的。可守寒窑的王宝钏一张口，嘴里竟然露出一颗象征着荣华富贵的金牙来，观众指斥，也在情理之中。当时就有人站出来干预老头儿，维护"秦腔正宗"，李正敏立马制止了，他不仅不让冒犯老人，而且还在台上向老者深施一礼，然后继续演出，几天后，他就把那颗直到二十世纪七十年代末还具有很大魅力的金牙提前拔了。

李正敏从艺四十六年，但真正活跃在舞台上的时间，仅二十多年，后二十年，一些用在了艺术管理和教学上，另一些

190

泼洒在了"文革"中。他之所以在中华人民共和国成立后慢慢淡出舞台，最重要的原因是，秦腔这时已有大量女演员介入，男扮女装的时代渐次结束。但作为一代名伶，他始终没有狭隘保守的陈腐观念，以能育天下可育之才为荣，门下招收了大量弟子，并悉心传授，诲人不倦。经过长期实践摸索，他总结出了"敏腔"的十六字诀窍："气沉丹田，头顶虚空，全凭腰转，两肩轻松。"而这个诀窍与世界公认的科学发声法是殊途同归的。他对学生的教授，始终是一对一、手把手的口传心授，这种教学方法最易让学习者深得要领，迅速入辙，他的名弟子杨凤兰，就是在这种一字一句、一腔一调、一板一眼的精雕细刻中，成为"敏腔"高足，并红透大西北的。可惜杨氏罹患喉癌，已于二十世纪末不在人间。好在"敏腔"桃李遍天下，许多人是在他去世后，仍死抱唱片，自我克隆出来的，有的即使不照本宣科，也默化潜移，于"敏腔"沃土上生根发芽，最终已然长成参天大树。有一位叫张振秦的业余秦腔艺术研究专家说得好："李正敏先生的演剧生涯，也就二十余年，但这二十余年他创造出了典雅秀丽的'敏腔'艺术，'敏腔'的魅力，在于情和韵，这是歌唱艺术的真谛。如果有人问，'敏腔'到底在秦腔艺术史上占有什么位置，那我可以回答，没有'敏腔'就没有后来秦腔旦行声腔的发展。"他甚至还说："历史上出现这样的天才艺术家的机会实在是太少了，秦腔今后恐怕再很难有了。"张振秦这个业余秦腔专家年仅二十八岁，他是学理工的，生在兰州，现供职于南京，已远离秦腔，但他在网上发表了大量见解独特的秦腔述评，大有山外看山的清晰明白，虽然有些观点我也不完全认同，但每每都能打开思路，受益多多。我觉得这一代青年知识分子对秦腔的深度切入，是古老秦腔的幸事。

"文革"中的李正敏，自是少不了要靠边站，挨批斗，蹲牛棚了。加之他的身世复杂，不仅是现实的"反动学术权威"，而且还当过"旧班主""戏霸"，"欺压"过"艺童"和"劳苦大众"，没在"牛棚"里就被致伤致残致死，已算万幸。一九七二年"出棚"，一九七三年年底便含恨谢世，享年五十八岁。据熟知他的人讲，李正敏先生平素待人和蔼，说话从不高声，处事低调，爱穿一身藏青色中山服、黑圆口布鞋，走路很轻，留偏分头，显得干干净净。他最爱吃的是红豆稀饭、油炸馍片和凉拌红萝卜丝。

在李正敏先生去世二十九年后的二○○二年六月十六日，由民间自发创建的"秦腔大师李正敏纪念馆"，在他的家乡白鹿原奠基，"这是国内第一座以民间集资形式为戏剧表演艺术家修建的纪念馆"。奠基那天，闻者趋之若鹜，许多名伶、观众，一边高唱秦腔，一边慷慨解囊，原上朝向西安的几个高音喇叭，更是"老娘不必泪纷纷……"地"敏腔"悠悠，余音绕梁三日不去。

读巴金

我们这一代人见过巴老的可能并不多，但凡是读过书的，就肯定与巴老有心灵的融会与神交。得到巴老去世的消息，我并没有悲痛之感，更没有眼泪，有的是一声叹息和担忧：叹息的是这面呼啦啦飘扬的旗帜永远凝固在了风中，有他活着，我们总感到在这面旗帜下行进很体面、很周正，也很朗阔；担忧的是巴老这种责任与良知是否能成为后学的一种自觉。如果责任与良知不能成为文学艺术家的自觉，那将是我们这个民族的巨大悲哀。

很小的时候我们就在读巴金，中国大凡有点文化的人，可能都知道《家》《春》《秋》，寻常百姓的书架上大概也都摆放着他的作品。我在初读"激流三部曲"时，由于年龄小，并不懂个中味道，爱的就是像随便说话一样的文字和那种家常感，读他的书最容易引发一个青年的作家梦，面对皇皇巨著，觉得当作家并不是一件难事，只要把心里所想的话能如实说出来就行，尤其是那种不断转换的自然段，疏疏朗朗，轻快如风，读着读着，就被巨大的感情风暴所裹挟，当你再转出来时，被荡涤过的心灵便有了一份做人的沉重和明白了某种事理的轻松。十六七岁时读这些书，也不操心什么主题思想，什么民主启蒙和反封建之类的问题，从头至尾只关心人物命运和情感缠绕，吸引住了眼球并被感动了，半辈子便记下了，那种受用是潜移默化，也是写作技术上的直截了当。

作为小说家的巴金，一生与戏剧也有颇多缘分，先是慧眼识《雷雨》，在他的极力举荐下，年仅二十三岁的曹禺一举成名，最后甚至成长为民族文化的巨匠。试想如果没有巴金这个负责任的编辑对《雷雨》"四次流泪"的赏识与推崇，也许民族文化的这份珍贵财产会永远压在曹禺的抽屉里难以面世，不仅成就不了《雷雨》，也成就不了曹禺。这就是一个人的责任与良知的最忠实体现。除了这段剧坛佳话外，巴老自己的作品更是屡屡被搬上舞台，其中《家》甚至出现了多个剧种的多种版本，成为民族戏剧永远的精神养料。作为戏剧从业者，我们深深敬重巴老的不朽功业。

读巴老的《随想录》是二十世纪八十年代的事，那时我还在陕南的一个县城工作，那本书很厚，我记得买回家整整读了十几天，这几天翻出来，还能见到上面用红蓝铅笔勾下的许多重点。在那本书里，巴老用最平实的语言，深刻反思了诸多社会问题和文化问题，尤其是对自己举起的解剖刀锋利而又坚韧，大有刮骨疗毒之风，整本书让人品味到的是责任和良知，作为读者我们不能不为巴老讲真话的气魄所折服，尤其是在"文革"过去不久，捧读这样的书，让人不禁衣衫阵阵汗湿。如果说早期读《家》《春》《秋》总被情感所困扰和激荡，那么读《随想录》所收获的就完全是思想的冲击与震撼。这是一种阅历，更是一种无可替代的生命个案的深刻。

我曾经两次到过巴老倡导创立的中国现代文学馆，每当看见他的手模时，都要禁不住把手伸进去比一比。在我想象中那是一只巨大无比的手，然而，那手却要比我的小得多，并且手指并得很紧，在那一刻，我突然觉得人即使活得再大再得意，也是不必要张牙舞爪的，这就是我所读懂的巴金。

读李泽厚

　　我读过李泽厚先生几本书，一是《美学论集》，二是《中国古代思想史论》，三是《论语今读》，四是《美的历程》。我最惊叹李泽厚渊博的学识，是真正学贯中西的学者。没有李泽厚，我们的时代在哲学上是寂寞的。就拿《论语今读》来说，站在东西方思想文化交会点上的李泽厚，对《论语》的解读，明显给了我们认识孔子的更大空间，最重要的是增强了思辨的色彩。在新时期出现的许多《论语》注疏读本上，我们是无法读出李泽厚的带着中西文化比较的宽博认知。他的《中国古代思想史论》，从孔子的仁学开始，到天人合一结束，很少掉书袋子，到处充满了他对东西方思想文化的深切理解。书很薄，但里面多是"干货"，让人在极短的时间里，就比较清晰地了解到了中国几千年思想发展史，并且是深入历史肌理的，是不折不扣的能够启迪人思想的史论。他的另一本《美的历程》，与这本古代思想史论相同，也不算太厚的"砖头"，但却把中国几千年古典文艺史，梳理得十分清晰，让人看清了文艺与历史进程的复杂关系，揭示出了社会发展对审美和艺术创造活动的本质，是一种有独特见地的文艺历史发展审美把握，有些段落读着会让你有醍醐灌顶感。这就是好书的魅力。当然，我也注意到网上的很多批评之声，但以我之浅陋，似乎还不能苟同那些声音。我喜欢李泽厚，喜欢的正是那种清醒的思辨力，以及对历史经验的主客观判断力，我想各种批评之声，可能正是李泽厚美学思想不断产出后所需要的结果。

路遥给我们的启示

　　一直以来，路遥的小说《平凡的世界》，市场销售量、图书馆借阅率都名列前茅。无论从哪个角度讲，这都是一部严肃的文学作品，并且可以在前边冠以"非常"二字。为什么这样一部并不靠离奇情节，不靠色情、物欲、自恋、自残与"在西方的目光下"为写作宗旨的作品，具有如此大的魅力，吸引和征服了如此多的读者，确实是当下文艺创作应该研究的一个课题。现在讲以问题为导向，我觉得我们的问题来了，就这个具体问题，谈文艺创作与批评，可能收获会比笼而统之、大而化之地就理论说理论，具象得多，生动得多，恐怕也深刻得多，管用得多。尤其是《平凡的世界》电视剧播出后，再次掀起了"路遥热"，这的确给了我们很多启示。

　　启示一：作家生命气象的强弱、生命格局的大小、使命担当意识的自觉程度，决定了他作品的宽度、厚度与高度。所有跟路遥接触过的人，都有一个直接的感觉，就是路遥是个干大事的人。这是说他的生命气象与格局。他能以那样一种苦行僧般的吃苦精神，创作那样的巨幅画卷，本身就是对"干大事"这三个字的最好注脚。那些大作家、艺术家，其实都在思考大的问题。比如当今世界，有许多作家艺术家为人类的环境问题、贫困问题、战争问题、医疗问题，甚至包括动物问题，在身体力行地四处考察、抗争。二○○五年获得诺贝尔文学奖的英国作家品特，一篇获奖感言，几乎全部都在指斥伊拉克战争，认为英美入侵伊拉克是"国家恐怖主义和土匪行径"。看似与文学风马牛不相及，但这种生命气象与格局，决定了一个作家的高度与深度。路遥正是这样的作家，他由他生活过的陕北的一个芥豆村庄看起，一直把眼界放大到县、市、省乃至全国，思考着一个民族的精神历程与发展走向，尤其是贫困问题，物质与精神的双重贫困问题。作品细到对底层生活的毫发毕现，大到浓墨重彩的时代笔触的皴、擦、点、染，无不折射出他宽阔的生命视域与情怀。贴着大地行走，站在云端俯瞰，最终成就了路遥《平凡的世界》的宏大与广博。与当下一些蜷缩在蜗牛壳里的过于自我的低吟浅唱、声色犬马、胡编滥造，甚至赤裸裸的物欲精神肆意放逐，的确形成了十分强烈的生命精神格局比照。读者持续在选择《平凡的世界》，尤其是在今天众多影视频道，以"娱乐为王"的旗幡竞相招展中，大众能锁定并自发热议起电视剧《平凡的世界》，的确是一件让人感到惊诧而兴奋的事。我们可以商榷作品的技巧问题，探讨表达方式问题，甚至时代局限问题等等，但有一点，似乎不能不认同，那就是：人民是真的喜欢路遥。

启示二：作家艺术家心中的的确确要装着人民，是真的要装着，真装与假装，甚至伪装，是不一样的。尤其是拉开了时间距离以后，这种真伪，便昭然若揭。看《平凡的世界》，尤其是经历过那个时代的人，你眼中不由得时时要饱含泪水，它是真的触动了你的生命记忆，那些人事，那些情境，我们都真真切切地经历过，甚至抚摸过，痛疼过，路遥没有隐，没有讳，没有为吸引眼球而精神狂躁不安，他是冷静地观察，平实地记录，真诚地打捞，虔敬地编织，电视剧改编，也承继了这一传统，因此，人民也就用感情去真挚地认领这个"孩子"了。陕西作家都有一种自甘苦难的意识，愿意把自己拿到火炉里去淬火、锻造，柳青是这样，路遥也是这样，他几年沉潜在矿区，他"早晨从中午开始"，他写作孤独寂寞得与老鼠为伴，当完成百万字巨著后，甚至"身心抽空"，放声痛哭，都体现出为一种使命，甘愿压榨出自身生命琼浆的决绝情态与献身精神。我们今天讲深入生活、扎根人民，只有像柳青、路遥那样是真的生命内里需要，才可能真正完成好这一课，否则，只会是生命的又一种躁动。路遥做好了这门功课，因此，他的作品就与人民的心灵真正扭结了起来，那种温度，甚至随着时间推移，越来越炙手可热。

启示三：作家艺术家要有创造经典的意识。"高山仰止，景行行止，虽不能至，然心向往之。"要有这个心，这个意识，法乎其上，取乎其中，经典意识十分重要。关于"高原"与"高峰"

的忧患，与此密切相关。如果仅为"五斗米"创作，为身体快感创作，为泄愤创作，为媚时创作，为博眼球创作，为赶各种节点创作，为五花八门的排行榜创作，就会匍匐在地，更何况精神。而路遥心中有经典意识，有创造经典的自觉追求。要不然，他不会下那么大的功夫去开挖生活，并为此耗尽生命的最后能量。虽然他的作品到底是不是堪称经典，也还需要假以时日。鲁迅说："文艺是国民精神所发的火光，同时也是引导国民精神前途的灯火。"路遥始终在他的作品中全力拨亮着一种叫"国民精神灯火"的东西，即使再苦难，这盏灯都闪烁着希望的火光。一个时期以来，好像总有一种声音在告诫我们：中华民族唯外来灯火照耀而不能重振。但《平凡的世界》始终在告诉我们，这种精神火光来自我们内里，来自最最平凡的每一个，看似全然崩塌处，仍有希望之光在跳动。这大概也是人民始终喜欢路遥的原因：路遥的精神火炬，透彻地照亮了最卑微的生命群体，让不能不相信悲苦命运的无助者，也能在最后时刻，自己举起前行的火把。无论看小说，还是看电视剧，我们虽然都被巨大的悲剧氛围所笼罩，尤其是电视剧里，对那首陕北民歌"羊肚肚手巾三道道蓝"的多处恰当运用，真是悲从心起，泪由腑涌，无奈、无助，甚至几近绝望，但灯火又始终在前方亮起，让我们依然能树起信心，继续赶路。

　　路遥给我们的启示很多。尤其是在今天，面对文学艺术创作出现诸多难以破解的问题时，解剖路遥，深入研究路遥创作道路，感知路遥的文学精神，我甚至觉得也可以叫路遥精神，本身就具有一种特别的意义。路遥全景式的为时代立言的雄图，加之电视剧既尊重经典、基本忠实原著，又追求立意上的当下阐释，为《平凡的世界》带来了新的更加广阔的血缘延伸。但愿路遥最喜欢的那句话"让生活之树常青"，也成为他作品生命力的恒久象征。

必须抵达

——百部经典剧作读记

这个命令是我自己给自己下的。不是登山，不是涉水，不是旅游，不是什么重大的人生目标，而是读书，读一百部外国现当代经典剧作，并且限定在两个月内完成，因为两个月后就要进入新的创作任务。其实按一天读两部剧本计算，五十天便可顺利读完，但就这么个小计划，在实施过程中，可以说历尽挫折，几番险些夭亡。后来，我便把读完一百部剧本作为"攻占山头"的目标，要求自己必须抵达。为了警醒自己，甚至效法颜真卿的笔力，将其书于墙上，以致让朋友们见了，还以为我有了什么野心，其实是羞于告人的"高射炮打蚊子"的虚张声势。最后目标倒是实现了，但翻开那两个月的日记，至今让人感喟不已：人要在这个浮躁而又充满了各种诱惑的世界沉潜下来，做点想做的事情，真是太不容易了，有时，那简直是一场心灵的战争。

以下是这场"战争"的日记摘抄，时间在二〇〇二年夏。

七月一日　星期一

读一百部外国现当代经典剧作的计划从今天开始，我首选的是《等待戈多》，尽管这个剧本过去曾读过多遍，但总是读得稀里糊涂。萨缪尔·贝克特这个爱尔兰荒诞派剧作家有一个非常棒的同乡，那就是意识流小说大师乔伊斯，他的《尤利西斯》读糊涂了几代人，我想这两位老兄凑在一起，恐怕没少商量关于针对人的太多小聪明所应该布下的一些迷魂阵的问题。因此，当满世界人都在唾沫四溅地表现如何深刻领会了他们作品的内涵时，他俩可能凑在都柏林某个咖啡馆的角落里已笑出了眼泪。这两个不怀好意的家伙真是把人害苦了。戈多是谁？等他干什么？他到底来不来？是否真有这么个人？读着读着，我们便对自己的诸多等待也产生了疑问……

第二个剧本刚翻开，就有朋友打电话来约我去吃鲍鱼，说是南非的四头鲍。天哪！一听就让人流口水。让贝克特的《结局》见鬼去吧！

七月三日　星期三

开局第一天就只完成了当天任务的一半。

昨天又只读了一个剧本，那还是游荡到晚上九点左右，才斜倚在床上，草草读完了《结局》。贝克特把他的四个人物都弄得残缺不全，不是瞎子，就是没有双腿的人，过得都异常凄凉绝望。今天一早爬起来，我又读了贝克特的《啊，美好的日子》，主人公是一个半截身子已经埋入黄土的老妇，但却梳洗打扮个不停，一边赞美着美好的日子，一边拼命想象着她永远也不可能得到的幸福。在她全身都已入土、只剩下脑袋留在外面的时候，还唱着一首骚乎乎的情歌，那种浑浑噩噩的麻木状态，已经到了精神错乱的程度，让人读着不寒而栗。

看贝克特的生平简介，说他三十三岁在巴黎街道上散步的时候，曾被一个陌生人一刀刺穿肺叶，幸亏路过的一个女学生叫来救护车，才使他保住了性命，这个女学生后来成了他的妻子。这一切荒诞的人生经历，都加深了他对荒诞现实的深切体验，这种体验的艺术再现，甚至使他戴上了诺贝尔文学奖的桂冠。当然，在这个世界上，有许多人有比他更荒诞的人生经历，不乏被陌生人莫名其妙地打破头、给腿钻穿了眼儿的，但终没能写出《等待戈多》，也便永远只能是荒诞中的荒诞不经了。

下午我本来准备再看一个剧本，可昨天那帮勾魂鬼又开着车来了，说要在终南山山脚下找一处有水的地方建别墅，非要我去参谋参谋。富人的游戏总要拉着穷鬼去看场子，真是太残酷也太荒诞，可吃了人家的非洲鲍鱼，能不去给人家"文化"一下吗（好像我还有了文化似的）？"文化"这个字眼现在真有些让人大倒胃口。

七月六日　星期六

六天过去了，只看了五个剧本。今天我把自己在办公室整整关了一天，读美国戏剧大师尤金·奥尼尔的作品。学院派导演、演员们，常把奥尼尔挂在嘴边，好像不说奥尼尔就显得自己很无知似的。奥尼尔确实很特别，在获得诺贝尔文学奖后十几年蛰居家中，渐无声息，有人说他江郎才尽，其实这也符合多数作家的创作规律，成名作即是封山之作，美国有人把它叫"艺术生活没有第二幕现象"。然而，奥尼尔在沉寂了十几年后，又拿出了一批更轰动的作品，因此成为艺术创作中的"第二幕个案"。其中《送冰的人》和《进入黑暗的漫长旅程》，演出后甚至有获得空前成功的赞誉，这确实使奥尼尔毫不夸张地成了美国现代戏剧史上"最引人注目的一页"。这两个剧本都很长，如果不删节，每部剧大概能演五小时，也不知美国人是怎么弄的，四百页让我整整读了一天，比一部二三十万字的长篇小说还长。《送冰的人》是由十几个住在一家叫哈里·霍普旅馆里的房客，相互做着诸多白日梦连缀而成的故事，他们各自代表着人的不同追求，吹嘘着过去的"过五关斩六将"，幻想着未来的不劳而获和功成名就，酒是他们的兴奋剂和麻醉剂，在一个炎夏的那二十几个小时中，他们自始至终也没有见到那个对他们来说似乎很重要的"送冰的人"。剧中充满了经历过第二次世界大战的奥尼尔对现代西方文明的深切怀疑和反思，读整部剧作像置身在一个垃圾场中。而《进入黑暗的漫长旅程》则是以一个家庭生活进程为背景展开的，剧中充满了相互的埋怨和责备，同时也夹杂着愧疚与懊悔，所有人的心态都处于一种摇摆不定中，据说这是奥尼尔青少年时期家庭生活的真实写照，大概正是这种无奈的家庭环境，丰富了一个伟大作家深刻的灵魂。总之，读奥尼尔让人魂灵不安，他的作品弥漫着一种对人类灵魂失落的交响乐式的强烈而又立体的表达。

今天过得很实在。

七月七日　星期天

今天一天我都在为女儿上学的事四处奔跑，小学升初中，没想到有这么难。孩子四处报考，太好的学校，没上分数线，一般学校考上又不想去，弄得人左右为难。女儿是有进取心的，老有不甘人后的思想，尽管沉重的学习负担常常让我感受到弱小生命的力不从心，一天十五六个小时围困在学习一线的窘迫状态，甚至让我怀疑孩子的脑袋除了机械运转还有多少智性的创造力，但谁又敢让孩子多休息半小时呢？学校的名次三日一排，五日一榜，谁又愿意让自己孩子那可爱的名字，刺眼地戳在那倒数才容易发现的位置呢？这种该死的应试教育，到什么时候才是刹车关机的时候呢？面对孩子我常想，谁累都没有他们累，谁苦都没有他们苦。大人们工作一天，晚上还能看看电视，打打牌，甚至出去洗洗脚，泡泡茶馆，那孩子们呢？晚上十一点前又有几个是能离开书桌的呢？如果不补充营养，他们的脊骨又有几个是能挺直的呢？我以为所有给予大人物、英雄和先进分子的光环和形容词，现在的孩子们都受之无愧，什么日理万机，什么废寝忘食，什么临危不惧(应试)，什么久经考验，什么肩负重任，什么历尽磨难，什么百折不挠，什么坚忍不拔，什么烈火金刚，等等，哪个词在他们日常生活中找不到生动的对应注脚呢？而可憎的大人们，形象却越来越与文艺画廊中的周扒皮、黄世仁、刘文彩、南霸天、索命鬼、母夜叉相接近，这实在是一种尴尬，当然，更是一种无奈。我们给了孩子生命、食品、衣物，我们就有权力从他们身上超常地索取名次、荣誉和骄傲吗？这真是一个怪圈，谁都走不出的怪圈，有识之士早都认识到这是一种教育悲剧，但更可悲的是，至今还看不到结束这种悲剧的东方拂晓的鱼肚白。

一天颠簸，总算给孩子找了一所不错的学校，谁知晚上拿回人情条子让孩子一看，孩子说她早都考上了，我有些不信，可孩子从那沓初中录取通知书中抽出一张让我看，是真的。这种十数小时的劳而无功，让我想起了《等待戈多》中，那两个等待者在百无聊赖时抽下裤带上吊，可连裤带都不争气地断了的人生荒诞。

狗日的脚，肿得连鞋都脱不下了。

七月十一日　星期四
这几天我断断续续读了奥尼尔的《休伊》《诗人的气质》《月照不幸人》《榆树下的欲望》《无穷的岁月》等几个剧本，深感奥尼尔洞察社会与人心的独到视角与悲剧笔锋的力透纸背。悲剧是不幸的，但悲剧更能给人带来巨大的精神鼓舞，并让我们从中看到高尚的曙光。我以为，奥尼尔从古希腊悲剧中继承了太多促人觉醒的东西，奥尼尔让我们在许多寻常的生活歧异处，发现了应该重新认识的真理。奥尼尔不朽。

晚上翻报纸，许多事件触目惊心。连日来，山西一金矿发生爆炸，死亡三十余人，还被矿主毁尸灭迹；吉林发生瓦斯爆炸，陕西韩城煤矿透水，数个人死亡。这都是怎么了？我们的文艺创作，在这些重大灾难面前，是不是思想与行动已完全缺席？我们的眼睛只盯在各类英模身上，视野与精神空间怎能不越来越狭窄呢？

七月十三日　星期六

又是一个大礼拜，我本来想好好读两天剧本，补一补前边的课，谁知刚翻开美国戏剧大师阿瑟·米勒的戏剧集，朋友的电话来了，说山里边有一个寺院，想请城里的一些文化人去写些字，要刻几十座碑子，栽在院前院后。我一怔，陈某人的字能上碑子？能刻碑子的都是些什么字呀？能书这些字的又都是些什么人呢？你邀请的是我吗？直到朋友又说出一大串名字，我才相信我是有资格混进这个写碑子的队伍的。习书几年，临颜真卿，摹张猛龙，仿张黑女，效王羲之，也曾把被称为作品的东西装裱起来，悬挂于展室厅堂，就是不曾有刊勒于石上的耐久货。只要不地震，不发山洪，这碑子兴许还能存留几百年，即使将来寺毁庙塌，那碑子也许有一天又会被谁在农家厕所的砌石上一脚碾出来，这岂不是千古不朽的作业？此等大事焉能缺席？上一趟厕所竟然一切都没抖尽，便提着裤子飞身下楼，乘车扬长而去了。

七月十四日　星期日

昨天我在山里钻了一天，今早爬起来，捧起阿瑟·米勒的书，却怎么也读不进去，老想着昨天写的那幅准备刊石的字，怎么就那么不理想呢？放下书，又铺开纸，一幅幅地重写，终是越写越糟，那神情有些像阿Q画押，怎么就画不圆呢？白纸废去几十张，终是一揉，晚上都被看门的朱师卷去，丰富他那从垃圾堆里集散起来的废品库存了。

七月十五日　　星期一

早上我匆匆处理完一些公事，便将办公室反锁起来，开始展读阿瑟·米勒的《推销员之死》。剧本讲述了一个叫威利·洛曼的推销员，因年老体衰，无法胜任"跑街"的推销工作，而要求留在办公室，竟然被老板辞退，回到家里，又惨遭两个儿子嘲弄，遂自尊心受挫，最终为使家庭获得一笔保险费，而深夜驾车自毁身亡的故事。剧本构成手法新颖，现在时与过去时交错，读后让人心中的惨痛阴影久久挥之不去。该剧在美国百老汇剧场，曾连演七百余场。当然，也有杂志批评它为　"一枚被巧妙地埋藏在美国精神大厦下的定时炸弹"。还有人干脆认为阿瑟·米勒是一个被悲剧所迷惑的马克思主义者,称此剧是"共产党的宣传"。这位曾与美国共产党人有些瓜葛的作家,二十世纪五十年代甚至还受到过众议院非美活动调查委员会的传讯,但不屈的性格,使他始终没有说出以前曾和他一起开会的左派作家和共产党人的名字,最后以藐视国会罪被处以罚金和一年徒刑,缓期执行。足见美国的创作自由,有时也是要大打折扣的。推销员威利·洛曼的悲剧,在中国恐怕也有相同的上演,但我们没有这种剧目出现,只在二十世纪八十年代,由阿瑟·米勒亲自来华执导,北京人艺演出过此剧,以后便再没有多少这部剧的信息了。我觉得这部剧在今天尤其有重新打磨上演的价值。

晚上看阿瑟·米勒的另一个剧本《回忆两个星期一》。

七月十六日　星期二

今天看阿瑟·米勒的《堕落之后》,有人说这是阿瑟·米勒的自传体戏剧,堪与奥尼尔的《进入黑夜的漫长旅程》相媲美。奥尼尔在"漫长旅程"中真实地记录了他青少年时期的家庭生活,而阿瑟·米勒则在这部剧中反省了自己与三任妻子的故事,有深层的人性与灵魂撞击。阿瑟·米勒这家伙有些艳福不浅,曾与美国著名影星玛丽莲·梦露有过将近六年的婚史,最终因性格不合告吹,次年玛丽莲·梦露去世,六个月后他又娶了他的第三任妻子。再一年后,他写出了《堕落之后》。对这部新作评价不一，有人说好得很，好的理由是他有直逼自己灵魂的勇气；有人说糟得很，糟的理由是混乱、乏味、冗长。他却埋怨别人没有读懂，自以为这是他"一时不能让人理解的"最佳之作。也许是翻译的原因，我读着总是觉得有些松散，且作者跳出来，借人物之口阐发哲理的段落偏多。我能理解的是，作者在这部戏里有太多的话要说，生活与心灵积存的丰厚，反倒使一个剧本的长度与容量不能完全承载，因此，这部戏读着最有味的，可能永远是阿瑟·米勒本人。

晚上读他的又一个剧本《美国时钟》。

七月十九　星期五

这几天虽然没有保证一天读两个剧本的速度，但每天总还是能翻那么几页。昨天读阿瑟·米勒的《桥头眺望》，我已深深震撼，当移民马可将刀尖刺向美国亲戚埃迪的胸膛时，我感到了这幕社会道德剧在探讨人性与人的尊严上的深切力度。社会越开放，寄人篱下的人越多，但寄人篱下的人很少能获得人的起码尊严，为获取这种尊严，有时道德底线可能是以身试法，甚至同归于尽。在桥头，眺望的是平等、仁爱和同情，更眺望的是社会良心。

尤其让我拍案叫绝的是阿瑟·米勒的《萨勒姆的女巫》（以下简称"《萨》剧"），原名叫《炼狱》，其实我觉得原名比后来更改的名字更具剧名的包容性和提炼精神。《萨》剧是阿瑟·米勒三十八九岁时完成的，一经上演，便经久不衰。它取材于十六世纪发生在北美马萨诸塞州萨勒姆镇迫害"行巫者"的真实事件，那种迫害形式和残忍程度，让人在捧读剧本时，眼中始终闪着泪花。阿瑟·米勒在《萨》剧中成功地塑造了名叫普洛克托的主人公，他遭人诬陷，被宗教法庭处以重罪投进地牢，虽跟寻常人一样，具有强烈的求生欲望，但却最终没有以出卖他人为代价，换取可怜的苟且生命，而是毅然决然地走向了绞刑架。有人说，《萨》剧作为一部伸张正义的作品，具有一种少见的庄严气氛。我国曾两次将《萨》剧搬上舞台，第一次是二十世纪八十年代初，由上海人民艺术剧院适时地移栽复活，人们才经历那场浩劫，因此这部剧获得了观众对外国戏剧空前的深刻理解。历史的惊人相似，使阿瑟·米勒在中国具有了光彩照人的艺术生命力。从报上看，北京最近也在琢磨这部戏，我坚信，它仍然会使二十一世纪的观众目瞪口呆，无论怎样坚硬的心，都会为之深深震撼。

阿瑟·米勒曾几次访华，并与他的第三任妻子合写过日记体作品《访问中国》，也不知都是些什么内容。在这个被人看成是"被悲剧所迷惑的马克思主义者"的眼睛中，中国又是什么样子的呢？我想象不来。

七月二十日　星期六

今天本来是能好好读一天剧本的，结果外省来了个朋友，只好夹个包，一早去机场。全天陪着逛钟楼，登大雁塔，上古城墙，晚上又有好心的朋友招待洗脚，忙碌得两头没见天，有些像张天翼笔下那个永远都忙不出所以然的"华威先生"。

七月二十一日　星期日

今天又陪朋友参观兵马俑、乾陵，累得很，冒出几身臭汗。想秦始皇和武则天，是不会感念小人物这点想了解他们的诚意的。

七月二十二日　星期一

一到正常上班的时间，总是有许多不能不应付的事情，一晃悠便是一天。晚上早早沏了茶，闭了门，开始阅读美国戏剧史上公认的"最杰出戏剧家"田纳西·威廉斯的作品。威廉斯生于一九一一年，生活的捉襟见肘，使他自幼便产生了强烈的孤独感。他干过鞋厂学徒、酒店侍者、电梯工人、打字员等杂差，与一些孤独、绝望的社会底层人物关系密切，因而，作品中自始至终都在解剖那些被社会遗弃的小人物的内心痛苦与挣扎，并很少给他们以出路，因为只有这样表现，他才觉得是真实的。使他一举成名的《玻璃动物园》，就是这样一部带着一定自传性质的作品。剧中塑造得最成功的形象是那位永远都在幻想和回忆的母亲，她在少女时代曾风流一时，后遭丈夫抛弃，因而便更加疯狂地追求另一个世界的虚华，陶醉在络绎不绝的求婚者中间，可现实世界那破旧的公寓和难以摆脱的家庭重荷，以及完全步着父亲后尘的儿子的无情无义，还有始终玩弄着那些易碎的玻璃动物的残废女儿，都让她无法逃脱这种奈何不得的悲惨现实，最终在"把蜡烛吹灭"的幽暗中，落下了《玻璃动物园》这个极具象征意义的剧作的帷幕。

我们常常感叹找不到好题材，难道这种题材还需要我们带着放大镜到现实中去寻找吗？我们又何尝不是那个充满了各种狂想，但一进入现实又觉得一切都格格不入的母亲呢？中国戏剧不景气的根本原因不在于观众不爱看，而在于给观众看的东西少了心灵冲击力和生活与精神的真实对应点。

七月二十五日　星期四

又把几天交给电视台了，拍十分钟个人专题，整整折腾了三天。一时在室内，一时在户外，节目组还要去老家镇安，被我阻止了。这玩意儿过去我也弄过几次，开始还新鲜，一播出总有人打电话祝贺，似乎真的增加了知名度。后来好像人们也不太看电视了，播出后就石沉大海，我也便没有了什么兴趣，可每次来拍摄时，人家总要列出这个专题的一长串人名字，谁谁谁都播过了，谁谁谁前几天才拍，咱算老几？只好配合，当然心里也指望着能越混脸越熟，正面上镜头终不是坏事嘛，虽然说过来说过去就干了那么点事，但一想，有些人就开了些废会说了些废话，都常在屏幕上摇来晃去，咱又何必脸红呢？

晚上躺在床上看威廉斯的《欲望号街车》，又是一个以失败而告终的小人物形象。这部剧在搬上舞台四年后，又被搬上了银幕，我曾从西影厂大编剧芦苇处拿回一张碟片看过。女主人公白兰琪一出场便把自己弄到了生存的绝境，由于责备年轻丈夫行为不轨，而导致他饮弹自尽，从此使她终身悔恨愧疚，生存状态也由此滑落不止，由一个庄园主妇跌落为整日怀念庄园生活的无依无靠者。当她来到住在贫民窟中的妹妹家里时，最终又遭到粗野妹夫的强暴，以致精神彻底崩溃，被送进疯人院。这部电影虽然在二十世纪五十年代搬上银幕后，曾名列美国当年十大最佳影片榜首，但要真正体味威廉斯"这个剧本的意义在于现代社会野蛮、残忍的势力摧残了那些温柔、敏感和优雅的人"的主旨，还是应该品味话剧原著。这里有太多让人丰富想象的空间。剧本把白兰琪自身放纵且好幻想的致命弱点，揭示得比银幕上的形象更具有感性与理性的双重思辨力，从而也使白兰琪的毁灭，具有更复杂的思想。

戏剧这种形式是其他艺术样式所无法替代的。

七月二十六日　星期五

今天读威廉斯《热铁皮屋顶上的猫》和《蜥蜴的夜晚》，这两部都曾获奖，作品也都是表现小人物在无望中如何继续坚强地生活下去的主题。威廉斯的作品中确实充满了象征意味，单就一些剧作的名字，便把人带进了无法不去深入思考的象征层面。《蜥蜴的夜晚》中，甚至把一只巨型蜥蜴，就捆绑在旅馆的走廊上，让精神失落的牧师，面对它更感到自己绝望生活的不能解脱，直到半夜在别人鼓励下偷偷割断绳索，放掉那即将被人吃掉的怪物，才从孤独与困境中摆脱出来。这种象征的直观性，让观众在获得剧作思想张力的同时，也被牢牢绑缚在情感和情节推动这两根戏剧生命本质的链条上了。据说威廉斯在《蜥蜴的夜晚》之后，再没有写出过像样的作品。他虽然一直在勤奋努力，但再也轰动不起来了，从这一点上讲，似乎比阿瑟·米勒悲惨，但有了《欲望号街车》和《蜥蜴的夜晚》等几部作品，我觉得威廉斯也就有资格去什么协会当当头儿，开开会，再到各种台面上去摇头晃脑、唾沫四溅了。

晚上本来准备看他的另一部作品《夏与烟》，这部作品北京曾在二十世纪八十年代排演过，可刚翻了几页，连人物关系还没搞明白，便有朋友来电话约去推拿。我推托了。过一会儿，电话又来了，并且听到电话里捶得一片响，朋友说手法好得很，脚底都捶酥了。我突然就条件反射地感到下肢是有点酸痛，既然有掏钱的"冤大头"，何乐而不为呢？书就看不进去了。

七月二十七日　星期六

今天一口气读了苏联剧作家A.盖利曼的五部作品。它们是《反馈》《验收书的签字人》《家丑外扬》《长椅》《齐努莉娅》。看盖利曼的作品比看美国人的作品更容易进入也更容易理解，根本原因在于我们曾有过相同的社会经历，剧中所写的诸多生产关系和人物关系，都是我们似曾相识的。但苏联戏剧在伟大的俄罗斯文学的支撑下，尽管处于那种特殊的政治环境，剧作中所蕴含的批评力量，仍是令我们瞠目结舌的。尤其是作品骨子里透出的灵魂撞击，至今读来仍有借鉴价值。《验收书的签字人》甚至几次让我拍案叫绝。盖利曼是有责任感的作家，对人类的正义与良心，时时处于拼命呐喊的姿态，读他的作品，有一股正气透过脊骨，直冲脑门。盖利曼这一页也许已翻过去了，但他的存在，仍是那个时代有光彩的一页。我们不能向前走一步，就连身后的推动力量都扔给黑夜了。

七月二十八日　星期日

早上读英国剧作家彼得·谢弗的《上帝的宠儿》。"上帝的宠儿"也是音乐家莫扎特名字的意译。从编剧技巧上讲，我以为这是我近来读到的最绝妙的一个剧本，故事编织紧密，悬念迭生，引人入胜，且发人深省。剧本着力塑造了两个人物，一个是莫扎特，还有一个是他的戏剧冲突对手——一个一心想登上皇家歌咏团首席指挥宝座的萨利埃里。西方有莫扎特系萨利埃里害死之说，各种文艺作品和纪实性作品也都沿袭这一说法，甚至有的音乐教科书上也做出了这样的评定，因而，可以说彼得·谢弗是根据真人真事创作了这部使整个西方世界倾倒的名剧。该剧深刻在全剧没有在个人嫉妒心上着太多的笔墨，而是把两个人拉在历史的显微镜下，努力放大一个没落王朝的虚伪宫廷生活对一位具有叛逆精神的旷世音乐奇才的多方审视上，从而使与时代格格不入的莫扎特，一步步陷入了人生的绝境。剧本中，莫扎特才华横溢，但却放荡不羁，不仅耽于声色，不懂上流社会的礼仪，而且好说下流话，开玩笑常常过头，并狂妄自大，因而招致了多方的憎恶。而萨利埃里作为宫廷音乐家，却一切都合规中矩，在他身上几乎集中体现了宫廷生活中表面彬彬有礼、温文尔雅，背后却尔虞我诈、暗藏杀机的虚伪本质，因而，剧本的谋杀，便上升到了层面更广阔的社会冲突。他的惨死，也就成了一种合情合理的人生结局。这个剧本值得一读再读，他为编剧提供了诸多值得研究的技巧，同时，在心灵冲突方面，让我似乎听到了利剑砍崩刃口的声音，绝！

下午看彼得·谢弗的《马》，同样是一个结构精美的剧本，尤其是时空交错的自然，为现代剧本提供了多侧面、多角度表现生活的空间。在人物心理推导上，由于作者对弗洛伊德的偏爱，全剧充满了精神分析的铺排，且自然而又充满感性色彩，读来气韵贯通，不枝不蔓。从构成意义上讲，这部剧可以做专业编剧的结构教科书。

八月四日　星期日

今早走进办公室，翻开澳大利亚剧作家大卫·威廉森的《足球俱乐部》，却怎么也读不进去。习了一阵字，想让心态平静下来，可字也写得龙飞凤舞，整个生命似乎都在空中悬浮着，我想我是生病了。

八月五日　星期一

早上起来，盘点了前一个月读的剧本，竟然不到三十个，我对自己有些失去信心，难道连这样一个小小计划都完成不了？掐指算了一下，如果要完成一百个剧本的阅读，从现在开始，每天必须保证三个剧本的阅读量，这可是一个不轻松的任务。

翻开威廉森的《足球俱乐部》，慢慢又读了进去。据介绍，这个剧本在墨尔本首演时，曾创下连演数月不衰的纪录，作者也因此"快成了百万富翁"。戏里写了澳大利亚足球界几个高级人物的权力之争，相互攻讦的手段极其毒辣恶劣，虽然只是几个人物在一个会议室里无休止的对话，但隐藏在对话背后的你死我活的斗争，却让人有一种面临斗兽场的提心吊胆。足球这种游戏，近几年也风靡我国，在这种万众瞩目的名利场，我相信那种表面的所谓顽强拼搏，一定遮蔽着诸多像《足球俱乐部》这部剧里所揭示的黑幕与阴暗。有利益的地方绝对干净不了，要不然哪能衬托出光明、崇高这些闪耀着光辉的字眼呢？

下午读《第十七个玩偶的夏天》，这是一个叫雷·劳勒的剧作家的作品。因为这一部剧的成功，澳大利亚向世界剧坛宣布，他们的民族戏剧诞生了，作为一个移民国家，澳大利亚的戏剧一直处于一种输入性文化状态，当《玩偶》一剧诞生时，澳大利亚人才看到了他们自己的精神维度、生活故事和语言方式，因而这部剧对澳大利亚来讲，是有开创性意义的，据说当时演得不亦乐乎，几乎到了让观众欢欣雀跃的地步，但放到世界戏剧坐标来看，仍不是一颗太刺眼的夜明珠。

八月六日　星期二

昨晚，又一个不眠之夜。

我一直在想，前几年读元杂剧时，比现在读外国剧本要艰涩得多，不时要查字典，但还是比较系统地坚持读完了能找来的所有剧本。那时说坐下来，绝对一屁股能坐十几个小时，现在是怎么了，一切都那么虚浮肿胀，飘忽不定，甚至总是惶惶不能终日呢？我连自己都控制不住，还能使自己的作品产生什么精神定力呢？今早起来，我用颜体书了"必须抵达"四个大字挂在墙上，像是要攻占山头一样，命令自己必须完成剩下七十个剧本的阅读任务。我觉得自己的创作，必须经历一次与世界戏剧的心灵交流，同时，更是想让自己的毅力接受一次考验。一个人的生命安排，如果一切都只停留在计划上，必定会养成志大才疏的狂妄病，每一次计划的落空，都将使自己向虚妄升一回级，因而，最好不要定什么计划目标，既定，那就必须抵达。

读《被残害的人》，读《赶牲口的人》，读奥地利剧作家托马斯·伯恩哈德的《习惯势力》。今天的任务圆满完成。

八月七日　星期三

读瑞典剧作家斯特林堡的《我比你强》，读法国剧作家于乐·罗曼的《科诺克或医学的胜利》，读苏联剧作家阿列克桑德拉·赫米利克的《地球毕竟在转动或猿人在天空遨游》。

八月八日　星期四

早上看俄罗斯剧作家阿·杜达列夫的《列兵们》，属描写"二战"创伤的作品，尤其是结尾关于"二战"死亡人数的画外音的内容，对全剧起到了悲剧内涵的提升作用。画外音：法西斯主义带给世界人民什么？第二次世界大战中，法国死亡了五十二万人，意大利四十万人，英国三十二万人，美国三十二万五千人，捷克和斯洛伐克三十六万五千人，南斯拉夫一百六十万人，波兰六百零二万八千人，德国九百七十万人，苏联两千万人……

阿·杜达列夫一九六五年出生，比我小两岁。

下午看加拿大剧作家考琳·魏格纳的《纪念碑》，仍是一部对战争进行反思的作品，全剧虽然只有两个人物，但惊心动魄，让人在阅读时几乎没有喘息的余地，我相信这部作品会成为世界戏剧史上不朽的经典。让时间证明这一切。

晚上看瑞士剧作家马克斯·弗里施的《安道尔》，一个有关人的立场、人性与尊严的故事。

今天没有人给我打电话，我也没有打电话给别人。

八月九日　星期五

今天又看完了三个剧本，最感兴趣的还是美国作家桑顿·怀尔德的《我们的小镇》。它采用的是年轮推进式的写法，由一个"舞台监督"把十几年小镇上一群人平凡而又琐碎的生活穿了起来，完全淡化了冲突这个戏剧要旨，只让人在时间推移和生活进程中，去感受那周而复始的生活故事中的价值与意义，这是对传统剧做法的挑战与颠覆。它的特点是，让我们能够自然地感受到戏剧反映生活的真切性；缺点是，对悬念和冲突要求过高的观众，会觉得淡而无味，而这恰恰是桑顿要不怀好意地偷着乐的地方。

八月十日　星期六

今天开始读布莱希特的厚厚三大本戏剧集，共收录十八个剧本，长达一千六百多页。德国剧作家贝托尔特·布莱希特对于中国人来说，不是一个陌生的名字。自二十世纪中叶，著名戏剧导演黄佐临建议中国剧作家和表演、导演艺术家向布氏学习以来，布莱希特的好多作品已被搬上中国舞台，巴蜀"鬼才"魏明伦甚至还将他的《杜兰朵》和《四川好人》改编成川剧上演。张艺谋更是在拍电影之余，用《杜兰朵》在太庙前大显身手。今天虽然已经很少有人再提到"三大体系"，但他的戏剧思想，已部分渗透于我们戏剧事业的血液，当是不容置疑的事实。

今天读布氏的《夜半歌声》《人就是人》《三毛钱歌剧》。

八月十一日　星期日

读布氏的《马哈哥城的兴衰》《屠宰场的圣约翰娜》《圆头党和尖头党》。

布氏的作品充满了斗争精神，这大概与他亲历了两次都源于德国的世界大战有关。

八月十三日　星期二

昨天读了布氏的两个剧本，今天便得读四个，否则，目标就难以抵达了。

《四川好人》的社会批评能量是巨大的，光有善行对建设一个有序世界是无助的。这部剧今天仍有深刻的认识价值。

《城市丛林》中农村来的孩子与城市木材商之间的斗争，更像一个寓言，一个具有非凡包容性的寓言，这个寓言故事今天还能找到很多相同的素材。

《伽利略传》深刻在科学家面对战争，应如何自省自己的科研成果对社会所负的责任问题。

《大胆妈妈和她的孩子们》，仍是以战争为背景展开的故事。大胆妈妈作为一个靠战争谋生的随军小贩，历尽艰辛，甚至连三个孩子都被战争吞噬了生命，但她仍未觉醒地跟在大炮和坦克后面兜售饮料、食品和一些战利物资，让人读后颇有读鲁迅某些作品的感伤与无奈情怀。布氏能把这样一个故事提升到寓言的层面，很是值得解析与效法。

八月十四日　星期三

读布氏的《阿杜罗·魏发迹记》《西蒙娜·马夏尔的梦》和《高加索灰阑记》。布氏太擅长把一个普通的故事，浓缩升华到寓言的高度，这是对人生的一种超级感悟。《高加索灰阑记》是这种超级感悟中的典范。

八月十五日　星期四

读布氏的《杜兰朵》《巴黎公社的日子》和《第二次世界大战中的帅克》。能找来的布氏的剧本和有关资料全都读了。布氏在西方至今仍是一个争议很大的人物。有人把他与莱辛、歌德、黑格尔、海涅、马克思相提并论，说他是德国文化史上伟大的人物；有人反对他，甚至到了要轰炸上演他剧本的剧院的程度。有的干脆说他是一个可恶的知识分子，这其中有西方反对共产主义运动势力的影响，连布氏自己都承认："我陷入《资本论》足有八只靴子深。"但布氏作品太强调斗争性，而对人文、人性、人本讨论之不足，恐怕也是他渐次淡远的原因之一。无论怎样，布氏仍是一种高度，仍是一座丰碑。这个精瘦的德国人，无论怎样往前走，要彻底撼动他恐怕也还不是一件容易的事。

今天从报纸上看到一条消息，说萨达姆再次被推举为伊拉克总统候选人，我想最终当选，恐怕也会是"全票通过"之类的游戏。极权政治总是使这些极端分子的权力宝座稳如泰山。萨达姆作为一个不屈不挠的男人，是有个人英雄主义的某些魅力的，但作为政治家，伊拉克这种无奈选择，总是让人感到有不祥伴随其后。还有报道，萨达姆是一个大知识分子，写了几本什么长篇小说云云。首先，写了几本长篇小说就是大知识分子，这说法很可笑。其次，贵为总统，尤其极权总统，有几个不署名的"南书房行走"，恐怕也不是怪事。如果真属萨氏亲自操刀，看来大知识分子与暴君之间，似乎也没有什么不能联系的地方。

八月十八日　星期日

难得这种读书的痴迷，虽然有一定的强迫成分，墙上甚至悬挂着"必须抵达"的"利剑"，但还真是读进去了，并且读出了滋味，越读越觉得自己有些小儿科，我想读书的意义也就产生了。

今天又接着读比利时作家莫里斯·梅特林克剧作选，昨天读他的《玛兰公主》，已初步领略了这位象征主义戏剧大师在剧情结构、人物刻画与艺术处理上的与众不同，一切都企图通过存在的相对性去掌握事物的本质，许多事都想通过暗示和借喻去表达不容否定的真实性，据说这在十九世纪末，是连左拉都极其反对的艺术游戏，但由于梅特林克平均每年一部地向观众提供新作，而最终成为连法郎士、王尔德、纪德、罗丹、儒勒都要常去造访的顶尖大家。一九二一年，诺贝尔文学奖终于落在了这位甚至被比利时天主教当局宣布为"一切著作均为禁书"的象征主义大师头上。一年后，当这位浪子回到比利时的布鲁塞尔时，国王在接见他时甚至有些胆怯，因为他要见到的是"全世界的思想之王"，可见梅特林克象征主义戏剧事业辉煌之一斑。

今天读他的《盲人》《室内》和《青鸟》，更清晰地触摸到了一些象征主义的思维方式和手法，尤其是《青鸟》，世界上很多国家都上演过这部类似于儿童剧的戏，全剧其实一直在寻找那个谁也不知是什么形体，甚至也弄不明白真实颜色，更不知会待在哪儿的但人们都想见的青鸟，这个青鸟便是幸福的象征，这种幸福正是人类苦苦寻觅的那种超越一切世俗享受之上的东西。尽管到最后也没有找到，事实也是不可能找到的，但梅特林克仍然要告诉人们，这种"大多数人视而不见"的青鸟是存在的。梅特林克的多数作品都与"死神"的召唤有关，唯有《青鸟》给了人们光明而又向上的希望，据说这与他的婚姻生活有关。梅特林克直到二十七岁尚未爱过，也未被人爱过，后来与一个已婚女人姘居二十多年，使他心灵受到了"良好而又健康"的影响，《青鸟》便是在这个时期诞生的，后来虽然有了正式的婚姻伴侣，但却从此只是写了些"只证明他还活着"的东西。人类的戏剧史，恐怕也还得给那位"已婚女子"，悄悄敬上一杯感激的薄酒，否则，正统得是不是有些自私了？

八月二十日　星期二

一切都在顺利进展中，谁知家中来电话，母亲和兄长双双病倒，不得不卷起二十几个剧本回老家镇安。

八月二十六日　星期一

母亲自上次手术后，身体始终处于恢复状态，用钛合金换了三截腰椎的人，能站起来行走，已是十分的不易，家庭的千斤重担便落在了兄长身上，而兄长也是老乙肝，多年靠吃药打针维护着肝功能的正常运转，稍一累，便出现了诸多的不适。我回家，也只能给他们增添更多的麻烦，好在亲情的维护，有时是超越一切自然物理的良药，因而，六日的团聚，还真带来了精神上的疗效，我走时，一切都已运转在正常的生活轨道上了。

这六日，我每晚在坚持不断地读着外国剧作，为了保持数量，我甚至拣篇幅最短的读，终于，又有十八个剧本成了"过眼烟云"。坚持到这阵，阅读的性质似乎已有所改变，那就是同毅力和意志的对抗较量，哪怕囫囵吞枣，也须如数歼灭。

九月一日　星期日

昨天一整天带大半个夜晚，我都与法国著名存在主义哲学家、文学家和社会活动家萨特泡在一起，不仅读了他最负盛名的几个剧本，而且还读了他《存在主义是一种人道主义》《为什么写作》和《七十岁自画像》等文论，因为不读这些文论，不利于全面理解他在剧本创作中所蕴涵的存在主义哲学思想。

　　萨特的作品其实过去我接触过不少，小说《恶心》《墙》《卧房》《闺房秘事》、剧本《苍蝇》《间隔》，甚至包括上面提到的几篇文论，都是读过的，并且画满了道道杠杠，但要系统阅读他的几个剧本，又不得不把这些东西再拉出来过一遍。

　　萨特自小聪明绝顶，七岁便已读了楼拜的《包法利夫人》，并能编写让大人们称为"神童"的文学故事。他一生有五十多部专著，其中有戏剧十一部。就我接触到的他的文学作品，我以为其戏剧创作成就在小说之上。他的戏剧创作严谨，情节紧凑，冲突迭起，让人在阅读时几乎难以找到停下添茶续水的气口，这也就难怪他的作品在二十世纪四五十年代，能占法国戏剧舞台的统治地位了。同是取材于古希腊神话的阿伽门农之子的复仇故事，世界文学不知因此演绎了多少悲剧神话，然而，萨特却给这个故事弄来了一群挥之不去的苍蝇，让人不仅感到了环境对精神的压迫，同时，也让人触摸到了存在主义的一些本质，那就是必须行动，必须改变，客观存在强迫着你必须为获得自由而抗争。他的《死无葬身之地》和《魔鬼与上帝》，都体现了这种为维护人的尊严和获得人的自由而不屈斗争的精神，而这种斗争过程，正是展示现实真实存在与人们顽强行动的存在主义哲学的辩证统一认知。过去我们常听人解释萨特的存在主义核心意旨是：存在的即是合理的。我认为这是对存在主义的断章取义，最起码可以说缺乏完整统一性。从萨特的文论和他的诸多文学作品看，萨特是一个不折不扣的"行动主义者"，而行动本身便蕴涵着对存在不合理性的违逆与颠覆。纵观萨特的作品与人生，可以说充满了打破现实平衡与存在的传奇行动，连他自己都在《存在主义是一种人道主义》的演讲中说，存在主义就是一种"怎样使人的生活过得去的学说"，这种"过得去"学说，不正是一种不维持现实不合理存在的行动吗？他在《七十岁自画像》中表明："我的立场扼要地说，在于把资产者作为坏蛋来谴责。"他还说："我有一个敌人，资产阶级读者，我为了反对他们而写作。"为了坚持这种立场，他甚至与多年好友加缪彻底分手，且老死不相往来；他与古巴总统卡斯特罗曾是好朋友，但一九七一年为反对古巴政府逮捕一位诗人而与卡斯特罗绝交；为反对法国政府进行的阿尔及利亚战争，竟然闹到使一些为维护殖民利益的右翼分子，上街游行大喊要"枪毙萨特"的地步，他的住所也因此两次被炸；为抗议美国的对越战争，他甚至拒绝去美国讲学，原因是"不到敌人那里去"；尤其精彩的一笔，便是"我一向谢绝一切来自官方的荣誉"，而拒绝领取诺贝尔文学奖的决绝行动。这一切都全面而又系统地完善了一个文学家和哲学家的思想和人格，让我们看到了一个独立知识分子的形象，看到了一个立体行动者的坚定背影。

萨特活到七十五岁，死时有数万群众自发地跟随灵车送到公墓，世界纷纷哀悼，时任法国总统德斯坦说："我们这个时代陨落了一颗明亮的智慧之星。"

读完萨特，已是九月一日凌晨四点半，至此共读一百零一个剧本，历时六十二天，虽然人困马乏，双眼布满血丝，但总算完成目标了。

　　一日酣睡，省掉毛粮一斤，蔬菜一斤，肉蛋六两，食油四十克，茶叶三十钱，香烟两包，以及水电、交通、卫生甚至不小心还可能发生的"挖坑"费若干。

托尔斯泰与特蕾莎

读了一辈子托尔斯泰，每每看见这个美髯公，就要让人想到很多很多，其中最重要的是他的执拗性格。其实那不是执拗，就是一个作家的坚强信念。托翁是一个大地主、有钱人，占有大片土地，但他却一手造成了孩子的贫困，妻子索菲亚最后甚至与他势不两立。他们的根本分歧是索菲亚要过一个地主家庭的正常日子，而托尔斯泰越来越觉得坐拥财富是人生的一种耻辱。快到八十二岁生日时，他甚至在日记中写了"羞耻，羞耻，还是羞耻"。最后他背着一个布口袋，里边装着最简易的生活用品，逃离家庭，走向了不可知，直至死亡。他身后留下的是《战争与和平》《安娜·卡列尼娜》和《复活》这些关联着荣誉与耻辱的十分丰富的故事。托翁的执拗，让文学具有了比崇高与伟大更丰沛的生命精神注脚。

还有一个叫特蕾莎的修女，说了这样一段震撼人心的话："如果有一百个儿童在挨饿，而你只有能力喂饱其中一个，那就喂饱一个吧。不要担心你无力喂饱的那九十九个，如果你只担心，那么最后什么都做不了。今天就做吧，到了明天，那个孩子就饿死了。"

我觉得托尔斯泰与特蕾莎做的都是一样的事情。托尔斯泰想把一个家庭的财富分出去，那是杯水车薪；而特蕾莎先喂饱一个孩子的理论，也是杯水车薪，重要的是他们在行动。文学到底有什么用，这是一个永远都在探讨的话题。托尔斯泰给了人类文字与行动的双重回答。而特蕾莎一直就在那里默默地做。文学应该从这两个维度找到有关"用处"的答案。

世界还是那个世界，人性还是那个人性，贫困还是那个贫困，唯有炸弹已不是那个炸弹，难民也不是那群难民，但托尔斯泰与特蕾莎还是那个托尔斯泰与特蕾莎。世界永远都会呼唤这两种人，他们在，文学与人性的魅力就会永存。

第三辑

在伊朗过春节

——二○○一年访问伊朗侧记

　　就在中华民族传统节日来临的除夕之夜，我们一行三十九人，应伊朗德黑兰国际艺术节组委会邀请，受中华人民共和国文化部委派，前往伊朗进行为期八天的访问演出。当我们背着便捷的行囊，分头往火车站进发时，街上已没有多少行人，出租车零零星星的。走进火车站候车室，电视屏幕上的中央台春节晚会已经开始，由于人声嘈杂，什么也听不清，只看见一些烂熟的脸庞像往年一样笑得歪瓜裂枣，想必还是那些翻不出什么新花样的旧货色，大家也就对这种"新年俗"没有了什么留恋。倒是看到一些亲人送别的真实场面，让人感到了年关的存在与亲情的热度和黏合力。晚上九点二十七分，我们乘上了从宝鸡开过来的56次列车，在几百万西安人都沉浸于节日的幸福团聚中，缓缓驶离了西安车站。站台上，依依惜别者都是一种比平日更伤感的表情，那路灯似乎也比平日显得更加昏黄模糊，只有一双双送别的手招摇得比平日用力。

德黑兰"曙光旬"国际艺术节今年已举办第十九届了，它是伊朗伊斯兰共和国为纪念推翻巴列维王朝的大革命胜利而举行的一项国际文化交流活动。在去年举行第十八届时，我们就受到了邀请，可就在我们已整装待发的前夜，对方因经费困难，突然发来一封道歉函，而使得出访一推就是整整一年。今年，当对方再次发来邀请函时，开始我方几乎无动于衷，生怕去年的遗憾再次发生。然而，对方一次又一次来函催促，最后是我驻伊大使馆经多方确认后发回电传，认定对方的邀请非常诚挚，在被邀请的十几个国家中，只破例为中国和巴勒斯坦购买了往返国际机票，并连入住的宾馆和演出剧场都已敲定，认为我们应该抓住这次宣传我国传统文化，促进国际文化交流的机会，考虑到本届艺术节参加国家多，影响大，我国传统戏剧又是第一次到伊朗演出，希望搞好节目质量，确保演出成功。因此，我们便在急促的办理各项手续和准备工作后，踏上了访伊的征程。

初读德黑兰

我们是正月初二晚八点十分从首都国际机场乘上伊朗国际航班的，飞机以每小时八百公里左右的速度向近六千公里远的德黑兰驶去，八小时后，脚下出现了那片看不到边际的辉煌灯火。当我们平稳着陆在德黑兰国际机场时，北京时间是凌晨四点十五分，而当地时间才午夜十一点四十五分，时差为四个半小时。女士们立即按当地宗教习俗包上了头巾，走出机舱后，我们马上便成了众目睽睽的"老外"。艺术节组委会将我们接到一个以伊朗著名边塞诗人菲尔多斯命名的宾馆下榻时，已是国内快天亮的时候，大家人困马乏，很多人都是和衣而卧的。当我们再睁开眼睛时，已是德黑兰时间早上八九点了，拉开窗帘，纷飞的大雪中，另一个世界便赫然呈现在眼前。这使我立即想起了一句如画的古诗"窗含西岭千秋雪"，不过无论窗外是西岭还是雪，都已不是我们的风景了。

伊朗是一个有六千多万人口的国家，而首都德黑兰就有一千多万。这个东西长六十多公里、南北宽四十多公里的世界大都会，可以说到处都是车的河流。据说每日行驶在大街上的小轿车就近五百万辆，几乎平均两人一辆，石油大概合人民币三角钱一公升，也是汽车多如牛毛的原因吧，反正大街上很少有行走者，即使有，也是来也匆匆，去也匆匆。房屋建筑大都在五六层左右，据说是二十世纪七十年代老国王穆罕默德·礼萨·巴列维时期建起来的。一九七九年老国王的王朝被推翻后，又遇上八年两伊战争和美国不停息的制裁，而使这一切慢慢停顿了下来。但城市的整洁程度和井然秩序还是令人刮目相看。

这天下午，艺术节组委会为我们召开了一个简短的欢迎会，会址在伊朗戏剧艺术中心，一直负责联系中国代表团的戏剧艺术中心国际部主任卡巴莱先生出席并讲话，首先他对去年访伊搁浅道歉，然后讲了本届艺术节的主题与宗旨。卡巴莱先生说，今年艺术节定为国际文明对话年，因此专门邀请了中国、德国、英国、意大利、希腊、埃及等国参加。而中国的传统戏剧属首次访问伊朗，他们已做了广泛的宣传报道，相信一定会轰动艺术节，使双方进行了一年多的努力变得很有意义。欢迎会后，卡巴莱先生带我们参观了团结剧场，这是一个建设规模很大、档次很高、内外气势都很恢宏的国家大剧院。一层为歌剧院，二层为音乐厅。我们就被安排在一层的歌剧院演出，这是本届艺术节最好的演出场地。当我们走进歌剧院时，埃及艺术团正在排练，因为语言的隔阂，我们不知他们在排练什么，在晚上组委会专门邀请我们观看这台节目时，才从翻译那儿弄清了这台名叫《度过生活》的戏剧的简单剧情。一个多小时无休止的情绪冲突，虽然让我们懵懵懂懂，但毕竟还是从相同的喜怒哀乐中，体味到了一点生活的艰难。

第二天下午，组委会安排我们参观了伊朗王宫，这个已经存在了几百年的豪华宫殿，随着最后一任国王巴列维一九七九年的出逃，而变成了仅供游人参观览胜的历史古迹。我们不好去评说他的功过，但伊朗人所表现出的对前国王的某些怀念，已经让人感到了历史的沧桑与复杂。宫殿里陈列着前国王与王后用过的家什与古玩，除了豪华、庄严、肃穆外，已没有了昔日决策重大政治、经济、军事问题时的神秘氛围，留下的只是各种精美绝伦的波斯工艺品的艺术震撼力。这一件件宝物，确实让人深深为伊朗人的聪明才智所折服，难怪满街工艺品商店里的珍奇摆设让人目不暇接。这个具有悠久文明史的波斯古国中的波斯人，确实拥有非常独特的艺术想象力与创造力。他们把生活完全艺术化了，连住房的粉饰都酷似中国极具匠心的景泰蓝。如此坚强表达自己生活个性的族群，自然会"野火烧不尽，春风吹又生"地永远顽强屹立。

两天的初步游览，给我们最深切的感受是，伊斯兰教在这个国家具有无比崇高的精神指导地位。无论什么场所，甚至包括飞机上，都有铺设着豪华地毯的祈祷场地。那些虔诚者随时都会匍匐下来，做起神圣的礼拜和祷告，信奉之真诚确实令人肃然起敬。连我们下榻宾馆的每个房间，都有一个指向穆罕默德诞生地麦加的黑三角标示，以使做礼拜者可以明辨朝向。唯一让我们两位女同胞不习惯的是，随时随地都要包好头巾，连在宾馆走廊也不许露出秀发，一旦露出，宾馆服务员便会比画着让你赶快回到房间。另一个不同的习惯是，所有女士乘车必须在男士上完后才能尾随而上，并且只能坐在最后几排。我们留心了一下街上的公共汽车，男女果然是分开的，女士全在车屁股上挤塞着，而男士则跷着二郎腿坐在前边有说有笑。同行的男同胞们开玩笑说："这个坐法应该引进回国内，以便改变我们男人总是殿后的乘车地位。"

时间差经过两天的休整已完全倒过来了，在观光游览中大家也逐渐摸到了一点。终于，该我们登台亮相了，元月二十八日，一台饱含中华民族优秀传统文化精神的秦腔古典剧《杨七娘》，在伊朗国家大剧院拉开了帷幕。

辉煌《杨七娘》

秦腔古典剧《杨七娘》，是陕西省戏曲研究院青年团的保留剧目，已上演近二十年，先后进行过多次大的修改，曾完整或抽场到德国、法国、比利时、卢森堡等欧洲国家访问演出。一九九九年五月在参加德国迈宁根国际艺术节时，被西方众多媒体誉为"一颗东方艺术的璀璨明珠"。同年九月，陕西省文化厅外事处调研员陆相林先生在参加德国波恩附近的杜易丝堡国际戏剧节时，与伊朗国家戏剧艺术中心国际部主任卡巴莱先生交上朋友，并推荐了这部剧，回国后，很快寄去了录像带和有关资料，并且在短时期内得到了满意的答复。随后两国文化部门反复磋商，终于在几经周折后，使这台优秀的中国传统剧目再次走上了国际舞台。

演出定在晚上七点开始，但由于伊朗车辆非常多，街上塞车现象严重，因此观众在七点十五分左右才全部入场。偌大一个歌剧院，池座与一、二、三楼全部座无虚席，随着一声中国唢呐与秦腔板胡激越高亢的奏鸣和舞台上异彩纷呈的人物形象的演示，顷刻间，雷鸣般的掌声便在剧场响起，这种掌声随着每一场的落幕和一个又一个精彩片段的出现而起落不止，直到最后形成掌声、口哨声与呼喊声相融会的大涨潮。演员在花的海洋中一次次谢幕，在掌声变成一种齐整的节拍中一次次鞠躬。大幕完全合上了，而对中国艺术家精湛表演仍感叹不已的观众，甚至拥上舞台，与艺术家们合影，请艺术家们签名。新闻媒体更是无孔不入，几乎将所有通道都堵了个水泄不通。至此，我们的全部担心也都荡然无存。如果说一些国人对司空见惯的民族戏曲还有某种鄙薄的话，那么面对欧洲和中东异域观众的狂热与痴迷，一种强烈的民族自信心和自豪感一定会油然而生。其实整个演出观众仅靠说明书上几段简单的波斯语译文就全部看懂了，这充分说明了中国戏曲艺术惊人的表现力和巨大的内在征服力。由此我想到民族优秀文化遗产的珍视与保护问题，如果伊朗人没有如此强烈的民族文化坚守意识，这个具有四五千年文明历史的波斯古国，就不会给我们留下一切都如此与众不同的异域印象。世界在一片西化的声浪中，即将吞掉一切有个性的东西，而我们能在这种全球一体化的追逐中，留下本民族的文化个性与特色吗？

这天晚上，在我们下榻的宾馆大厅里，卡巴莱先生和我与陆相林进行了两个多小时的交涉，提出了两个问题，一是恳请明天晚上正常演出外再加演一场，观众要求实在太强烈。这件事我们答应了，因为在此前的欢迎会上，我方代表团已做过如观众要求强烈即加演的承诺。另一个要求是，让演出团再留一个礼拜，参加即将开幕的德黑兰国际音乐节开幕式，他说中国古典戏曲太美了，这是音乐节组委会的一致要求。面对这个突兀的问题，我和陆先生面面相觑，因为国内演出合同从正月十三就开始了，如果推迟归期，必将赔付，加之演职人员饮食方面不适应等问题，最后我们婉言谢绝了。但卡巴莱先生笑着说："你们现在可是在伊朗！"好在这句带着许多内涵的话，最后没有硬性落实在行动上。

元月二十九日，我们为伊朗热情的观众连续演出了两场，尽管演员们很累，但观众的热切呼应和爱戴使艺术家们忘记了连续作战的疲劳，圆满完成了演出任务，以至在第二天出来的由观众打分评选本届艺术节节目的答卷上，《杨七娘》名列前茅，主演杨七娘的李娟获最高表演分数。组委会主席马基德·沙里夫考达埃尔先生在专门为《杨七娘》举行的研讨会上，盛赞《杨七娘》是一台无与伦比的美妙戏剧，并幽默地说："我已为你们定好了下一届来艺术节的机票。"

至此，我想到青年团这支英雄的队伍，在国内以及国外，为秦腔艺术事业所做的艰辛努力与巨大贡献。这支平均年龄才三十出头的年轻队伍，自一九八七年成立以来，勤奋刻苦，努力拼搏，在国内每每代表陕西于全国各项大的艺术活动中，频频出手，连创佳绩；在国外先后出访过十几个国家，如文明使者一般，把中华民族的优秀传统文化，播撒到了极其辽阔的土地上。不仅艺术精湛，成果辉煌，而且纪律严明，训练有素，每每有国格、有尊严、有人格地把中国人民的深厚友谊，编织到了世界人民大团结的花环上。这确实是一支值得珍视与呵护的队伍，他们是民族的骄傲，是民族文化传播的使臣和希望。

回家庆团圆

在伊朗的整个演出过程，我们自始至终得到了我驻伊大使馆的全面关照与呵护。在我们到达德黑兰的第二天，我驻伊大使孙必干先生和夫人及政务参赞郁红阳先生和夫人，就带着几大箱优质水果来菲尔多斯宾馆看望大家，随后又观看了两场演出。大使甚至还兴致勃勃地邀请了古巴等国的大使前来观看中国戏曲。当我们圆满完成演出任务后，大使热情邀请全体人员去他的官邸做客。那天一大早，一直负责为我们联络访问演出事宜的使馆二秘朱自浩先生，就来到我们下榻的宾馆接人。当我们鱼贯进入大使官邸时，大使夫人和其他工作人员早已迎候在门厅，嘴里不停地说："到家了，大家随意！到家了，大家可以随便了！"望着门口飘扬的五星红旗和亲人的热情迎接，大家感到一股暖流涌遍全身。女士们迅速摘掉了连演出化装都不允许摘掉的头巾，其他人则纷纷拥向火红的壁炉和宽大的沙发，一切作为"老外"应该具有的风范与礼仪，在这里都被抛到了九霄云外，确实有了一种到家的感觉。

中午，大使为我们准备了丰盛的中式自助餐，已被西餐折磨得一进餐厅转一圈就又出来的一些"饿鬼"，面对中式大鱼大肉、面条包子、辣子香醋，几乎激动得不能自持，胡吃海喝一通，连味都没尝出来，肚子便被填满了。因伊斯兰国家不让饮酒，一些抗瘾的人在这里也找到了"解药"。总之，这是一顿一生大概都难以忘怀的午餐。饭后，艺术家们和使馆工作人员还举行了联欢活动，一曲《树上的鸟儿成双对》，让人感到了乡音的纯美；一曲《千万里我追寻着你》，让人产生身处异域相互依恋的感动；而一曲《难忘今宵》的"共祝愿祖国好"，使大家民族情感得到了在国内很难感觉得如此到位的升华，这真是一个异样的新春，别样的团圆，酒不醉人人已自醉……

依依离别情

为期一周的访问演出就要结束了，伊朗每周与我国通一次国际航班的飞机就要起飞，然而，在机场送行的人仍然胶合得难分难舍。伊方最高礼节是与对方贴三次脸，尽管连二十几岁的小伙子都长满了胡子，一个个刮得脸上硬扎扎的，贴得人脸生疼，但这种礼节还是被频频使用着，因为不用这种礼节，似乎就表达不了相互结下的情谊。与大家最熟悉的是两位伊朗刚毕业的学中文的大学生，他们一个叫姬飞，一个叫萨一德，在这一周为我们做波斯语翻译过程中，连毕业典礼这样神圣的活动都未顾上参加。三十九个人的代表团仅两个翻译，有时他们的头都被我们喊大了，那种应接不暇的神情和忘我工作的态度与精神，确实让我们心存怜惜和感动。在实在忙不过来时，他们甚至叫来了其他一些学中文的同学，这样，也使我们很容易触摸到了伊朗当代青年知识分子的情怀与心声。在深入交流中，我们的感情逐渐融会在了一起。尤其是当我们知道他们最大的愿望是要来中国留学时，我们的脸颊就贴得更紧了。而这种依依惜别的情景，在我们离开团结大剧场，离开下榻宾馆和为我们服务的车队时，已经经历过好几次了。

　　在伊朗，我们接受所有新闻媒体采访时，记者首先要问的一个问题是：你对伊朗现在的感受和来前一样吗？不一样，确实不一样，并且这感觉很强烈。在有限的历史地理知识里，我们仅仅知道这是一个高原国家，平均海拔在一千到一千六百米，国土面积一百六十多万平方公里，它四周高山环绕，盛产石油、天然气，手工编织地毯异常驰名，且历史悠久，在公元前六世纪波斯帝国时就盛极一时，公元七世纪以后也曾饱尝列国入侵蹂躏，直到一九二五年建立巴列维王朝后，才逐渐成为一个独立自主的国家。另外，从《一千零一夜》等文学作品中常常读到有钱的波斯商人，总是背着很多金币，到世界各地做生意，尽管很狡黠，还是闹出了许多笑话等等。近来受西方某些国家对海湾地区偏见的影响，我们也或多或少对这里打上了一些疑问号。特别是去年访伊因对方发生变故而搁浅，更是使我们对伊朗人产生了不好的感觉，认为他们不诚实，不讲信用，但事隔一年，他们经过多方努力，兑现了自己的诺言，邀请我们踏上了这片国土后，更多的事实使我们感觉到，这是一个讲信用且善良友好的民族与国度。有一件事情几乎教育了我们所有的人：一位团员在一个工艺品商店购物，一不小心打碎了一件价值四十多美元的工艺品，因为当时人多，对方翻译示意先别吭声，谁知过一会儿店主还是发现了，追问谁打的，我方团员当即举手承认，心想这下必赔无疑了，谁知对方竟然非常友好地点了点头说："您是一个诚实的人，您可以走了！"这虽然是一件小事，但确实足以震撼每一个人的灵魂，也足以使我们对伊朗人的素质打上一长串感叹号。

我们同伊朗其实在公元二世纪到公元六世纪就有友好往来，当时主要是通过丝绸之路进行经济、文化交流，有不少波斯人因此留居中国。而今天，据孙必干大使讲，中伊两国的关系比过去更加融洽，我想这种融洽自然来自信用，来自以诚相待，它和人与人的交往从根本上是没有区别的。然而，天下没有不散的宴席，尽管我们与朋友已经友好得难舍难分，但归国的日期已经不允许我们再逗留。当我们最后登上机舱门口回首夜幕下的德黑兰时，大家几乎是异口同声地喊出了才学会的一个波斯语单词：

"沙朗木（您好），伊朗！"

我爱呼伦贝尔

　　我不得不如此深情地歌咏赞叹呼伦贝尔草原，是因为她深深打动了我。青壮年时期，我特别喜欢写游记。后来渐渐淡化了这种习惯。有很多很好的地方，看了也很感怀、感念，可就是再也没有拿起笔来记述。大概与创作戏剧与长篇小说有关，总是不愿零敲碎打地让一些集聚起来的气息跑冒滴漏了。其实游记是一种很好的文体，我们今天那些"甲天下"的山水，大多是古人的游记与诗词歌赋创造下来的，没有那些文字，诸多景观都是不大有什么内涵与外延，值得我们挤出一身臭汗，去游览观瞻的。

　　很小的时候，我就听说过呼伦贝尔这个地方，几十年也从来没间断。那么多歌曲、绘画、摄影、文学作品，都在传递着她的辽阔、碧绿以及草长莺飞、牛羊遍地的景象。当我一脚踏上这块土地时，突然觉得一切艺术再现，都没有完全传递出自己眼球晶体所摄入的这种不可言喻的浩大、蓬勃、壮美意象，我的精神生命，迅速被这亦真亦幻的苍茫世界所击倒。她的开阔、丰盈、生机、张力都是不可概括描状的。我突然感到视角的单调与疲软无力。在写《星空与半棵树》时，我研究过猫头鹰，也研究过苍鹰与雄鹰，它们都是飞翔艺术家，而堪称大师的只有雄鹰。它们之所以能把飞翔行为发展到顶级艺术的阶段，除了地域提供的浩瀚空间外，根本还是得力于优越的视力。可极目远视，雄图千里，也可对身下的细枝末节，洞幽发微，并精准地予以打击。那种立体的对整个草原的辨析与认知，才是我此刻最向往的生命视角。

我也去过一些草原，包括阿根廷的潘帕斯草原，但没有产生这种从气象到色彩再到湖水波光、植被蓝天已浑然一体的仿佛是自带着交响乐的立体震撼。说大地是一块完美的翠绿地毯，天空是一幢与地毯无缝衔接的蓝宝石盖顶，都不足以形容天地合成的有机性与完整性。置身其间，我每每有一种幻觉，觉得天地是可以随意翻转倾覆的，即使倒扣过来，那翡翠地毯也是可以成为亮丽深空的。

绿色，是大自然中最清新、静谧、舒适、养眼的颜色，什么豆绿、葱绿、茶绿、墨绿、苹果绿、孔雀绿、橄榄绿、祖母绿等等，据说有四十多种色系，如果是画家的调色盘，当有更无穷尽的变数。七月的呼伦贝尔，一眼望去，我起先只看到一种最纯粹的碧绿。可在不同的光照反应下，又分明呈现出那么丰富的色谱，甚至在湿地、湖畔、土丘、河岸上的草色，都有着全然不同的浓淡深浅变化。即使叫森林绿、苔藓绿、松石绿，甚至荧光绿，都能找到切切实实的对应物。光合作用的伟力，在呼伦贝尔大草原上，得到了最完美的呈现。生机盎然，已不足以形容她的灿烂，她不因人来而摇曳多姿，也不因人去而慵懒倦怠。她仪态万方、喜笑盈盈地盛开。这时不由人不想看看太阳，是它在一亿五千万公里外，操纵着她的丰盈与动人，而在太阳的视野中，兴许这块草原都是可以忽略不计的，但在我们眼中，已然浩瀚得双腿敬畏于自然的神性，只想跪扑在她美丽的怀抱了。

真羡慕牛羊在柔软草地上的自由徜徉，当地人称溜达牛、溜达羊，这真是一个极其美妙的称谓。不过美妙背后，却潜藏着人类对它们鲜嫩肉质的觊觎。溜达对于人生，也是最舒适的样貌。不愉悦、不闲适你是不配叫溜达的，顶多叫散心或乱窜，肉质也是不必担忧被谁惦记的。我总担心如此无边无际的草地，牛羊会不会溜达丢。当地人似乎没有这种担忧，说一家牛羊有一家牛羊的溜达范围。当然这个范围，就绝不是我们住惯了挤卡的城市，对"范围"这个词的适恰理解了。我们的范围概念，在这里有时是需要放大一百倍，一千倍，甚至一万倍的。看似很近的地方，驱车跑很久才能抵达。而先前瞭望到的遥远草色，似乎还在更加浩茫的地方。牛群和羊群的随意散布，好像是处于无人经管的状态，但突然你会看见一辆摩托车窜出，绕着那泼洒得过远的"珍珠颗粒"，一阵弧旋，就见乱滚的"珍珠"有归拢的趋势，我们就意会了自由与范围的概念。

到草原了不能不说马，它们也的确无处不在，但已很少见到奔腾之姿。马也近乎在溜达，在闲庭信步，在明媚的阳光下慵懒静卧。就在它们的脚下，数千年来最具敲击地心的震撼声音，便是它们的铁蹄。这种声音的交会处，每每都会留下传之久远的故事，这些故事的核心是战争、是争雄，也是融合与统一。在那如风般轻盈的草地上，每一个文化层都沉积着波澜壮阔的历史景观。这是人的野蛮争斗、文明进化，更是马的一路狂奔、慷慨悲歌。人类生存与文明攀升有四种特别重要的外力因素：火、盐、文字、马力。而马力，至今仍是人类雄心万丈的助推，不过此马非彼马，但力量仍是以马力来计算的。人类现在已发明出近十一万匹马力的发动机，要把这十一万匹活蹦乱跳的马，生拉硬拽在一起来奋力，需要多么浩大的场面哪，我想也只能放在呼伦贝尔草原了。

马是为人类出过太大力气的。古代统治疆域，如果超过八天八夜的马力信息传导，一般会失去统御效能。马力便是国家的统治力。"一战"时期，有一百多万匹马参战，活着回来的寥寥无几。一部儿童文学作品《战马》由此诞生，并衍生出了斯皮尔伯格导演的电影《战马》以及诸多话剧、人偶剧等。我曾经坐在剧场里为马几番落泪，那种拟人化的表达，令人深深敬畏着战马的忠诚、勇毅、坚韧与信念。马是人类最可靠的朋友，它神情高贵肃穆，举止优雅沉着，我们与它可以建立起真正的友谊。尤其置身呼伦贝尔大草原上，面对博物馆里的马骨化石，以及无处不在的马头琴声，我突然感知到一种历史的巨大回响与深沉的纪念仪式。尽管今日的草原之马，运输力已变为一种补充、填空，甚至只能做文化节的万马奔腾表演，但马头琴声所传递出来的生命意识、历史况味，仍然让我对这种动物肃然起敬。草原不能没有马，没有马的草原不是草原。我们不能因为马力的失去而鄙薄它的存在，一如老人失去了膂力不能成为不被敬重的理由。人类走到今天，马是最根本的推动力之一，它还活着，就是一种图腾。在呼伦贝尔，我看到不少用真马头骨制作的马头琴，我觉得它有一种神性，一听到它的演奏，我就止不住要泪流满面。那是一种饱经沧桑的历史行吟，在我心中，马是最伟大的吟游诗人。

面对丰隆而盛大的草原，让人最惊愕的就是生命力的雄奇磅礴，这时我们不能不对处下处弱的明河暗溪、湖泊水泽，表现出极大的关切与注目。生命的存活要素第一是水。人类对外星生命的寻找，首先也是判断有无水源，无水必然无生命。而滋养万物的水，被老子做了最本质与哲学的概括，它善行德被一切，却处下守弱，"利万物而不争"。在堪称伟大的呼伦贝尔草原上，"居善地、事善能、动善时"的水，将老子的亘古思想注释在了宏阔的大地上。弱水总是行走在草的下方，礼成小草茂盛作岸，自己谦卑而垂顺地相伴于下，随物赋形。我走过了根河、海拉尔河、额尔古纳河的部分水域，还有随处可见的大小湖泊，只恨不能获得雄鹰的视角，从而收获对老子思想更加丰富的理解。

以呼伦湖与贝尔湖相加命名的呼伦贝尔草原，其本身就是一种最伟大的生命哲学妙悟。

来到呼伦贝尔，我感觉是与世界上最美好的事物相遇了。从来不喜欢拍照的我，几天竟然拍下数百张风景照，自以为可以转行干专业摄影了，却被同行者笑得喷饭。一看别人的，才知景色如许，哪一个都拍得想办场个人摄影展。可谁的"精品力作"，也概括与抽象不出草原的丰富肌理与撑破想象力的壮阔画卷。你会觉得你是那么渺小，渺小得无力去表达当自然超越你想象后的那种真实。按说艺术创造正是从这里开始，去完成一个超越现实的表达，从而实现属于艺术的真实，但呼伦贝尔自身就是一种艺术最高境界的存在，美得不可摄下，不可绘下，不可写下，艺术也就似乎有了不可抵达的边界。阳光下，你是这块巨型翡翠中的一个微小颗粒；星空下，你是这片皎洁月光里的一丝暗影。在博大与雄浑、丽质与姣好面前，你感到百般无助。你只能努力融入，切实地接近艺术的水草、牛羊、马匹与人，才能感受到你也是艺术化境的一部分，是万物齐一与天人同构的既艺术又现实的风景。那几天我时时嗫嚅：老天真是恩赐，还有比这里更美好的存在吗？我没有为任何一片风景如此迷醉过，但在这里，我醉倒了。呼伦贝尔，我真的很爱你！

读太湖

可能是北方太缺水的缘故，到了南方，我总是急切地要找有水的地方。进了上海，先奔外滩；到了杭州，先游西湖；去南京武汉，先上长江大桥；到了无锡，自然是先睹太湖了。

是一首叫《太湖美》的歌使我对太湖心向往之的。去年到苏州就有游太湖之意，但时间安排太紧，只匆匆逛了几个园林，见了些汤汤汪汪的小湖，便急急登上大运河的夜行舟去了钱塘江江畔。

今年适逢国家第六届艺术节在江苏举行，我们又被安排在常州演出，距太湖仅四十分钟的路程，因而演出一结束，我便与朋友们一道，身心轻松地去了太湖。

要说太湖，过去是见过的，那是几年前从南京到杭州路途中的匆匆一瞥。记忆中那是一种真正无边无际的浩渺。我总说有机会应该坐船在太湖上漂泊，这个机会终于在几年后到来了。我们是从无锡的"三国城"和"水浒城"接近太湖的，两部巨片的拍摄遗迹使太湖平添了一道古气的风景，热闹是热闹了，却不大对我的胃口，那种无处不造的假景，使太湖和谐自然的一角，镶上了虚浮肿胀的边子，有违天赐地造的原意。好在这截是圈起来的，不愿掏钱的人尽可以不去领略这种戏耍。

出了两座"古城"，到了鼋头渚，应该说进入了比较天然的湖光山色中。我们乘上一条游船，直逼湖上一个隐约能见的岛屿，那水便把我们孤立得如同大海上的一片浮萍了。据说太湖最美的风景在鼋头渚，那小岛自然是这片景色的画龙点睛之笔。尽管上面亭台楼榭，雕梁画栋，但毕竟都是些似曾相识之物，转一圈便感到索然无味了。唯有湖——那无边无际的荡漾碧波，使人魂灵飞动，遐思万千。如果西安能有这样一汪活水，那将是怎样一个鲜亮的城市！只可惜曾经碧波万顷的曲江，这干涸的遗迹都已尘埃落定，绕城的八水也日渐成为远去的故事，照这样下去，又一个罗布泊将复现在这块盛唐土地上的说法，恐怕也并非梦幻般的呓语和危言耸听。

面对太湖，北方人产生的更多情绪可能是嫉妒。轻松的游湖，很可能变为一种失落的沉重。在那些竭泽而渔的大开发中，并没有复原或构建几个新湖泊的宏阔设想，恐怕在人与自然越来越不和谐的生存摩擦中，北方人最终也只能抛却千尺厚土，背井离乡，让曾经水草肥美、城池俨然的地方最终沦为考古学家琢磨不透的又一片楼兰古国。

读太湖使我失望，这是北方人的失望，甚至无望，因为除了开矿、抽石油，我们还没有看到几个关于在北方重蓄一湖清水的构想。我再也不会唱《太湖美》这首歌了，因为它不能给我这个北方人带来任何生命的愉悦和希望。

啊，太湖……

钟情重庆

"重庆"这个名字，我最早是从小说《红岩》熟知起来的，真正踏进这座山城，还是在它成为直辖市以后。由于我是山里人，所以在走过许多大都市后，最钟爱的还是重庆，钟爱它那种错落有致的螺旋式上升感，这是它有别于其他现代化城市的最本质特征。

重庆在我心目中是一个厚重而又大气的城市，这不仅在于它所依托的群山的分量与质感，在于它重工业生产的影响，更在于中华人民共和国成立前夜那些不屈灵魂的精神群像。我先后两次从天而降，飞机一落地，第一个念头便是要看朝天门码头。因为在我十几岁看歌剧《江姐》时，剧中那围着红围巾的漂亮女人，就是从这里被后来成为叛徒的甫志高送到川北游击队去的。剧中的朝天门码头，白雾茫茫，浪击船鸣，特务扮成各类商贩，贼眉鼠眼，穿梭于往来人群中，很是戒备森严。然而，机智聪慧的江姐，还是有惊无险地插翅北飞了，最后，是身陷在自己人的告密中，才结束了一个英雄生命的春华。今天的朝天门，已一改往昔的阴森恐怖，豁然延伸出一个水泥钢筋体的现代化巨型船模，使长江与嘉陵江的雄浑交汇，显得更富有生命的激情与实际负载的意义。

这里大概是山城的最低点，因此抬望眼，便能看到依山而筑的楼群，是如何生根于悬崖峭壁之上，又如何在仄仄斜斜的环境中勠力保持平衡的。而攒动在这些楼体缝隙的人群，或上或下，似乎都保持着一种竞技状态，少了那种行走在平缓大道上的散漫与慵懒。连擦皮鞋的匠人都是站立着飞动手上的擦布，更别说成群的棒棒军挑起东西时的行走如飞了。也许是环境的险恶，锻造了重庆人极富动感的性情，因此，在偌大一个朝天门码头，除了游人，很少看到四处济公和尚一般乱偎乱依乱偏的闲人。当江上的船笛一响，楼群缝隙中的人流，更似昔日吃着力的纤夫一样，呈现出一种坚忍不拔的行进的力量美，确实使人能从骨子里感到重庆人的分量。

而重庆更能让人感到有分量的东西还是渣滓洞。这个以幽僻、阴暗、肮脏、残暴而臭名昭著的监狱，其中关押的一群为理想和信念敢于舍生忘死的特殊"犯人"，光耀史册，彪炳千秋。

当我踏进这块山间凹陷处时，一场暴雨突然降临，尽管如织的游人的行进受到阻碍，但那种风泣雨诉的呜咽声，对嘻嘻哈哈、勾肩搭背的红尘男女的轻浮举止，还是有一定稀释作用的，而这种稀释在我看来，是更适宜于走读这种特殊环境的。无论怎样，当你一步步向那院中黑黢黢的房屋走近时，都会有种阴森感。特别是透过窗棂，看见那锈如血色的手铐脚镣和其他刁毒刑具时，更是会不寒而栗。今天的某些价值观，有时几乎无法去衡量这些人的生死作为。大概也正是价值观的变化，而使他们本来真实的故事，慢慢变成了似乎久远的神话。

当我们带着这些神话，走进这个历史的真实场景，把神话再还原到真实历史时，我们感动的就不仅仅是一种肉体的韧性和刚毅了，我们感动和惊叹的是灵魂这个任何物质都无法使它屈服与泯灭的无形物的顽强与博大。面对渣滓洞，不由得人不去思考人的精神意志的消沉、堕落与退化问题。是什么使得一些具有相同信念的人，在几十年后，变得对金钱、美色如此不具有抵抗力，并为之奋不顾身呢？这个让死者遗憾、生者无奈的答案，恐怕一时还难以有人做出完整的解答，但那些本来并没有什么信仰的人，却裹上"迷彩服"，并用渣滓洞流成河的鲜血蘸起了精粉馒头，而最终消解了渣滓洞英雄的奋斗价值，恐怕是不容争辩的事实。当然，英雄毕竟是英雄，就为他们牺牲自己、拯救别人这一无私行为，历史就必将奠定他们不朽的英雄地位。我相信他们的精神一定会比歌乐山上竖起来的有形雕像更天长地久，因为一个民族永远都需要精神上的支撑，尤其在今天，面对金钱与声色犬马的诱惑，人们恐怕更需要这种支撑。

重庆是中国一座太具个性色彩的城市，不仅屋舍依山势向天际斜筑，还因浓雾而驰名。想当初，终日警笛声声，船鸣枪响，却又看不清南来北往者的真实面目，那是怎样一种孤独无助的生存环境。现在当这一切都由灯红酒绿、软舞细歌所替代时，即使雾浓一些，大不了错进了歌厅、茶社、洗脚房，却大可不必为突然顶到脑门上的黑枪所担忧了。当然，事情也有例外，就在我第一次到重庆时，后来发案于湖南常德的那帮劫匪，刚好在朝天门陕西路抢了一家银行，并在当场射杀两人后，逃之夭夭，而使我们乘出租车去红岩村游览时，受到几位持枪武警的严厉盘查。好在我们未做杀人越货之事，也便不怕枪里装有可能已上膛的子弹。这是一次奇遇，一次让人体验到了生命被暂时胁迫的重庆式奇遇。

我爱这座城市，不仅爱它陡峭的城体、混沌的浓雾、时有时无的细雨和星河一般灿烂的夜色，更喜欢它大概是历史罩上的那种神秘氛围。我总觉得这是一座雄性的城市，尽管世俗生活已使它五彩缤纷，某些角落也变得细声细气了，但那种骨子里透出的雄性感觉，还是让人无形中具有了一种时时在面对壮怀激烈场景时的激情与冲动。尤其是像呐喊一样的川剧高腔和裂帛一般的船笛长鸣，更是使这座厚重的城市，具有了一种生命的勃发力与张力。据说我的曾祖父曾在这里拉过纤，撑过船，打过铁，作为男人，我很喜欢这个传说。

我的"柴达木"山地

"柴达木"并非包裹在阿尔金山、祁连山和昆仑山之间的那个举世闻名的柴达木盆地，而是商洛山中三个分别叫柴坪、达仁、木王的行政区域，它们像一根藤上的三只蚂蚱，牢牢维系于一条九曲十八盘的公路。这里没有盆地，地面是如地图一般悬挂在峭壁上的；人与牛，是仄仄斜斜地平衡在地图上春耕春播。公路倒也陡中见平，这平却是在岩石肚子上拉出的一道血槽，司机稍不留神，四个轮子便会腾空而起，高山瀑布般地射向千壑万潭。河分二路九岔，是千架山中的千条小溪交汇而成。溪水如锯，阴柔刻石，沟槽便被越拉越深。远古栈道的风化石条已高高闲适在路人的头顶。

春在这里是用粉红色铺天盖地的，那千万树桃花很难用绚丽、灿烂之类的字眼加以形容。山野人家全都蛰伏于密密桃林，远远地，只闻鸡鸣狗吠，不见墙梁瓦舍……

俨然古风的山野人家

清明时节，雨瘦花肥。

我从车窗向外窥视，只见满山郁郁葱葱，竹林房舍星罗棋布。公路是顺着一条小河而弯曲，小河上架着座座窄高窄高的吊桥，牧童骑着黄牛从小桥上缓缓走过。

小车在一条小溪的边槽上抛了锚，趁司机修车的机会，我们随便走进了路边的一个院落。

谁知未等踏上场坝，五只恶犬迎面扑来，吓得我一个趔趄栽进了排水沟。打头的良华被团团围住，老王急忙捡石头驱赶。恶犬无动于衷，只顾夺着良华手中的照相机。这时主人终于从红漆大门里走了出来，连连喊叫："快把照相机扔了！"良华一松手，几只狗才衔着照相机回到主人身边。

"你们是干啥的？"主人问。

良华说："我们是县上下来检查减轻农民负担落实情况的。"

"不是记者吧？"主人又问。

"不是的。"

"那你们上来。"

眼前是明三暗五的新瓦房。走进堂屋，只见古老的神龛上置放着一台十四英寸的彩电，彩电背后一炉香火缭绕着"天地君亲师位"。一位六十多岁的老爷子，一边有些难为情地瞥着电视里穿三点式泳装的性感女郎展示健美肌肉，一边有滋有味地撕扯着刚从吊罐里捞出的猪蹄子。见来了客人，他急忙用袖口擦了油嘴，提着吊罐进了内室。一个女人睡在一间门扇半掩半闭的房间里，一簇黑油油的头发懒散堆在一个绣花枕头上，一个红艳艳的牡丹花发卡已经溜到发梢。她自始至终没有转过脸来。

主人为我们沏了远近闻名的地方特产象园茶，还摸出了带把的公主烟。

老王与他攀谈起了农民负担问题，那人只是唉声叹气，懒得多说话。

我刚准备记录，一只黄狗忽地扑上来叼走了纸笔。主人连忙说："到这儿来可千万甭玩照相机和笔杆子。"问其缘由，四十多岁的主人突然破口大骂起来："你们不知道，前晌来了几个野狗日的，又是照相，又是采个啥子访的，还吹他们报社要重奖先富之家。煽得我领着他们房前屋后、楼上楼下看了个遍。哪知困一夜起来，几只狗被药得昏迷不醒，灶头上的陈腊肉让人家从窗口钩走三十七块，连藏在后檐沟地窖里的老陈酒，都连罐挑得无踪无影了。"

看着灶头上熏黑的腊肉串和大坛坛小罐罐封了口的粮食酒，我问："咋不卖呢？"

主人说："自家总是要吃要喝的。"

老王问案破了没有。主人说："听说是一帮山外瞎家伙偷去放在广货街卖了。"

我故意激他说："贼比你高明哪，人家都有商品观念。你富成这个样子，不把物变成钱，贼还会来偷的。"

主人恶狠狠地说："只要他不怕腿断胳膊折了，来偷嘛，反正我到处都安的是电雷管。"

这时，司机在公路上喊车修好了，我们不得不起身告辞。主人把我们送到场坝边上，归还照相机、钢笔和记事本时，故意大声问老王："炸伤了贼娃子该不犯法吧？"

老王说："那犯伤害罪呢。"

主人说："伤害罪就伤害罪，贼娃子太可憎了。"

小车继续前行。我们一路估摸着那户人家的家产，议论着那种土财主式的生活方式。部长直感叹对山民进行市场观念教育的迫切性。

吉普在一低洼路段减速行驶时，我突然被兀立在公路边一个土塬上的独家村所吸引。我是爱上了那一蓬蓬捆扎得规规矩矩的柴火。村庄很平静，像一潭不流动的水，除了柴门里的一点地火在跳动外，人和其他的东西都是木木的。我提议上去看一下，司机就停了车。

四人冒雨登上溜滑的土坡，一阵肉香扑鼻而来。踏上三级石台阶，跨进一道门槛，只见一个吊罐从楼上用藤条吊下来，正在旺旺的柴火上煮得咕嘟咕嘟。火是从一个掘挖了半尺多深的方坑里升起来的，一个形状酷似奔马的大树根正燃烧得毕毕剥剥。放在城里，它也许会成为一个根雕艺术品，而在这里，耗尽全部能量也只能熬熟一块猪尻子。

我们的到来，并没有搅动这儿的沉静，围在火炉边的三个男人直勾勾盯了我们半天。老王主动搭讪了一句，其中一个长者才磨磨蹭蹭将屁股从木墩上拔离，招呼我们一一坐下，然后翻翻"奔马"，一簇火星蹿上黑黢黢的楼板，火更旺了。

"请问老者贵姓？"老王问。

"蓝。"

"叫蓝啥呀？"

"蓝春源。"

"今年高寿？"

"六十七。"

"家里几口人呢？"

"四口。"

问啥答啥，没有半句多余话。当问到生活情况时，老人扭头看了看几苃子玉米，然后用身子靠了靠码在背后的一人多高的蛇皮口袋，憨憨地笑了。

我用手一摸，口袋里装的是小麦。再摸，还有黄豆。"这些全是粮食？"老人点了点头。我惊讶地站起来数了数，整整五十袋，少说也有五千斤。良华与我合抱着量了量苃子的圆周，差两尺多，手指才能碰上。那么这半人高的三大苃子玉米又是多少斤两呢？问老人，老人笑而不答。这时司机走过来撞了撞我的肩膀，示意我往楼上瞅。我抬头一看，好家伙，简直是肉的海洋、肉的森林嘛。我急切想上去点点数,忙问老人:"能上去看看吗?"老人颔首应允了。

登上一个晃晃悠悠的木棍楼梯,一排排砍割得宽窄长短不一的腊肉吊子扑面而来,借着楼下折射上来的余光,我看见五根一丈多长的木棍,是用篾条倒吊在房梁上的。每根棍上挂着二三十块肉,总共一百七十余吊,吊吊汪油欲滴,楼板上湿漉漉滑腻腻。借着良华的闪光灯,我又发现沉睡在阁楼拐角的一口大板柜,走过去划着火柴一看,半边是陈芝麻,半边是核桃,各有百余斤。抓一把放下去,五爪墨黑如漆。

从阁楼上爬下来,问及腊肉年代,老人笑眯眯地回答说:"最早有十年前的。"我说:"能取下来看看吗?"只见老人站起来,走进另外一间房,摸索半天,取出一块黑如焦炭的腊肉来,放在地上一掸,声似顽石击木。

"那边还有腊肉吗?"我问。

老人轻启着厚嘴唇,仍是点头微笑。

这时我看见老人方才拿肉出来的房门口,倚靠着一位眼睛不怎么灵光的老大娘,正不知所以地向这边张望。我上前问候一声,便与良华走了进去。

这是一间比堂屋更昏暗的偏房,一道竹篱笆切开了灶与炕的连体。一锅泉水即将煮到沸点,一灶红火映红了老大娘的胖脸,揉搓得浑圆的半簸箕荞麦疙瘩正待下锅。南墙下又是几箱陈粮摞成品字,几串红苕干子犹如一组排列齐整的蝙蝠方队,死死地固守着剩余的残壁。

又是一个木楼梯通向半边楼，攀登上去，漆黑一团。划根火柴，却被灶上的浓烟和蒸汽所窒息。良华掏出打火机打燃，又一奇特景观映入眼帘：楼顶上的腊肉犹如倒吊的钟乳石，鳞次栉比在檩椽上，翘着毛尾巴的尻蛋子一律反扣在墙上。一溜椭圆形的猪项圈顺着一根粗椽排进去，颜色由浅入深，最后几圈干脆像烙煳的锅盔。阁楼很矮，我只能猫着腰在肉林中穿行，稍不留神，干肉块子便会把头颅磕得嘭嘭作响。气体打火机呼呼哧哧地吐着火舌，若明若暗中，我清点完了肉数。难道只有二百一十七吊？我怀疑这个数字的准确性。正欲重数，忽听脚下咔吧一响，良华说："快撤，楼下可是开水锅。"

老王正在堂屋开导着老人，叫他把余粮和腊肉拿到市场上去，老人不哼不哈。司机见我们从楼上下来，忙喊："快来吃热砧板肉！"

一块油汪汪的木板上果然放着十几片热气腾腾的腊肉，闻起来香喷喷的，撷起来亮晶晶的，有两三寸长。虽然周边色泽蜡黄，中间却呈柳树根芽似的嫩红，司机说："这才是正宗腊味！"我咬下半截，果真油而不腻，滑润爽口，胃口为之大开。问起腊制方法，老人说，血水未尽时用檀香熏烘九十九天。

"一人买一块吧！"老王给我们使眼色。

我是真的想买，便与老人议价，谁知好说歹说，老人只有一句话："不卖，留着自己吃的！"

老王给老大娘做工作，并且故意抓起一块肉，撂下二十元钱就走。急得老大娘直跺脚："怪事情，不卖就是不卖嘛，还能强人？乡长来我都没卖呢！"

就在我们要强买腊肉时，老蓝的两个儿子却像守护神一样守护在柴门左右，四只眼睛恶狠狠地盯着提在我们手中的腊肉。老人一直不紧不慢地应付着几个有些强人所难的买主，最后甚至还到地窖里搬出一坛老陈酒来，宁愿让我们在这里吃饱喝足，却死不言卖。

在一家美容店里，拥挤着几个中年妇女，正头戴脸盆大的塑料盔，热汗涔涔地说枣花，说刘晓庆，也说刚从电视里认识的克林顿的老婆。美容师正在给一个俊俏少妇文眼线。

透过钢筋水泥上的花砖彩釉，我似乎看到了木柱石墙上的雕龙琢凤和更久远的茅棚石庵。面对所谓宋代的祭河牛头，我的双膝好像已跪进滔天洪水之中，与古人一道涕泗滂沱地敬畏起法力无边的河神。然而，令我大惑不解的是：他们屡被河神剜根蚀底，为何还要屡屡在神唇上重建家园？是一条什么样的锁链绑缚着这群生生不息的人呢？访遍小街，柴家坪竟无一户柴姓人家，这使我更加如堕五里雾中。带着重重疑云，我拜会了"菜九公"——一个被誉为小街"活历史"的九旬老翁。

他打坐在一个油汪汪的蒲团上沐浴太阳的光辉，岁月已经将他压缩成了弃尽浮华的根雕。一本线装书，平铺在他精瘦的腿上，一副红铜眼镜，是用一根麻绳连接在高高凸起的后脑勺上的，镜片已裂痕遍体。

　　我讲明来意，菜九公白了一眼，有轻蔑之凉气刺骨。我恭问再三，他方吐珠玑数点：

　　"柴家坪，非柴姓之家园，'柴'乃'菜'之谐音也。明末清始，干戈四起，长江沿岸之草芥，抱头鼠窜，有缘河钻入这桃花源者，麇集休戚，不复出焉。后山人之太祖，菜公名坚果，扎木排，运山珍，辗转汉口；引商船，运丝帛，溯源奥区；南通蜀汉之航运，北衔长安之古道，蝇头小街遂成商贾云集之福地。菜门发旺之迅疾，也如温泉浸豆。后小街彼岸之阎氏，弃耕读传家之祖训，步吾祖菜公之后尘，开店贾盐，竟成气候，菜家由是日渐衰微。欣逢山野游仙指点迷津：'菜遭盐腌矣！须改菜为柴，方呈烈火克盐之势。'柴家坪故名。"

　　问及小街屡毁屡筑之缘故："是因了千里难觅的风水宝地？"九公曰："然，不尽然。大水过，退居山梁者，筑舍百年不湮，然倚腐枕朽，仅温饱尔；大水过，重整旗鼓者，一湮再湮不馁，子孙创业，反成万千气象。所谓人杰地灵：动则杰，变则灵，如韭菜之愈刈愈茂。枯不摧，朽不拉，纵金盆银池亦出嗟食飘丐。"

　　面对如此旷达的山野先哲，我肃然起敬了。柴家坪饱经风霜的历史，全部刻在了他果敢坚毅的脸上；旬河儿女百折不回的率性，更似九公那坐卧不化的仙风道骨。站在分切河、街的现代化防洪堤上，我有些冲动地构思起了一部电影《老街》，最后的画面是：沙滩上，一位赤裸的九旬老翁，正将他一群才学会走路的光屁股重孙，赶向金色河潮……

沙洲踏金

"小街人都说八百里旬河黄金铺底，是真的吗？"我问老王。

老王笑笑说："祖辈都这么传。不过，据地质学家近年勘探论证：仅小街上下一千七百米河床，就潜藏沙金近两吨，现已进入开发前夜。"

"沙面上能见到吗？"

"有人在河边打鱼，捡到过板栗大一颗呢。"

这话在我脑海里整整萦绕一夜。第二天，我便下决心不坐小车了，我对老王说："你忙你的去，我想徒步领略旬河风情。"

老王让良华与我结伴而行。我便用一根木棍翘起行囊，专走沙洲乱石滩。眼睛瞪得铜铃大，不曾放过一只蝼蚁。然而，板栗大的"万货"到底没有露面。我用双脚蹭散了所怀疑的每一窝沙石，三接头的皮鞋都踢成了蛤蟆嘴，获得的，仅仅是一个生满绿锈的铜烟锅，良华还说这有可能是一个灾中"水鬼"的遗物。

在一月牙回水湾，三五成群的淘金者布满沙滩。他们是从河岸的黄沙坡上掘土出洞，肩扛背驮到明镜水面，用一梯形木匣筛、箩、沉、浮。木匣谓之金盆，泥沙从大口面顺水漂走，金子便沉坠在窄窄的底部。我们观察了许久，只有一胖嫂获得了三星两点的闪耀，是用一青霉素瓶盛着，牢牢藏在胸脯起伏的地方。背土的瘦男人想瞧瞧，胖嫂抓起半瓶太白酒，咕咕嘟嘟喝下几口，嗤地扔过去说："放心，老娘吞不到肚里去，快背你的。"瘦男人拿起酒瓶狠狠往嘴里倒了一下，才背起背笼快快入洞。

突然，远远地有人喊："六叔淘到一对金牙！"只见一河滩人噼里啪啦撂下金盆，飞沙走石般扑向上河湾。叫六叔的人正盘坐沙上入静，围观者心急火燎地要他拿"牙"出来，他偏无动于衷地只顾拿火柴搅耳眼。几个后生实在躁气得欲硬下手了，六叔才"啊"地张开嘴，说："看，看，看！有啥好看的？"随后咯噔一声如大坝关闸。就在那宝物闪现的四五秒钟，我算有幸从人缝中瞧见了那对"牙"，是金灿灿黄澄澄对比在六叔那两排烟釉斑斑的黑牙中间的。见者无不啧舌舔唇，都说六叔已有数月未见金面了，真是十日淘金九日空，一日能顶百日功啊！

拐过月牙湾，眼前呈现出更为壮观的淘金场面：一个桩柱立架，如宝塔一样兀立于沙洲。机声隆隆，人声鼎沸，千年沉沙便从霸王潭底翻卷上来。金、石遴选处，但见残铜、断刀、骨殖、片陶，异物纷呈。

据淘金人讲，一个月前还曾出过水青铜箭头六枚。难道这儿曾是某位霸主建功立业抑或折戟沉沙的古战场？不然怎称霸王潭呢？

潭水深不见底，而沙层更是厚积如山。机器钻入七米见方基岩，黄金就沉睡在那万古岩床上。所谓淘沙金，至此我才明白是翻河槽的老底，艰难困苦，确非常人所能想见。这使我猛然想起了《拾黄金》里那个懒汉小丑的可笑可怜。贵为金子者，如果大路上就能拾得一方，沙滩上也能踢出几粒，它还能套住美女的脖颈，环贯娇娃的耳朵，箍瘦世人的笋指，勾走悍夫的性命吗？我打消了"拾板栗"的美梦，缩回戳出破鞋的脚趾，乖乖上路了。

桑园美人

路依然在桃林中延伸，旬河被桃花半遮半掩在路的脚下。滋润在满世界的嫩红里，我遽然替张艺谋担起忧来：他的《桃花满天红》能拍出特色吗？外景点定在什么地方？那儿有如此染天浸地的滚滚红潮吗？

这时，一缕婉柔清音从红潮深处飘来：

风和日暖好春光，

刘海打柴在山冈；

九妹爱上了砍樵汉，

桃花林里追赶忙……

循着歌声走去，只见河畔桑园，一群斜挎俏腰花背笼的采桑女星罗棋布，一律脚尖点，提气收腹，一边柔指掐桑，一边歌

273

唱爱情。

良华说："柴坪桑蚕历史悠久，早在清朝时就已成批收购，由旬河航运武昌，远销全国各地。手工<u>缫丝</u>坊所产<u>丝绸</u>、<u>丝帕</u>，也曾畅销西北五省……"

我已被旬河大屏幕里的投影所俘虏。那相映成趣在水中的青枝、绿叶、桃花、粉面，怎么就这样楚楚动人呢？桑姑们是割过眼皮、文过眼线，还是用影膏勾勒过鼻梁，就这般眉清目秀，妩媚生动？

我忽然联想起百里外的镇安缫丝厂，久闻那儿全封闭式现代化管理着五百位美人，千般感叹之余，获悉其中五分之一是旬河岸边人。我奔旬河岸边来了，这旬河果然是孕育天姿国色的摇篮。我干脆席地而坐，"花港观鱼"了。

突然，不知是什么东西，从我们旁边不远的地方栽了下去，只听"哗"的一声，河水溅起数丈浪花，顿时，水里枝折、花碎、"鱼"散；岸上，桑姑惊悸，环臂抱团。过了许久，才见一个毛头小子咧嘴出水。他说他是放牛娃，踩失脚了。这宽路，他就真能踩失脚？

客宿桃花坞

我们继续顺大路走马观花。当丽山秀水渐渐沉入暮色时，后面传来"大路朝天，各走半边"的喝道声。扭头一看，竟是几个抬嫁妆的接踵而来。忽闪忽闪的长轿杠上，捆绑着成双成对的箱、柜、桌、椅、铜锅、铜盆……良华说陪嫁很重，那大斗小橱里可能全装的粮食、腊肉、甘蔗酒，不然三十几条汉子不会压得直喘粗气。我们跟着小跑了一段，只听前边传来口令："天还没有黑呀，新娘等不得呀，眼看要进新郎门，爷儿们歇一歇呀！"一阵山摇地动的集体诗朗诵后，十六抬嫁妆落地了。汉子们纷纷扇动衣襟，有人干脆剥了线衣，赤裸出雄健的体魄。

我们走到一个拿领带擦汗的小伙子跟前，问他嫁妆从哪儿抬来，他说七十里外的冬瓜潭。"还远吗？""拐过弯弯就到了。"

我实在想体味一下轿夫的潇洒飘逸，便对那小伙子说："我替你换一肩，行吗？"他忙递过垫肩："巴连不得，快快有请！"我一头钻进轿杠，"起轿——"的口令便从前边传来。那完全是一种身不由己的感觉，领头的定好了速度节奏，后边人只是机械地抬腿换脚。开始小跑，继而引颈欲飞。欢实的轿杠眼看要闪断，却偏又皮条一样反弹回来，一曲一直中，肩上的压力便轻柔如美妇勾肩撒娇了。更有趣的，是那一连串类似"转弯鸣号靠右行"的交通口诀："前边一朵花呀，闪开莫踩它。"闪过后我才发现，那是路中一堆狗屎。他们还极尽幽默调侃之能事，一路妙语连珠："前边一条沟哇，驴蹄子往起抽哇！""前边一面坡哟，小心猪脑壳哟！""前边一道坎哪，蹲尻子又伤脸哪！""前边一块砖哪，小心底朝天哪！"正当"大路好走，甩脚甩手"时，前面喇叭、鞭炮、三眼枪齐鸣，桃花坞里，已是酒肉飘香，人

275

头攒动，大红灯笼高高挂了。

停轿后，哪由分说，我与良华便被三个"支客"拥进堂屋，公主烟夹了左耳，金丝猴卡了右耳，嘴上还连着大雁塔。有人误以为良华是娘屋表哥，沏茶都用的洋瓷缸子；我为轿夫，便饮土陶黑碗了。

天黑尽时，只听满院子喊："新娘到了！"等我挤进窝，扒开一条缝往里窥视时，一个苗条背影已蛇形溜进偏厦小屋了，这时，只见八个吹鼓手一齐瘪了腮帮，直了眼；连一个放雷子炮的都忘了手中的已燃物，直到炸煳了自己的巴掌，才狠狠骂了一句："狗日的麻狗子艳福不浅哪！"一个花白胡子的缺牙老汉也挠着痒痒说："这娃怕是把人家冬瓜潭的油花子撇了。"

新娘是乘了用软缎被面扎了数朵红花的手扶拖拉机来的，当机上的其他贵宾被迎进堂屋后，就有人喊叫开席了。堂上廊下，屋里屋外，顿时热闹了十二张八仙桌。当八小件子吃得油干捻子尽时，八大件子就源源不断地送上桌来。一个跑堂的被走猫绊了个狗吃屎，双手托举的大木盘里，仍然平衡着六海碗肥肉坨。有人来缠"娘屋表哥"划拳了，良华暗示我赶快上茅房。我刚出门，就听里边喊："新郎新娘敬酒——"我欲折身回去，良华已趁乱溜了出来，拽住我的手说："快跑！"我便被不明不白地拖出了庄园。

"柴达木人特别热情好客，酒席宴上不撂翻几个就不丢手。"良华说，"甘蔗酒后劲儿特大，进嘴甜甜的，下咽绵绵的，半夜才知不是好玩的。你知道新郎新娘拿啥敬酒吗？大茶盅。"

我的天神爷，看来喜酒不是好喝的。走吧，伸手不见五指，何处投宿？再说行囊还在堂屋耳房，这会儿说啥也不敢去取。我们只好在庄园坎外静坐。过了一会儿，只听院里有一醉汉到处找"娘屋表哥"和"洋轿夫"，最后还跑到茅缸里拿棍搅了搅。乐得我和良华不住地窃笑。

又过了许久，里面喊叫："闹洞房了——"紧接着，跑堂的便抽走了残羹剩汤。有七八只游狗叼着骨头跑出院来，美滋滋地卧在花下享福。当新房里开始"翻江倒海"时，我与良华回了院内，"支客"连忙邀我们进厦房，又要上酒上菜，我们婉言谢绝了，只请求安排个铺。很快，厦房的门扇就被卸下来支了床。我们刚爬上床躺下，一个醉汉就歪携着一坛酒扑了进来，"我说她娘屋表哥没走吧！起来，喝！还有你，抬嫁妆的胖子，快起来，一起……喝！麻狗子是我兄弟，媳妇找到我前边去了，人梢子……你表妹是个人梢子呀……我高兴……娘屋表哥……我高兴哪……"醉汉说着哭了起来，是"支客"找人把他架出去，我们才得以安歇。

上房整整闹了一夜，大概是凌晨四点，有人喊叫床板闪断了，我隐隐约约感觉有几个愣头小子下了堂屋的门扇，再以后便困乏得啥也不知道了。是阳雀的几声叽喳，把我从睡梦中惊醒，太阳已照红了柜盖上的睡猫。我叫醒良华，一脚踏出厦房，眼前的景象不禁让人愕然呆立：鸡、鸭、人、狗，横七竖八地拉叉了一院子，一个醉汉将一颗头颅装在酒坛子里幸福地打着鼾。一夜春风，逗引几树桃花飘零，人醉，鸡醉，鸭醉，狗醉，唯有洞房里清醒着一个娇滴滴的声音："要人命呢……"

我们恋恋不舍地告别了桃花坞。

茶乡情韵

一辆拉盐的大卡车抛锚在路中。司机正卸轮胎。驾驶室里睡着一个嘴唇抹得血红的女人。

我与良华干蹭上去，一边殷勤地递烟点火，一边飞快地帮忙拆换零部件，直到涂抹出两个小鬼来，司机才恩准上车。

我们福分不浅地硬卧在成百袋碘盐上进了达仁河。

良华在这一带抓过计划生育，沿途都是熟人。下车后步行七里，有几十人与他打招呼。东家的三胎生没？西家的二胎扎没？南角梁的赵二嫂复婚没？北宽坪的刘老汉尿不下的病治断根没？等走进达仁区公所，已是晌午过了。

区上的头头脑脑全都去茶山督战了，门卫说："象园茶今年给要大咧，要出口呢。听说把炒龙井茶的专家都请来了，连门跟前的人都喝不起了……"

最后老门卫认出良华是去年县上来搞计划生育的程部长，才从箱子底翻出个装茶的"洋铁盒"来，给玻璃杯各捏一撮，冲上水说："这还是儿媳妇孝敬我的半斤清明雨前毛尖呢，贵客临门了，拿出来尝个新！"

被沸水腾上杯口的绿茶，膨胀后舒缓下沉，条形果然紧结、圆直、均齐，有锋苗欲引颈拔节。汤色黄绿明亮，香气扑鼻，如入八月之稻田。呷一口，满嘴生津，味同嚼梅。难怪国民党的一个保长要留下一句名言："品象园毛尖，如喝少女之唇舌矣。"想去年差旅杭州，我专程登上龙井山，啜茗西湖龙井珍品，味道也不过尔尔。

我们直把两杯浓茶牛饮得清淡无色，才抹嘴拍腿起身。当我们步行到二十里外的茶山脚下时，身影已被月光拉得很长很长。但见家家点灯熬油，摆平筐篮栲栳，支起大锅小鏊，将一掐冒水的嫩芽揉搓得银针一样长圆。

我们投宿在一刘姓人家的板楼上，脑壳从楼梯口塞出来与主家谝闲传。这家是婆娘拿事，淡话多于牛毛，天南海北，秦汉魏晋，很少有不知道的，但也很少有真知道的。说到象园茶，更似大坝决口，男人几番插话堵塞，波涛仍然奔涌不息。照她的说法，象园茶是她老公公的太祖爷一九四四年从安徽带来的种子。开头一直归刘家所有。一九六四年号召"山坡上要多多开辟茶园"，这茶才撒播得漫山遍野的。她还骄傲地回忆起了她当"铁姑娘队长"的峥嵘岁月……

"批干好了没？嘴受活了没？"男人在炕沿上把烟袋锅一阵猛磕，"明天要赶早采茶，你不困人家客还要困呢。"

女人又说了几句改革开放后象园茶如老母猪下崽一样"发

扬光大"之类的话后，楼下就传来了鼾声。开始我们以为是男人打鼾，后来听男人踹了一脚："猪！"才听女人哼哼唧唧一个翻身。

灯灭了……

> 早上下地露水深喏，
> 妹背挎箩哟茶山行。
> 情哥躲在梁背后哟，
> 趁着大雾把妹亲，
> 差点撞着人喏——

一阵悠扬的男高音喊山调，把我和良华唱醒来。下楼一看，主家早不在了，只有一只黑狗卧在门口警戒。

晨雾浓得山隐，隔数尺便不能看清对方的嘴脸。茶山早已沸腾，只是人声似在空中缥缈，欢歌宛若仙界清音。现实不知比神话与梦幻纯粹浪漫几许。

> 这山望见那山高哎，
> 山上几树好鲜桃耶，
> 哥哥想吃想疯了，
> 不让尝了上树摇咿哟嗬……

一个男人领唱，成百个男人帮腔。强大的气流竟然把浓雾从阳坡赶向了阴坡。旋即，阴坡冒出了个花腔女高音：

> 这山望见那山小哎，
>
> 一群馋猫想吃桃哟，
>
> 长棍短棍打不着，
>
> 上树小心闪了腰咿哟嗬……

阴坡的帮腔者不知比阳坡要多出几倍，俄顷，走雾就调转航向，浪涛似的翻卷了回去。

良华撞我的膀子说："你也来一段。"我有些怯生。他说："怕啥？这大的雾，谁又看不见谁。"我的喉头还真被此情此景逗痒了，便爬上一个大石包，目中无人地野起嗓子吼了几句：

> 不会开的兰苹花吔，
>
> 开在青山陡石崖哩，
>
> 哥哥有心折几枝哟，
>
> 又怕跌到山脚下呀……

"不错不错。"良华连忙鼓励说，"有点像李双江。"我的自我感觉也不赖，见山上半天没动静，还认为是把人给震了。谁知捅了马蜂窝，不一会儿就招来了铺天盖地的花骂：

哪个奶腔子嫩娃娃吧，

蹶在沟底说胡话，

蛤蟆想吃天鹅肉，

当心石头打掉牙哟……

真是骚情把蛋打了。良华笑得捂着肚子蹲了下去。这时，一面山上"哟嗬嗬嗬……"地长呼，一面山上"哦嗬嗬嗬……"地应对。突然，一个花不棱登的东西趔趄下来，嘭地砸在我肩头，是山上人动武了？良华却喊："锦鸡！"只见他一把抓住鸡尾，那花货振翅一顿拍打，留下一束美丽的雉毛，光着屁股挣飞了。

雾渐散淡，青翠欲滴的满山浓绿，狭窄了两条远从天上来的白练。空气的清纯湿润，使散布在茶林中的男女老少越发显得汁水饱足，眉眼生动。太阳出来了，南梁北坡间拱起一道彩虹。彩虹下，一群苗条茶姑正对着沟底两个东张西望的人笑。

一个小伙走下山来，良华说这是乡长。乡长也背了扁挎箩，箩里盛了嫩毛尖。他说象园山上有雾，地下有泉，汲日月之精华，成天下第一名茶。我说精神在茶之外呢。

乡长问良华："这客说啥哩？"

良华道："醉人醉语。"

小桥流水人家

借乡长的金面，我们一人才掏八十元，就从南方茶叶专家手中批发了十盒一两装的特级毛尖，兴冲冲地背着爬木王山了。

这是一条更加狭窄偏僻的山沟。因为尽头有一万多公顷原始森林，路倒修得平平整整，不时有运木料的大卡车呼啸而过。

一条小河千回百转，人家尽在河水两岸。有无数宽不盈尺、高却数丈的窄桥，画一样悬吊在两岸田园的阡陌之间。大风吹得摇摇摆摆，小风吹得摆摆摇摇，我总怕牵桥的锈铁丝会突然断裂，几番想过不敢过。后见一对父女抬着一头大肥猪过桥赶集，桥只往下吊了几寸又反弹回来，我才战战兢兢地上去走向人家。

人家的房前屋后大多搭着木耳架。将一根竹子劈成两半，一头插在屋后的泉眼里，一头就引水浇灌了木耳棒。一个仅剩一颗门牙的白发老媪，正踩上一条独凳，将一篮子湿木耳，用头顶到猪圈棚子上晾晒。最生动的是一河两岸到处都开辟了火纸坊。修一条堰渠，找一个落差点，借飞流直下的动力，推转一个木轮。木轮又带动两个大木碓，砸碎用石灰水淹渍过的竹麻后，拌浆捞、榨成纸……

在一家油坊里，几条热汗涔涔的赤膊汉子，正举着"千斤榨"打油。油榨的钉头是包了铁的，油槽的梆子也包了铁头，每"咣——"地撞击一下，一条沟都有了回声。打油者是在一个埋进地里的长条石上来回奔跑，麻鞋已将石条磨得光滑如镜。节奏与步伐是用一首山歌来统一的："张相公——呀，李相公——呀，紧开弓——呀，慢开弓——呀，打野鸡——呀，不落空——呀……"蹲在一旁舀热油的老板娘，不时要骂几句："挨刀的骚公鸡！"不骂便罢，一骂汉子们反倒跑得更欢，撞得更猛更重了。

咣！咣！咣！

山越来越大，沟越来越深，林越来越密，人烟越来越稀。这已是海拔一千多米的高寒地带了。万木尚未复苏，大姑娘小媳女仍然紧裹大红袄。报春的，还是野桃花、家桃花，树大枝繁，花密如毡，红粉扑鼻，行者身轻脚软。突然，一声磬响，惊飞花间无数麻雀，引来学童放歌声声。良华说："魔王坪到了！"

千山深处大集镇

魔王坪，其实叫木王坪，"魔王"是明清官府对一个农民起义领袖的诬称。据《镇安文史资料》载：一个叫李奎的土寇，在李自成退兵商洛山整休扩军时，曾率众起义投奔，但只踞寨援应，不入大营，有事征战，无事耕猎。官府深恶痛绝，曾屡派官兵镇压，但屡剿屡败，最后甚至连头领也被农民军擒斩。故明廷官兵称李奎为魔王。清雍正三年，义军被汉镇总兵镇压，英雄死后，葬于木王街头，故有"魔王坪"之称。

其实这是一个木头王国。修筑襄渝铁路时，许多枕木，就是从这片原始森林开采出去的。据说，当第一辆卡车，于二十世纪七十年代初开进来时，山民大惊失色，问司机："这大家伙吃啥呢？"司机说："吃油。"有山民爬上去，让司机开着动一动，司机说："车走饿了。"便有山民拿来猪油、熊油，让司机喂。刁钻的司机是将珍贵的熊油，塞进座下工具箱内，把车开走的。当时引来山民一阵惊叹："好家伙，四个脚趴着都跑得这样快，要是站起来，那还了得！"

所谓坪，其实只是方圆百余里山野中的一个大窝荡，水落石出的地方，便做了寸土值千金的房庄基。机关、学校、人家，拥拥挤挤，一些房子硬是被编排得仄仄斜斜地上了坡。使我感到十分惊讶的是：街上流行红裙子。尽管一些少女的脸面冻得红紫不匀，但胖乎乎的双腿，还是只包了一层肉色健美裤。少男是喜欢着一身白西服、穿一双白皮鞋的，这与我想象中的闭塞、古朴，已相去甚远。我问良华："山旮旯人咋这洋气呢？"良华说："这儿有一条离西安很近的公路，干部职工度假、购物均在省城，追浪逐潮自然不在州、县之后了。"

一家川菜馆门口，摆着一台招揽生意的大彩电，女老板正坐在转椅上遥控调频。几个手握啤酒的后生，竟然嚷着要看香港台。山高有山高的好处，当州、县还看三四个频道时，这儿就有五六个台的选择余地了。火爆的美国黑人摇滚歌星正"闪电行动"呢，一群踏着斜阳暮归的黄牛，却踢踏得石板小街一阵山摇地动……

天黑了，月亮卡在山头的千年树上，小街一片银白。不知是谁家的后生，在给一个笑得地皮子打闪的姑娘教摩托车，"咕嗵"得一街人半夜都不得安宁。

卧在区公所的客房里，我一边用针挑着脚上的水泡，一边想着即将走进的大林莽。我因传说的神秘与珍奇而激动：难道真的有野人？如果有，那么这几家人与野人之间，确算得是近在咫尺，远在天涯了。难道真有描状得"万恶"的"水桶粗"的巨蟒？北方高寒山区，怎会有这等尤物呢？火红的杜鹃花，难道是真的怒放了十里？十里杜鹃，那又该是怎样壮观哪！

我睡不着了。

良华说："快睡吧，不睡好你是走不出大林莽的……"

十里杜鹃花胜火

昔日的校友，今日的区委书记艾相宗，让我换上了他的旅游鞋后，用吉普车把我们送上了海拔近两千米的宽坪梁。我惊呆了，脚下一望无际的杜鹃花，确实灿烂得让人无法找到合适的形容词。说它如油画，油画哪能有了这样丰富的色彩和灵动的质感呢？说它像满天繁星，繁星又哪能有如此大的密度和起伏跌宕的布局呢？我只能想象，这可能是某位天神爷作的风景画，是挂在他的对面——地上的，犹如人间的风景挂在迎面能见的中堂，不然，怎会有如此大气的手笔呢？

我想在这里留张影，风却大得让人扎不住根子。上衣的纽扣被风解开了，米粒似的石子，被旋起三五尺高，竟然抽打得人满面麻木。找块石头坐下来，谁知一屁股竟把脸盆大个石头坐散架了，拿脚一碾，那散架的片块，一下碎为米粒，似雪飘去。这里的石头全部风化了。想看风景，眼睛却不能大睁，戴上墨镜，那花又乌不噜噜，失了火红的光焰。为了避开风头，我们下到沟槽，沿着小溪蜿蜒而下。

从这个角度向上仰观，不仅能看到满坡的火红，也能透视到托举火红的梁柱。资料上说，杜鹃属灌木科。而灌木与乔木的分野，在于有无明显主干和树身的高矮粗细。可这儿的杜鹃，已呈现出某种松木的品格：树干端直粗壮，树冠如伞如盖。当我为了折到最鲜艳的花枝，攀上一两丈高的树杈时，碗口粗的大树竟然不摇不晃，灌木哪有这样的承受力？

那枝，那叶，那花，把个小溪蓬罩得有一处没一处的，我们时而在浅水中踩踏，时而在斜枝上翻跳，一个跟头栽下去，却被坎下的另一架如伞的花网给兜住了。卧在花上，慢慢发现，花是二至六朵为一簇的，并且都呈喇叭状，活像是大小不同的嘴，嗑着多少不等的喇叭，在奏一种人类无法感知的音乐。是这音乐把山吹红了，把水吹红了，把天吹红了，难怪这花也叫"映山红"了。

很小的时候，我在一部电影里见过这种花，那电影叫《闪闪的红星》。冬子妈说："当映山红开的时候，你爸爸就回来了。"

冬子便天天盼着映山红开。终于，映山红开了，当红军的爸爸回来了，冬子泪流满面，我也泪流满面。那是寄托着怎样一种深情的红花呀！没想到我的故乡就有，这还是在我二十八岁时，从陕西和中央电视台的新闻节目里看到的。它的出名太迟了，也不知在这深山野岭，悄悄美丽了几百几千年，怎么就这样耐得住寂寞呢？

颇懂植物学的良华说："杜鹃花主要产于我国长江以南地区，同属种类很多，光咱们国家就有六百多种，野生在山坡上或栽培于庭院内，是世界著名观赏植物。奇怪的是，这儿的杜鹃，只在海拔一千四百米到两千米的高度开放。许多人试图移栽为家中盆景，都失败了。它要么不活，要么只长叶子不开花。"我想，这儿的杜鹃，从科目到性能，是不是会使植物学家也面临着新的研究课题呢？

在蛇一样弯曲的盘山公路上，不时有装木料的卡车和小车驶过，那速度比人行更慢，所有的脑袋都探出来，被花的情绪感染得笑眯眯的。一个满脸络腮胡子的大胖子司机操一口秦腔，把车上一个描了眉画了眼的苗条女子抱下来，轻轻放在花丛中，给她睡着拍一张，站着拍一张，跪着拍了一张后，自己也走进花丛，蒲团般散在花上，睡拍一张，站拍一张，跪拍一张，那花便被踩蹋得只剩下光秆了。

我想，要是这十里杜鹃能长在城里，那该有多好！可又一想，城里人对啥都那么疯狂，见了这样好的东西，还不拧一把，掐一把的，掰断了她的笋指玉腿？我还想，在这十里美艳中，建上成百座别墅，吸引城里人来，春季赏花，夏季避暑，秋季登高，冬季打猎。但又一想，城里人爱猎奇是爱猎奇，在这样偏僻、吊野的地方，与他们的心性又是极不适应的，尽管他们也爱清静，但那种清静，与这山里的清静是两个概念。一旦夜幕降临，山色隐退，狐叫狼嚎起来，他们便会思念起柔和的草坪和温馨的夜总会。胆战心惊一夜，爬起来折几枝花就跑了，遭殃的还是这美丽的杜鹃。

想着，赏着，走着，照着，不知不觉中，六个小时被我们在十里花林中转悠掉了。当告别最后一丛火红时，前边突然传来了似乎是一场激烈的球赛的喧嚷。良华说，林场到了。

林场是在一个山包上坐着，院落不大，但洁净而排列有序。一个篮球凝聚了所有人的精神，只有当赛事的最后一声哨音响过后，他们才感到这个世界闯进了陌生人。

我们在林莽的心脏里休息了片刻，交谈中得知，这里的许多人都具有林学专业的大、中专文凭，但他们的装束、举止、行色，已经与当地山民没有二致。他们在雕塑大山的同时，也被大山所雕塑。我想象不来，这种雕塑过程，是一种怎样的人生大孤独。这又何尝不像十里杜鹃那种耐得岁寒、寂寞的品性和不求浮华的卓然独立之姿呢？

我的西安

西安人说西安，叫额西安，额是我的意思，但意思比我更丰富，似乎有自豪与夸耀的成分。我不是地道的西安人，所以从来不说额西安。我来西安是四十多年前的事。第一次是瞒过家人偷着来的。听说西安好，从西安来的人，穿戴谈吐洋气得很。而身边凡去一趟西安回来的人，也似乎有了"朝过圣"的感觉，看人都是眼皮向下耷拉着。我便也想去朝朝圣。那时朝一次"圣城"可是太艰难了。早上五点多就朝车站赶，下午五六点才能到"圣城"西门外的一个停车场落停。人被摇散架了，可要摸进城中心，去看具有象征意义的钟鼓楼，还需走一个多时辰。难怪说我家乡镇安县的县长，进省城开会，骑一匹瘦马，腰上挎一个防土匪的盒子炮，来回要走半个多月了。

我在自己创作的第一部长篇小说《西京故事》中，有一个情节完全来自真实感受。那就是罗天福送儿子罗家成到西安上大学，当汽车从"仰脸只见一线天"的秦岭深处，一下"跌进"八百里秦川时，罗家成不由自主地张大了嘴巴：世上还有这么宽阔的所在，真正的一马平川、一望无际啊！那正是我第一次从秦岭七十二峪之一的沣峪沟口钻出来，初识西安时的无限惊奇与惶恐。大地宽阔得有些不真实。也许与阳光有关，那天迫近西安时，我甚至有一种凡·高被暴晒后的神经错乱感。印象中，整个关中与西安都是金黄色的，远处还有隐隐约约闪烁着的芒刺。我在向一座金色的城市靠近。而后来，我就成座这座城市的一部分。

西安人说额西安时，眉梢是要上挑一下的，下意识还想捕捉一下你肃然起敬的眼神。比周秦汉唐还早几千年，这块土地上就留下了不少文化层。无论哪个工地说挖出了什么宝贝，也只有文物部门会惊喜一下，对于市民，那就是突然有一天，翻出了他爷、他老爷、他老老爷用过的什么物件，只要肯翻，准有，但也就那么回事了。你说谁家有几块秦砖汉瓦，也不见得你就比别人能特别多少。我书法案几上用了好几年的镇尺，突然有一天一个文物专家来我家无意间翻了翻，说是唐代一个厨子用过的菜刀把。这个厨子肯定是个名厨，上边刻了一段蚊子腿般细密的文字，拿放大镜一看，是给外国使节做过菜的记录。我还说赶紧藏起来呢，却突然不翼而飞。飞也就飞了，过几天，又有人给我拿来一个晚唐的剑柄，烟熏火燎、残缺包浆得有点比晚唐更早一些的感觉，上边镌刻着"杜牧之剑"四个字，不过字迹已斑驳如草蛇灰线。我又找文物专家来看，专家扑哧笑了，说假的，制作时间不超过三个月。

我是因做专业编剧调到西安的。编剧是个好职业，不用坐班，一年四季都由自己安排时间。我从秦岭深山中带来一辆飞鸽自行车，每天除了读书写作外，就骑着车子满城乱飙。那时还真能飙，不像后来人多得没了自行车的路。我尽量想把西安的旮旯拐角都转遍，后来发现不是那么回事，你上个月转过的地方，下个月再来就不见了。要么成了马路，要么就有新的楼盘正拔地而起。我把自行车由新骑到旧，由有闸骑到拿脚尖代闸，由铃声清脆骑到笨如木铎声，终于还是没转完西安。不坐班的好日子很快就结束了，那辆自行车是我认识西安的"宝马""奔驰"。很多年后，我从废弃的自行车棚里把它翻出来，前边的铁丝筐里，还放着磨损折叠成鱼鳞状的西安老地图。

　　我喜欢这座城市的诸多文明地标，更喜欢蓬勃在皱褶里的市井喧哗。去大雁塔、小雁塔、钟鼓楼、古城墙的次数，永远不够去早先的竹笆市、炭市街、德福巷以及现在仍烟火漫卷的回民坊的零头。额西安人，不能提"长安"二字，一提都能给你叨咕一长串有关文明与文化的古今来。我也不例外，叨咕起来不知道人家有多烦。我爱跑步、走路，那就从跑步、走路说起。有一年，几个朋友突发奇想，计划一礼拜走一回全长十八公里多一点的古城墙。上城墙的门票是四十元，为了节省费用，找熟人弄了几张年票，上面还贴了照片盖了戳，一人花一百四十元，三百六十五天任你走。几个人也整好装备，女性朋友还买了遮阳帽，捂得跟放蜂人似的严实，可最终只上去走了一回，直到票废，都再没走起来。由此让我想到长安的几个老"走家"，那可真是说走就走，直走到青丝白发、地老天荒。首先是汉代的张骞，堪称那时的第一"名走"，也被誉为"第一位睁开眼睛看世界的中国人"。司马迁称他出使西域为"凿空"，就是打通的意思。由此让中原与西域的商贾、有司、文人、僧众、情侣、旅游家、探险家纷纷走起来，直走出个平等交易、契约精神、和合大同的丝绸之路来。并且张骞还一走再走，那可是提着脑袋在走，也不一定有合脚的旅游鞋，更没有防晒霜，还屡遭恐吓、囚禁、暴揍，多数时候都把自己走成了"鬼"的模样，但世界终于在他脚下走出了阔大而开放的格局，还有现代文明的万千气象。

再一个"走家"是玄奘。我觉得他就是鲁迅说的那个去"舍身求法的人"。一走十七年，可能比《西游记》里的九九八十一难还要难些。看《西游记》时，连我们这些俗人也是想去走一回的。你挑着担，他牵着马，包袱都由众徒儿挎着，自己的座驾还是白龙神马，骑着也不一定太过不好受。路上遇见的苦难也多是些由孙悟空挥挥金箍棒、跑跑腿、磨磨嘴皮批评一番"诸神"，就能解决的问题。再就是要留下他当金龟婿、驸马爷的那些桥段，对方也都长得很负责任的"貌美如花"，细想一下也都不是太坏的事情，小说家的隐喻象征，以及"恩仇快意"，其实远不及实际生活来得椎心泣血。好小说家不是卖惨的，而是在造像铸魂，以此牵连出人间哲思与精神共情。吴承恩当属这类小说大家。而玄奘之走，在《大唐西域记》里，都有详实记载。

他用脚丈量了两百多个国家，被誉为"佛门千里驹"。这是真实存在，也是事后轻快的人格礼赞。但一个生命在当时境况下的无穷挫折、心绪浩茫、精神孤独以及沙漠深处的现实绝望同肉身撕裂搏斗的修行拷问、吊打，都是常人难以想象与企及的。最终所冶炼出的那个东西叫信念、学习、借鉴、融合、开创、度人度己。玄奘在盛唐的这一走，一直都是西安人一说起来就要去大雁塔走一圈的高古情牵。

　　我还要说一个"走家"司马迁。那也是真走。从青年时期他就到处游历，能在外面一走三年不着家，养成了洞穿历史与现实的深远目光，许多传说与古战场，他都要亲历目见，去重新阐释新的精神内涵。我们今人日用不觉的许多特质，其实都与司马迁有关。比如对普通人的价值认定，对失败者的同情宽容，对没混出名堂者的优秀一面的阐释"点赞"，都具有对中国人哲学思辨能力与精神世界的丰沛塑造力。他的"走动"，尤其吸纳了民间社会的丰富滋养，除帝王将相的正史外，大量书写了"不入流"者的开阔"生死场"，这是人民性的真正体现。包括他对商人与市场的论述评价体系，在今天看来，也不能不说具有穿越数千年时光隧道的胆识与眼光。创造财富的商人，于世界社会历史的叙述中，都是不受待见的人，但无论任何社会组织与个人都无一不爱钱。司马迁在《货殖列传》中深刻指出，货值"上则富国，下则富家"，"人各任其能，竭其力，以得所欲"。他反对从唯道德视角去看待商人，讲到了一个巨大的现代人格观念，何况为我们创造财富的商人。张骞、玄奘、司马迁这三位历史上的伟大"暴走"者，要么向外求，要么向内求，都在广宇与内心的苦苦求索中，开创出了深邃的文明与文化刻度。因为他们都在长安工作过多年，因此，额西安人不说他们就不认为自己是个懂得西安的人。

人是环境的产物。那么多人在长安把路都走成了，我们就不能不学着走。长安人历史意识与模仿前贤意识很强，随处可见奔跑与暴走者。有些人每天能绕着老城墙根打一个来回。但还有一些人却走得很远，几乎在世界的每个角落都有长安的奔跑者与行走者。不过多数终归还是要在原地打转、原地行走的。他们也走得很坚实。比如一个叫朱东生的行者，我在长篇小说《装台》里就写过他，那里面叫刁顺子。小说与电视剧出来后，朱东生找过我，说谢谢我写了他，我在谢谢他的同时，也告诉他，那是西安千千万万个顺子的缩影。比如小说里顺子的女儿很不孝，我对朱东生说："你的女儿多孝顺啊！人家顺子快娶第四个老婆了，你娶过吗？"他笑了。但顺子身上的许多优秀品质，朱东生身上都是有的。我从认识他那天起，就多次见他穿行在西安的大街小巷。一辆三轮车上，到处都包着防护布和塑料薄膜，可能是用来保护那些要拉的货物与家具。有一次我见他插了满满一车玻璃，不是骑，而是弓着身子拼命朝前推。那玻璃是随时都会倒向一侧的，而他就在那一侧用脑袋和肩膀防固着。六十好几的人了，见天还在装台、拉货、行走。有一次，我见他在文艺路等活儿，身子是仰躺在三轮车里晒着暖暖（太阳）的，我说："还拉，啥年纪了？"他一笑说："不动弹，就早早死劈（西安方言）了！"

五年前，我离开了西安，每每回到长安上空时，看着舷窗下的大地，总感觉很多古人仍在场，张骞还在西行的路上跋涉，路途似乎还很遥远；而玄奘已驮着经书回到了长安。那纵横交错的西安街区，比汉长安城、唐长安城不知大了多少倍，生命烟火与夜长安的浩大金色轮廓，升腾起万丈光芒来。想朱东生们的三轮车，也正在如织的人流旋涡中蛇形避让、钻穿、推进，那铃声虽然单薄，却依然阵阵入耳。

南街·北街

上篇

一泓激流，从连绵不断的山峦深处，曲里拐弯地钻了出来。一座脱离了群体的孤山，虎踞龙盘在河道中央，蛮不讲理地阻拦住了河水去路。愤怒的河水，不得不一次又一次与其拼命，结果留下的永远是一幕又一幕的悲壮。当那千万粒粉碎的白沫又重新构合成一个墨绿色整体时，便不得不绕道而行了。就在河水绕过的地方，淤积着一块宁静的沙滩，也就在这块沙滩上，谜一样构建着一条画一样的小街。

它叫穆家坪，也叫穆家街。说是叫穆家街，却没有一户姓穆的，只有一个老掉牙的传说，证明这儿曾是一个穆姓人开垦的处女地。话说在很久以前，有一个从湖南逃难上来的穆姓人，突然在路上捡了个媳妇，从此便结束了盲流生涯，在这片没有人间烟火的沙滩上生儿育女了。托送子娘娘的福，才五年工夫就生得七个伢崽，到了男大当婚的年月，没用二老操心，一阵仙

297

风就刮来七个仙姑，自此穆家的子子孙孙便没有穷尽了。那么穆姓人又是如何从这条小街上绝迹的呢？这便又引出了传说的续篇：言说穆姓人后来一代更比一代懒，仅为争夺先祖的一点遗业，就整日钩心斗角，打捶闹仗，相互残害，终于惹怒了天庭，玉帝命龙王爷在更深夜静时将其一轿子抬了。这个续篇虽然离奇，但也不能完全否认它不是某一次真正暴发了毁灭性洪灾的演义。

谁也说不清真正的穆家街是个什么样儿，反正后来不是穆家人在此建起的穆家街，一直保留到几年前才分两次彻底毁灭。这条不是穆家人创建的穆家街，也不知起始于何年何月，反正现在活着的人，都说他们一生下来见这条街就是这么个样儿。

小街其实是极不对称的两个合面，北半边坐坡朝河，地势整整高出南边的一倍。北街人平踢出去一个石子，南街人就听到叮当瓦响。而南街却与河床平行，要不是一道古老的堤坝挡着，一打开后门河水就能打湿脚。从建筑气魄看，北街也明显比南街财大气粗，雕梁画栋，四壁绘彩的，宅内曲径通幽，户外石狮守门，街沿坎高得南街人硬是要仰起头来才能看见他们的脚。也难怪这等威风，这里昔日曾是一家大地主的宅院嘛。而南街大多是单门独窗，椽檐低矮的小房，瘦精得很是谦恭，活像匍匐在北街人脚下的奴隶。不过新中国成立后地主的宅院被二十多户贫雇农化整为零了，因而很难说清现在的南北街到底谁穷谁富谁贵谁贱。

反正一街两岸的男女，好像都念地气之饱足，感日月之关照，几十年如一日没饿过肚子露过腚；子孙又能层出不穷地承上启下，香火袅袅；几乎满足得除了感到活不够外，再没有了其他奢望。一年四季都见家家半开半掩着柴门，男人们四脚朝天躺在炕上打鼾；女人们三人一撮五人一伙地嚼舌；老汉老婆们蜷缩在太阳地里晒暖暖；一群又一群传宗接代的新生力量，在演出着永远都演不腻的做饭、缝衣、推石磨和结婚、抱娃、过大寿的生活小品。南来北往者，无不惊叹小街人神仙般的快活。

　　查考祖籍，小街人虽然大多是湖广一带的自然移民，却好像都不会了经商。北街有一六十高寿的老爹，墙上挂有六十个猪脑壳，虽然床上只有一床垫半边盖半边的油花被子，却永没舍得拿猪脑壳换钱，终日只打坐在"天地君亲师位"前，美滋滋地瞅着猪脑壳哼小曲，直到仙逝之日，猪脑壳总数未减，在小街传为"老爹守业"的美谈。

　　有关部门曾多次在小街搞物资交流大会，想刺激一下小街人的商品观念，结果是张飞打脸（化妆）——茄子色不变。每当交流会开始，小街人便赶紧挂了大门的锁，上了二门的闩，生怕"娄阿鼠"的哥们儿趁机浑水摸鱼。开几天会，唱几天戏，小街人就能在台口拥挤几天，看小丑耍怪，瞅小旦闪腰，受活得一天只啃一个生红苕不晓得饿。交流会结束了，小街人也要产生一种怅然若失感，不过那是在怀恋"好玩得要命"的小丑小

299

旦，至于吆五喝六的小商小贩，从来就没有值得他们正经瞅过一眼。

有一次交流会，也曾把南街的一个后生勾引得怦然心动过，竟然将老老爷手上传下来的尿罐子偷卖给了古董商，事情被老爷发现后，硬是逼着后生的爹和爷把他按在大街上捶了个半死。那后生不得不撵到几十里路外，给古董商下跪磕头才赎回了尿罐儿，继续着每天早晚给老爷提出端进地孝顺。

小街人就是这样几乎完全麻木了地享受着一个又一个自给自足的春秋，从来不想知道除了小街以外的一切；也不爱外面人来小街转悠；更懒得步行到几公里外的过路车站上搭车出山；只喜欢整日拜倒在泥捏的老爷像下磕头烧香，祈求神仙保佑岁岁平安。

可泥捏的老爷虽然吃去了小街人的许多俸禄，仍没能完成"保佑小街人岁岁平安"的崇高使命。就在公元一千九百八十年后的一个秋夜，不知因何发怒的龙王爷突然一声虎吼就抬去了小街的半边。当天亮水退时，低矮的南街硬是清洗得找不见了张三李四王麻子的地界。"泥爷们"更是被老龙王咀嚼得没剩下一星半点骨肉。一个又一个做梦都在高枕无忧的南街人，突然感到了灭顶般的绝望。

下篇

　　地势高出南街一倍的北街，龙王爷几乎连人家的脚都没够着，洪水吞没南街人房顶时，北街人站在大门口还穿着干布鞋。

　　虽然他们与南街人不怎么对铆，往往为小孩儿站在高坎上对着南街人比谁尿得高之类的琐事，争吵得脸红脖子粗，可当南街人一朝落难时，他们也还能不计前嫌，表现出一种雍容大度的宽广胸怀。昔日曾怀疑母鸡把蛋生在了南街人鸡窝里的麻婶，几乎与怀疑对象明枪暗箭地战斗了十八个春夏秋冬，可当对方一跟头栽进穷坑时，她又一把鼻涕一把泪地把人家接到了家中，并且还颤抖双手，宰杀了一只正生蛋的老母鸡为其压惊。

　　落难的南街人，确实在北街人的怀抱里感到了温暖，然而这种温暖没有持续多久，便随着人们对于初落难时那种极度可怜劲儿的淡忘而慢慢消失了。仍是那个麻婶，又率先将仇人赶门在外，并且还骂骂咧咧地要人家把吃了的东西吐出来。

　　一些活得硬气的，不等人赶，便纷纷用救济款在一片乱石滩上搭起了属于自己的窝。一家几口挤在这样四面招风的破窝里，自然就再也做不出安宁的美梦了。父辈们昔日的威严，也随着填不满了晚辈的肚子而丧失殆尽。一群又一群突然变得"不孝顺"了的子孙，吵吵闹闹踏上了通向山外的路。一个又一个浑然不可分割的家庭，慢慢支离破碎得收不拢了窠。

这一切都看在北街人眼里，叹在了他们的心上，他们几乎逢人便要讲：南街人真是太不幸了，老天爷抬了人家的窝不说，还要把人家好不容易捆在一起的几代儿孙也拆得七零八落地散，真格是要把人家朝死路上逼呀！

谁知时隔不久，那些出山去的后生，又喊喊叫叫地回来了，并且还都谝嘴说自己找到了活路。只见他们四处张罗着搜集了一些在小街人眼里一钱不值的土玩意儿后，发了神经病似的撅起屁股背向了几里路外的车站。小街人有些耐不住性子地等待着他们的归来，因为他们说他们是去发财的，鬼才相信就凭着那么些土玩意儿还能发了洋财？谁知没过几天，还真有人给腰上别了几个子儿，从山外兴冲冲地回来了。小街一下子变得热闹起来。

在这儿两升苞谷就能换一头的猪娃子，在外面还真是五块多钱一斤呢。"麻狗子"硬是看见人家城里人就那么把毛一烫掉，浑着烤熟吃了。就连一条腿不怎么好使唤的"根深儿"，也靠几麻袋"木牛儿"赚了大钱。他说这玩意儿在城里俏货得很，只要背到学校门口一放，看见学生下课就用鞭子抽着转，五毛钱一个，保准票子直往口袋蹦。一帮一帮吹得唾沫星子直溅的成功者，把一个又一个手头紧巴得快要吃不起盐的南街人，说得心里像击鼓一样咚咚直响。很快，便有更多的南街人肩扛背驮着土特产向山外扑了去。回来时手里还真有了票子。

而这一切在北街人眼里简直是不屑一顾的。他们全是一夜间突然从上无片瓦、下无插针之地的赤贫变为有产者的。当他们从猪圈牛栏中一个跟头翻进地主的大宅院时，那种超越了人生欲望的满足感，便死死纠缠着他们快活了一万多个日出日落。就在这一万多个日头里，他们几乎很少添置一张桌椅、一双筷子和半边碗碟。二十几户人家，竟然不见一户在外面盖新房的，家家都是几代同堂，房连着房、炕挨着炕的紧巴。每日都见家家户户的主人，舒展地躺在只剩下三条腿管事的太师椅上，眯起眼睛细品着已喝了好几天的淡茶。

特别是南街被龙王一口吞了时，他们更是感到了命运对他们的特别关照。而当南街人开始奋发自强时，他们每天都要把太师椅搬到街沿坎边，仰在上面，像看小丑表演一样地观看南街人蚂蚁搬家般的可笑劳碌。尽管有时看见南街人点票子，他们心里也不怎么畅快，可当有人从山外回来连裤衩都险些叫人骗着剥了去时，他们也便更加坚定了"任凭风浪起，稳坐钓鱼台"的信念。一家又一家的婆娘，一早比一早起得更迟，懒洋洋地开开门，磨磨蹭蹭地将一罐罐热气腾腾的尿端到了屋背后。

终于，南街有人盖新房了。先是见人家砌了屋根基；过一阵儿又见人家买回了钢筋水泥；又过一阵儿，便有人贴了恭贺新禧的对联，一阵噼里啪啦的鞭炮声后，就见人家在堂屋喊开了"八加一"。这些新居清一色地不用了土，一砖到顶地硬朗，四周还镶嵌着五颜六色的瓷花，鳞次栉比地组合成了半边只有电影里才有的洋街。

北街有人眼气得搓开了手，可更多的人仍然认为南街人是在"鸡扒命"。命上只造就了那么点儿，再扒也是给龙王爷的女儿准备嫁妆。尽管政府已在小街外面修筑了两道坚固的堤坝，但他们仍不相信南街人命上有享受这溜洋房的福分。

在南街人成功的背后，他们看到的永远是南街人丢丑的一面：昔日那个曾经偷卖老爷尿罐子的混账又因贩"老票子"坐了监；二狗蛋去自然保护区捉鳖罚了款；朱木匠的女人出山卖樱桃，叫关中人贩子拐卖到了河南……反正他们越来越感兴趣地搜集整理着南街人的丑闻，编成一溜一串的不乏浪漫主义色彩的故事，刻薄地训诫着瞎子见钱眼睁开的儿孙。

然而，无论他们如何训诫，如何采取稳定局势的措施，大院子还是变得一天不如一天安宁了。昔日逢年过节时，"磨盘会"总见一推半月不散，东家吃了西家喝，见天都有从高坎上滚到北街人檐下还在喊"我喝得高兴"的醉鬼。现在突然不见了，见天却又有了赵家吵、钱家闹、孙家李家从中搅的怪事，不是为一颗鸡蛋就是为半截砖的所有权，搞不好就见开了打，扭搓成一捆捆的肉绳，从院里翻滚到院外，又从院外翻滚到街心，直撕抓到有一方喊"爷"饶命了才算告一段落。儿女们也越发的不成器了，有的竟然以能与南街那帮浑蛋交友为荣；连一些女娃子也竟敢不遵从了父母之命，偷偷撇下自己指腹为婚的男人，与南街小子躲在苞谷地里"啃包谷棒子"。

这些不祥之兆，终于使整日躺在太师椅上闭目养神的北街

"人精"们，渐渐丧失了那种无忧无虑感，他们甚至在构思着一个伟大的防范计划，准备将开在正街的大门统统封掉，改从后山进出。然而，还没能等这个计划付诸实施，一把大火就把半边街烧了个干干净净。

这也许是一种巧合，也许是命运对他们的特别关照，也许是上帝对一块僵死了的土地的故意破坏，反正当火熄灭时，北街人全都只剩下了干干净净没有身外之物的一堆骨肉。

好斗的鸡们，烧焦在了昔日为爱情千口一粒米战斗得头破血流的地方；几只不会捕鼠的老猫，也永远火葬在了主人的土炕上……人们全都矗立在这片灰烬面前，良久地沉默着，那是在凭吊，更是在思考这块土地上所发生的一切……

五年后，当刑满释放的故意纵火犯麻婶，战战兢兢回到小街时，几乎以为自己是误入了"桃花源"。她连做梦也不曾梦到小街会变成这个样子，恍若有隔世之感。当她步履蹒跚地登上高坎，寻找她那一块烧焦的领土时，发现四周的高楼已将其彻底遮掩在了阴暗角落。她哭了，她感到小街把她彻底遗弃了，而这才仅仅是五年的工夫呀！

五年前，仅为一颗鸡蛋的主权问题，气得她偷偷给邻居鸡笼点了一把火，本想只烧死几只鸡解恨，结果却酿成了一场毁灭性的灾难。一想起逮捕她那天北街人喷向她脸上的唾沫和掷向她身上的石块儿时，她就浑身直打哆嗦，释放后迟迟不敢回小街，生怕小街人余怒未消，把她砸成了肉饼。然而当她心惊胆战地回来时，慢慢就感到了那种担心的多余。一群又一群拥向她身边的男女，对她表示了关怀的亲热。她受到了北街人盛情的款待，当一盅又一盅拐枣酒下肚时，她哭了，哭得很伤心……

致青春万岁的王蒙先生

——王蒙先生九十华诞致辞

　　非常高兴被邀请来参加王蒙先生九十华诞盛典，还安排我致辞，更是荣幸之至了。这是一个十分美好而吉祥的日子，我想每位来宾都跟我一样的兴奋激动，因为我们是在跟一位阳光灿烂的老人一起共度这个美好的良宵。

　　我跟王蒙先生认识很多年了，属忘年交。先生给我最深刻的印象就是始终精神饱满、生命激扬、风趣幽默、通透豁亮。这些生命精神给我们一种鼓舞，让我们懂得了更多更丰富的生命意义。在几十年的交往中，先生给了我很多重要助推与营养，让我特别受用、特别感怀，也特别感恩。

　　记得我长篇小说《装台》获得"中国好书"时，先生就受央视之邀，到现场朗读了其中的片段，并给予重要解读鼓励。后来在创作《主角》时，先生一直让我"抡圆了写"，就是放开写的意思，这其实是一种十分重要的长篇创作经验。小说完成后，他又拨冗阅读，不仅几次用电话与微信方式圈点一些他认为写得精彩的段落语句，而且还亲自出席座谈会，并写文章对《主角》寄予极大肯定，充满了一位老作家对后学的呵护与抬爱。今年出版长篇小说《星空与半棵树》后，先生又在北戴河疗养期间，仔细阅读全文，多次询问其中诸多人物细节以及猫头鹰的特性，最后写出了六千字的弘文，对拙作进行全面阐释评价，那种不吝赞赏鼓励的词句，令我十分感动、感慨、感奋。

先生每每见到我，第一句话总是在问最近在写什么。另一句话是："再忙也不能忘了创作。"还有一句忠告："作家除了拿作品说话，其余什么也不是。"这些充满了创作生命经验与智慧的话语，让我始终紧紧握着手中的笔。

先生给我人生最深刻的印象在三个方面：

一是着力提携后生，诲人不倦。这方面很多年轻作家都有深切感受。他对后学的认知、提点、鼓励从来都是包容、赞誉、泽被有加的。这种厚德精神，让更多人建立起了创作探索的信心，从而有了更多更大的收获。

二是生命乐观向上，达观自在。这是一种生活态度，也是一种生命精神。无论何时何地，先生给我们传递的都是一种积极向上、思辨通透的生命哲学。他的诙谐幽默，充满了自身与他者的和解精神。

三是创造活力充沛，生命日新。我们从先生这里永远看不到老人心态，听不到任何放弃与怠惰的声音。无论生活还是创作，都在巨大的井喷中，呈现出一种生命河流的浩荡之气、奔腾之姿，先生正是在这个哲学与生活逻辑的层面上，实现着他的生命的"苟日新，又日新，日日新"。

　　让我们举起杯，敬祝王蒙先生这片独特的生命风景，青春万岁，永远扬帆远航！

贺贾平凹六十华诞

今天是先生虚六十岁生日，念出这个数字先把人吓一跳，在我印象中，先生始终是四十几岁的样子，内心很年轻，有时甚至还有些年轻人的顽皮劲儿。但掐指头一算，真的是这个年龄了。昨天先生给我打了个电话，问我今天有事没有，我问有啥事，他不好意思地糊弄了半天，才说："明天过生日，一帮朋友硬说是'大关节'，要热闹一下，准备把咱那些'鬼（朋友）'都叫一下，就吃个饭，开始总得说几句，让你说呢，你看咋样？"我的第一感觉就是四个字：责任重大。先生的那些"鬼"，都不是一般的"鬼"，个个能说会道，想在他们面前说几句话，不大容易被认为是得体的。再有，今天下午我也确实有事，但想想，在西京城，今天还有比先生过六十大寿更重要的事吗？

今天下午三点以前，我还是准备即兴说几句的，可看着看着时间要到了，就有些慌神，怕现场说不好，想了几句歌颂先生的词，朝这儿一站，全忘了，咋办？想来想去，还是弄个稿子的好。

我想说三个意思。

一是先生的勤奋，是"鬼"们永远学习的榜样。远处人可能更多看到的是先生文学成就的高度、广度和深度，而我们，具体看到的就是一个人的劳作强度。我常说，先生所写的这上千万字，让人抄一遍，也是要望而却步的，可先生一年一年，就是这样写过来了。他常让人想起那些最勤劳的农夫，无论天晴下雨，行风走暴，都始终塌下身子在躬耕着。他很少宣言、咋呼，一直就是用作品在说着话。我们形容作家，常用"著作等身"这个词，在他这里，已经不管用了。当然，首先是他个子确实小，容易等身，可他即使是一米八几的身高，这个词似乎也已全然失效了。面对这样的高度，"鬼"们无论比你身子高过几许，其内心都是在真切仰望你着的。

二是先生的勤俭，更是值得"鬼"们省察的生活样态。都说先生啬得很，把钱袋子捂得很紧，我老想，如果先生迟早扎个有钱的势，脸上写满了挖了金子、挖了煤的得意，吃完饭，把钱掏出来板得嘭嘭响，出门开个路虎、霸道，"日"的一声逼到你脚下，把你吓一跳，那还是先生吗？你还爱这个人吗？先生经常爱说的一句话是："要过日子哩。"听起来好像是笑话，但这里面分明有一种道。这个道始终制约着他的膨胀，让人感到他永远活得很常态，很接地气。这是非常了不起的，是智慧，也是一种顾忌着别人感受的收敛相。所谓富贵之气象，更贵在富而不骄，富而不奢，与其让先生出手阔绰，铜臭弥漫，倒不如让先生抠抠搜搜，将啬进行到底。

三是先生的低调，应成为"鬼"们人生进步的基调。先生把人活得这么大，成就弄得这么高，但始终处事为人低调，这是需要很强的抑制力和定力的。社会上成功人士很多，许多人常常让人感到一种压迫感和局促感，有时见人家远远走过来，那势，让人不由自主地想回避。可先生没有，我十五岁教他打牌，他就是这种憨相，直到现在也没过分灵醒起来。你始终感到他很亲切，能忘我，各种调侃都能接纳，有时生气了，也会骂几句狠话，那种拙态，更像寻常人家那样普通，他对道家思想无疑是践行最深刻的人。他能不声不响地攀上高处，就在于他坚实地坐在谷底的岩石上。当你发现他成功时，他已比你还低矮地打坐在你身旁，是一副很平常的样子，你能去嫉妒一个比你还矮小的人吗？

言归正传，现在开始祝寿，先祝先生活个九十岁。三十年后，先生如果对现实生命还兴趣盎然，只要你舍得再摆这么几桌酒席，这些"鬼"还会来赴宴，大家会通过民主协商的办法，把你的寿数延续到一百二十岁。不过你得好好待承这些"鬼"，这些"鬼"才是你活着的最大乐趣和念想。

酒鬼与艺术

　　酒鬼，是我们对嗜酒如命者的一种背地称呼。我不善饮，但从不反对别人饮，对喝醉者，也不至于见了就鄙视或恨将起来。小时候我的确害怕这样的人，眼看着他就靠到你身上，倒也没有侵犯的意思，却吓得你会破几个胆，放箭似的跑一阵，回头看，他已然倒在路边睡着了。更有甚者，会像插秧一样斜插在麦田或粪坑旁，呼哧作鼾，虽畅美，那睡姿终是不雅且凶险的。这就是醉鬼，其实不大有危害性。倒是乡村里的大姑娘小媳妇比孩子们更怕醉鬼，骂得也颇解气，多是怎么不喝死灌死噎死之类的凶话，大概与醉鬼的某些失控失范行为有关。

　　我是有几个酒鬼朋友的，他们只招老婆怨恨，其余大姑娘小媳妇还都帮他们说话：喝了总比赌了嫖了强！这几个朋友还真没那些毛病，就是见酒便没命了。其中一个外号"闻酒起舞"者，最是活得"悲欣交集"。"闻酒起舞"是"闻鸡起舞"的反讽。人家听到半夜鸡叫就起来舞剑，是积极向上的意思。我这位"闻酒起舞"的哥们倒不舞剑，只要一听到谁家划拳猜宝，甚至飘出酒香，就坐立不安地要寻根溯源，引颈奔赴。为了行文简便，我暂且简称这位"闻酒起舞"的老兄为W君。

二十世纪八十年代，大都住在大杂院里，日子差距不大，酒也都兴在家里喝，谁要是能在家里时常摆开酒场，喝得四邻不安，一般都是能干人，有两下子。一些好喝几口，手头又富裕者，都是斜倚在街道的一个铺面上，孔乙己似的，或交几文，或欠上账，有的是连茴香豆都没的嚼，就干抿二两，抹嘴而去。普通人即使在家里喝，也不大张旗鼓，一来酒不宽余，二来叫谁不叫谁，是会得罪人的。真要大声喊叫着喝的，一般是过事请客，有昭告天下的意思，你不随礼，也没脸朝上凑。在寻常日子里还能品几盅者，一般是要藏着掖着的。对饮或群饮，也需轮流坐庄，只喝人家的，自己永远两个膀子抬张嘴，喝着喝着就被踢出局了。除非你有权。我这位老兄，就是因为惧内，屡屡答应请大家喝，终是没有结果，才喝成了"局外人"。酒这玩意儿，对于好饮者，似乎真的与性命攸关，有时几乎是哪一场不喝都过不去的。W兄身在"酒界"，苦不堪言者有四：首先是没权；其次是"河东狮吼"，悍妇不可能成全他"一定请大家到家里喝一场"的白日梦；再是身无分文，工资、补助老婆"天下黄河一壶收"，单位附近酒馆、商铺，都有他的欠账单；最后才是最要命的，他对酒特别敏感，一个偌大的院子，无论哪个拐角飘出酒气，他立即就会一个喷嚏循香而去，误差一般不会超过两三米。大家早就防范着他一手，会突然熄灯，或敛声闭气，噤若寒蝉。但他用鼻子一嗅，就能坚定地判断此处有鬼！灵蛇总会出洞，猴子总要下山，虽能逮个正着，蹭个一杯半盏，却也看尽脸色，听尽恶言，受尽作难。

我忘了介绍W兄的职业，他是艺术家。更细致些说，是舞台表演艺术家。其实表演又不大行，就是跟头翻得好，小翻能连续翻三十到四十个，这要根据舞台大小和他当天的体力、情绪而定。我不得不对"小翻"这个专业名词有所解释：小翻是一种向后倒翻的艺术，开始还能看见一个人"倒转乾坤"的弧形身影，当速度越来越快时，就成了一个倒转的滚筒，但速度再快的滚筒也不会有人体反卷时的生命活力。起始还能看清双手与双脚十分繁复的着地点，后来就只能看到躯体的弹性、韧性与惯性了。那种训练出来的车轮式倒转，每每博得满堂彩。大家为演员叫好，大概也是在为自己喝彩，原来我们生命还能挑战这样的反转极限。因此，当W兄把小翻翻到四十个时，领导就当众宣布：这样的人单位应该养活一辈子，四十个小翻，就是他安身立命之本。什么是尖子？什么是人才？这就是尖子！这就是人才！W兄从此就吃起了"尖子人才"的饭。这饭还真不好吃。领导之所以说要养活他一辈子，就是因为唱武行，过了三十一二岁，便每况愈下，饭碗一天比一天难端。一日练一日功，一日不练十日空。你天天经营着都还有点伺候不住，一不伺候，功夫便耍脾性，自是练得遍体鳞伤。好喝两口，也就成了一种习性。

可W兄这酒喝得委实有点难。先前是缺钱，老婆"家法"又

315

严，不管也不行，就那点工资，都让你喝酒了，还购米面油不？还穿不穿的确良，买不买运动服、回力鞋？W兄是爱穿白色运动服和回力鞋的。老婆倒是给他维护着这点爱好，并且总是洗得雪白，让他穿着体面，他毕竟是要在人前显示"尖子人才"的人。顾了这头就顾不了那头，再想抿几口，就没门了。可W兄是不让抿毋宁死的主，家里没的喝了，自然就要在外面打主意。老婆也没法，只能"哪一天就要喝死"的乱骂着。可不管如何骂，W兄仍在外边胡蹭酒。一院子人，为治他这毛病，也确实出尽了奇招。有时故意门窗大开，大打"老虎""杠子"的吸引他来，结果杯里盛的是开水或白醋精，这种羞辱，他是痛彻心扉地体味过无数次了，但却管不住这张嘴，仍要不"舞"不由人地"闻酒起舞"去。

后来大家日子渐渐好些，W兄也能在外面"文化搭台、经济唱戏"的各类演出中，翻一串小翻挣点小钱，给老婆交一些，再给鞋底、裤头里夹两张，当然，与经济命脉打交道，也不免险象环生。有一次突遭老婆检查，他竟然提前眼皮跳得紧，有点预感，就早早把两张钱用唾沫贴在脚板底，脱了鞋袜，仍得以蒙混过关。有时老婆的"反贪"力度很大，半夜睡着后，裤头里的钱竟然被悉数查没，他也只好哑巴吃黄连。好在酒倒是慢慢喝得起了，他的标准也不高，始终都在一瓶二三十元左右，没人叫了自己喝也不是啥难事。可喝着喝着，年龄给喝大了，小翻也翻不动了，关键是领导也换人了。真是换人如换刀啊！他的

"尖子人才"说，立马便没人认了。加上自己也不争气，翻不了小翻，连龙套也跑不顺遂，让新任领导不仅感觉他像废物，而且觉得他有工作态度与职业道德问题。你年龄过了四十，翻不动小翻，挂根衙棍、背个鬼头刀出去晃悠一圈总是可以吧，他偏把自己晃倒在舞台上了。《窦娥冤》里的窦娥未斩，他先醉倒在窦娥该死的地方，这可是重大演出事故啊！平常演个土匪甲乙丙丁或老弱病残若干人过场，喝了酒，晃晃悠悠都能挺过去，观众也不大能看出来，可这斩窦娥谁不知晓，你个刽子手先倒地了，算咋回事？有观众把臭鞋扔上了台，他的演员生涯也就此终结。

那阵已开始讲绩效工资，几乎百分之七十都成了绩效部分，他也就越活越贱，越混越不成体统。老婆问他是要喝酒还是要家，他默不作声地选择了酒，老婆也就领孩子回娘家，帮着开饭馆端盘子去了。他的那点微薄薪水，自是做了孩子的生活费。大家也都不知他是怎么过活的，反正身上再没穿过一星半点的白色，一年四季除了夏天，似乎全裹着一件黄军大衣，边边角角都包了浆。脚上倒是蹬着一双皮鞋，却后跟歪斜，前边咧嘴。头发长到披肩，有时还见后边用皮筋扎个鬏。更多的时候，是戴着一顶一把抓的帽子，帽檐常常遮到眉眼。真是有点"破帽遮颜过闹市"的意思。可突然有一天，W君被邀请到省城开会，还是民歌与地方戏曲音乐研讨会，所有人都傻眼了。然后大家开始复盘，W君是什么时候走上民歌与地方戏曲研究创作道路的。想来想去，发现就是生活被推到绝境以后的事。那阵他常常出

317

现在各种白事现场，地方死了人，一般会有三日、五日，甚或七日、九日的"做事"过程。每晚灵堂守夜，必有各路民间班社唱歌唱戏，主人管吃管住，还会给点辛苦费。W君几乎是场场必到，大家觉得那就是混吃混喝去了，甚至有点丢单位的脸面。可人既然已活成那样，能奈他何？时间一长，W君也便不再成为大家的话题。

一个"混混"，突然以音乐家身份横空出世，着实让一院子人目瞪口呆了。然后，W君就又喜欢上白色了。不过不再是一身运动服，而是一身白西服，包括白领带、白皮鞋，在他上省电视台当民歌大赛评委以后，这身白衣服便成了他的标配。脱下西服，裤子还是用棕色背带交叉挂在肩上的。头发也烫得小泽征尔一样的蓬乱，很是有些大音乐家的风度。经常有人高接远送，到外面剧团去给人家作曲，也有歌手来请他写民歌要上各类晚会的。甚至有很漂亮的女歌手，还把他的手紧紧挽着，生怕挎他不住。总之，W君是阔起来了。大家再复盘，都回忆起W君那时没嗓子，为练出最精彩的小翻，真是三更灯火五更鸡，比别人付出过几十倍的努力，才整了个"尖子人才值得养活一辈子"的名分。后来小翻与人才不灵了，他又改弦易辙，收集整理起民歌来。直到爆得大名，大家才在他房里发现了一摞摞码向天花板的手写曲谱，还有近千盒民歌民乐录音带，人进去是需要侧身收腹才能从音乐世界通过的。桌上有各种酒瓶子，也有满桌的"豆芽菜"——业内把五线谱音符戏称"豆芽菜"。这说明他不仅作曲，还学会了配器。这时大家才觉得W君是个真正的狠角色，与他嗜酒一样，是任何力量都阻挡不住的。W君也曾尝试过戒酒，甚至用胶布贴过上下嘴唇，但没粘住一天，仍撕下来喝。而他两次事业发迹，都因他嗜酒般的坚毅秉性。

可惜的是，W君五十岁就不在了，算是英年早逝的音乐家，也是表演艺术家。虽然他翻跟头从来不带表演，翻完挣得一脸胀肿，亮相极其不雅，且也立脚不稳，但他死后，还是给了他音乐、表演双艺术家的头衔。因为他的小翻也是远近闻名的绝活儿。在他生命的最后几年，留下的佳话尤其多。核心仍然是喝酒。都说W君曲做得没的说，就是酒喝得让人受不了，陪的人都喝出胃穿孔了。好在他对酒的档次一直要求不高，好伺候。有些地方干脆买几箱放在他房里，再弄些花生米、鸡爪子之类的小吃，任由他一边作曲一边喝。后来大家发现，W君喝酒是不要菜的，一早醒来，先到床下摸酒瓶子，美美喝几口后，才睁开眼来看表，再看半天天花板，也许是在构思什么。这个平躺的时间有时很长，有时也会很短。他会突然翻身下床，甚或只来得及趿拉上一只鞋，就哼哼唧唧地开始记谱了。再起身，除非是抓摸酒瓶子，抿几口，嘴里发出很惬意的响声后，才又继续去改造《姐儿歌》或《小寡妇上坟》，这是一种化腐朽为神奇、化传统为新声、化小调为正大的过程，一般是不许任何人打扰的。直到快中午时分，他才洗把脸，刮刮胡子，然后把背带裤穿上，白皮鞋蹬上，西服提上，去与编剧、导演做必要的交流沟通。当然，仍是要喝酒的。如果没有酒，W君会主动提出来："没酒咋谈艺术？"酒就上来了。有了酒，W君会谈得很兴奋，有时几乎是他一个人在连说带唱，每一板戏，他都会在这无数次酒桌的演唱中去自我丰富完善，直达到剧场里演出时的"炸堂"效果。

　　W君最大的喝酒佳话，是一次给市电视台搞春晚歌曲，作词者也是一个饮者，两人就整夜琢磨词曲，自是喝得云山雾罩。那位老兄不仅能喝，也能吃，半夜喊叫肚子咕咕叫。W君想起冰箱还有速冻饺子，就拿出来稀里糊涂下到锅里，吃时有一块硕大的饺子皮怎么都撕不开，直到最后，那位老兄才嚼出，原来是连垫饺子的抹布一起下到锅里了。不过这天晚上他们还是有意外惊喜，觉得曲调有了重大突破，旋律特别优美，歌算是写成了，然后双双倒在沙发上酣然睡去。早上醒来，说再把昨晚的成果复唱一遍，好交差。结果一哼哼，怎么是《黄河大合唱》的旋律，竟然一个音符都没动，两人哭笑不得地怨了半天昨晚的"饺子皮"。

　　W君重新发达后，就一直在考虑把老婆和娃从娘家接回来，跟自己过几天好日子。谁知老婆还有点不大情愿，仍是因为他好喝。几次谈判，老婆都提出让他先把酒戒了，他也直说："我说戒了你信吗？"这事就这样搁下了。后来他又去谈，老婆说，能不能一天三晌只喝两顿，留一次出来走走路，锻炼一下身体，毕竟是五十岁的人了。他强调说，运动员都不长寿，武功演员更短命，就是体力提前耗尽了。人一辈子就那点能量，跟灯油一样，点完就完。他得养着点，还强调酒是粮食的精华，喝了只会增加艺术细胞，给家里多挣几个钱。老婆最后还是回来了，毕竟要看孩子的面子，也想帮他打理打理那身白西服，有时真的穿得有点不忍直视。谁知回来时间不长，Ｗ君就告别了。因Ｗ君翻四十个小翻，领导说单位应该养活一辈子，可最后没兑现，这次他老婆回来先找领导下文件。领导说："老Ｗ都是市上有突出贡献的专家了，还下什么文件？"他老婆说："老Ｗ爱喝酒，要是有一天喝中风了，喝傻了，还有人认吗？占大头的绩效工资谁发？"团上刚好想让Ｗ君作个戏，要去参加会演，还想争大奖呢，他老婆就死缠着团长立字据，说哪怕写二指宽一绺白纸黑字都行。Ｗ君还嫌她多此一举，说自己活到这分上，已不是"尖子人才"与"养活不养活"的问题，而是大熊猫！可他老婆硬是坚持要个说辞，并让Ｗ君先别动笔。Ｗ君接了活儿，哪里能按捺得住，早已暗中加班加点，写得笑一阵泪一阵的搁不下，癫狂得动不动就猛拍大腿，直喊叫自己把自己的才华服尽了！老婆偏是在外边放话："老Ｗ连一个'豆芽菜'还都没安上呢。"领导也急了眼，就把字据立了。可老婆刚把字据捏到手上，回家就见Ｗ君已撒手人寰。一边是碰倒的酒瓶子，一边是厚厚一摞"豆芽菜"的《尾曲》……

　　Ｗ兄已逝去多年了，大家回忆起他来，仍是那些酒事，说他是一个酒徒、酒鬼，但也都认为他是一个真正的艺术家，并且是一个活得十分纯粹的艺术家。这种人如今已多乎哉不多也！

女儿中考

中考前一个月，我就给女儿表忠心，说那两天就是再忙，也要抽时间陪她一起受煎熬。我终于没有食言，那两天我自始至终与她战斗在一起。我和她妈妈将她送进考场后，她妈妈就忙着回去买菜、做饭了，我是捧了一本闲书，坐在一个阴凉的地方等她考完出来。那天室外气温在四十多摄氏度，开考后许多家长都没有散去，有个男人腆个大肚子，头上还顶着一块花手帕，在校门口绕来晃去，样子看上去很是滑稽，却让人笑不出声来。其实这种守候必要性并不大，但家长们仍然要守着，一来是一种心理支持，二来也是怕孩子晕场或发生其他意外，万一孩子出来也好有个接应。总之，考场外着急的"太监"并不比考场内人少，心脏的起搏速度也并不比里边人慢。看着分针、时针一点点转动。

我一直在暗自庆幸，我们上学的时代竟然是那样没有压力，早上七点一路活蹦乱跳扑进校门，下午四点就箭一般射出去了。然后是上树掏麻雀蛋，下河捞蝌蚪、鱼，晚上一般是在院子里

"逮羊""斗鸡"（腿撞腿）"捉特务"，九点多就被父母揪着耳朵拎回家睡了，哪里还有什么家庭作业，一身的疲乏基本都是拿命玩出来的。而女儿，我计算了一下，从上幼儿园就有了家庭写字功课，即使园里不布置，家长也是要在乐器、舞蹈、书画上找麻烦的。妻子觉得学钢琴雅，我便急忙迎合着弄回一架金斯波格，朋友说练舞蹈对女孩儿身材有益，妻子又连忙把她送进舞蹈班。反正这些事都只是和卖钢琴的、教钢琴的、教舞蹈的以及各路家长商量，孩子从来都没有讲意愿说感受的民主渠道。总之，只要小家伙儿有一点儿喘息机会就让人坐立不安，不弄个事把空填满就挠搅得人心慌。大概是从小学四年级开始，孩子一天的学习时间就有十三四个小时，早上六点起床，中午十二点放学，吃完饭一点多又得往学校走，下午六点往回赶，晚上从七点做作业到十一点多，完整睡眠时间不足七个小时，只有那个讨厌的"黑猫警长"闹钟才是她能够发泄的对象。让人感到庆幸的是，好几年过去了，"警长"的鼻子还没被揍扁，足见孩子的度量、涵养与韧性非同一般。"半夜鸡叫"之于苦命的孩子高玉宝，那是何等不共戴天的深仇大恨哪！到了初中，就更是"三更灯火五更鸡"了，临近毕业的一年，每晚睡眠已不足六个小时，而此时女儿年仅十五岁，每早由"警长"和我把她从床上整起来，背着四五公斤重的书包，脖子勒得跟长颈鹿一样，步行、坐三轮、挤公交车。我常想，我们再忙，能忙过孩子？我们再累，能累过孩子？我们再苦，能苦过孩子吗？我们把太多的失去硬交给孩子去捡拾，我们把太多的希望强压给孩子去实现，从动机上我们像仁爱的父母，从实际效果上却更像那个半夜装鸡叫的周扒皮。

第一场考试终于结束了，我在人群中寻找着那张熟悉的脸，我最怕看到的是孩子痛苦的表情，一旦出现这种表情，那就意味着她妈妈精心准备的午饭一定不怎么可口。还好，孩子是笑着出来的，她见我说的第一句话是："比想象的简单。"我如释重负地拍了拍她的脑袋："吹牛吧？""真的，出题的老师比咱家'警长'可爱！"在以后的几场考试中，孩子仍然是把表情写在脸上走出来的，虽然没有第一场的阳光灿烂，但也照射得人心里暖融融的，我想她应该基本达到了预期的目标。根据她的估分，虽然那几所特别红火的学校是进不去的，但进一个省级重点还是有可能的。由此我们便进入了广泛的摸底排查阶段。经过几天的努力，我得出的结论是：自己是一锅毫无主见的黏糊子。眼看报志愿的最后时限已到，我手上还捏着一把理不出头绪的牌。开诸葛亮会的朋友们，公说公有理，婆说婆有理，饭吃完了，脚洗毕了，大主意还是拿不出，都只强调要让孩子上最好的学校。无奈中，我把可供决策的各种条件拿到了家庭会议上。

会议是在晚上十一点召开的，参加人是我、妻子以及当事人女儿，这也是她第一次荣幸参加有关决定她的前途命运的家庭会议。三个人都斜倚在沙发上，先是听我通报近几日的调研情况，然后进入民主程序。会议开到一点多毫无结果，这时我才发现，其实她们也都在到处摸底排查，眼花缭乱中也都成了十足的糊涂蛋。哪所学校都有利有弊，进哪所学校也都有易有难，不是路远嫌公交车不方便，就是怕寄宿不安全，还有恐分数不够要交钱的。总之，定不下一个十全十美的。不过，在女儿的发言中，我还是听出了她倾向性非常明显的一所学校，顾虑是害怕我们花太多的钱，但她妈更多的还是考虑到郊区寄宿的各种困难。家有千口，主事一人，妻子再次把我推到了"家庭主要领导"的地位上。我想着女儿整个花季时代的辛勤酿蜜之姿，夜以继日的童工稼穑之态，不忍心不满足她的要求，几乎是不假思索地决定：就按女儿说的办，散会！

这天晚上女儿挤在我们房间打了个地铺，这是她每每在感到孤独无助时采取的一种缓解方式，我感到大家都没有睡好，妻子和女儿在想什么我不知道，我一夜都在不无愧疚地想着孩子长这么大自己所负的责任，在想妻子的辛勤养育，也在想孩子进这所学校数目可能不会小的学费和找人运作的行动路线图，直到天快亮时才合上眼睛。不知啥时女儿突然窸窸窣窣坐了起来，轻轻喊了声："爸，再开一会儿会吧！"我问："咋了？"她说："我想好了，还是就近上学，这样妈妈也放心了，估计也不用花太多的钱。"我说："花钱多少不是你考虑的事。"女儿说："我不能花家里太多的钱，你现在这么忙，又没时间写东西挣稿费，不能让你太累着。"我的眼泪哗地涌了出来，但我不愿意让女儿看到这股泪水，我继续说："你还是去你最想去的学校吧，爸爸一定要满足你这个愿望！"女儿却很坚定地说："我想好了，一会儿就报这所学校，这也所很好的学校，我不能让你们太费心了，我昨晚都看见你鬓角的白发了。"我的眼泪终于泉水般地涌了出来。

尽管我们对现行的教育体制有太多的不同看法和意见，有时甚至被逼得无法做文明人地想骂几句娘，但我还是要说，学校对我的孩子的教育是成功的，因为除了知识获取外，她的心底是柔软的，这一点使我非常满足。因此我想向教育她的所有老师致敬，向含辛茹苦拉扯她的妻子致敬，更想向披星戴月、历尽艰辛、百折不挠，甚至忍辱负重、日理万机的孩子致敬！

活在秦岭南北

　　人平时不太注意自己赖以生活的基础及其形态、式样，一旦注意，就会发现，与我们联系最紧密、最不可或缺的，恰恰是我们最不在意、最容易忽略的东西。比如秦岭，我从小就偎依在它的南麓，长大后，又跑到它的北麓找饭吃，但平日能引起注意的，可能是房子，是饭碗，是荣誉，是钞票，是人际关系，是周边许许多多说不清道不明的小环境。至于提供了氧气，挡住了风沙，调节了温度，供给了无尽生活资用的秦岭，反倒不在我们心中作数，并且我们还一点儿都不后怕。因为忽视了小环境，马上就可能面临着饭碗、荣誉、钞票遭磕碰、错位、缩水的困扰，忘记了秦岭的存在，却不会因此回家有石头挡道，登山有荆杖抽腚，正活着突遭氧气管道拉闸或限量、涨价，甚至停供的危险。这好像正应了老子的一些话，真正大的东西、有用的东西，在我们心中是无形的，似乎也是没有直接利益和利害冲突的，一旦有形、有状、有物，就小了、矮了、贱了。秦岭正是这种大而无形、无象的存在。因此，在我们的世俗生活演进中，它就退至恍惚、无形，甚至让我们已经感到"不知有之"了。

其实，秦岭一直就横亘在那里，以它为界，在南为南方，在北为北方。我家在秦岭以南百余里的镇安县，因此，给朋友们介绍时总要说，我是南方人，不过还要补充一句：陕西南方人。据说我们那个地方的所谓土著，祖上来自两个"方面军"：一方面来自湖广，多为大江发水，逆河逃难而来；另一方面来自秦岭以北。史载秦朝时，咸阳大兴土木，奴隶们被成群结队地驱赶上秦岭伐木，实在不堪重负的，就逃到南边躲起来，另谋生路了。直到一二百年前，那儿还称终南奥区，也就是不为世人所了解的神秘地方。其实那里的文明遗迹，最早能发掘到大秦帝国时期，只是一道天然屏障的阻隔，而使关中对它知之甚少而已。

现在，高速路一通，我从西安出发，仅一小时零五分，就能抵达县城。有几次，我先用电话告诉母亲，说要吃焖土鸡，结果，车开到家门口时，母亲才刚从菜市场拎着惊恐的鸡回来。据说在二十世纪五十年代初，镇安的县长到省城开会，骑一匹马，警卫员挎一杆枪，两个人来回是要走半个月的。二十世纪九十年代初，我从秦岭南麓调到北麓，几乎每月要往返一次。那时车少，天不亮就得到车站挤长途汽车，常常是头进去了，屁股还得外边人用手或膝盖往进顶，勉强搋进去，又常没座位。能看师傅的脸色，蹭坐在引擎盖上，诚惶诚恐地端半个屁股，就算是十分幸运的了。摇摇晃晃十几个小时，天黑时，两腿跟硬棍一样，扑通一声，戳在西安的大地上，还暗自窃喜："今天真他娘的顺！"因为一遇雨雪天气，不定就撂在半山上，几天都下不来了。这一切，都因为"云横秦岭家何在"。如今，它十分慷慨地让人们从腹腔打出一个大洞来，南北由此切近，秦岭对于我去路与归途的遥远、高耸、阻隔感，以及"难于上青天"的无奈诗意，都荡然无存。它已实实在在成为我在老家镇安和西安之间，一道薄薄的凿开了门户的"隔壁墙"。

让我们难以想象的是，延绵数千里的秦岭皱褶中，分布着数十个县。这些文明的集散地，不知潜藏了多少人物、故事。仅一个镇安，就牵出了贾岛、白居易等数十位历代知名诗人。在这儿一个叫云盖寺的地方，贾岛隐居三年，竟然留下了这样的千古名句："一山未了一山迎，百里都无半里平。宜是老禅遥指处，只堪图画不堪行。"这是对秦岭山脉最为形象生动的描述。离云盖寺不远，还有一个叫白侍郎洞的岩穴，是因白居易与贾岛等诗人来此唱和而得名。那实在是一个太不起眼的地方，二十世纪七十年代末，这个洞穴还因一对年轻人殉情而名动一时。后经公安部门查清，是一出身地主家庭的十九岁男儿"勾搭"上了"根正苗红"的大队支书的千金，婚姻自然受阻，双双入洞，用嘴咬响从"修大寨田"工地上偷来的雷管，血肉横飞，遂化蝶而去。如若贾岛、白侍郎和诸位诗人有灵，不知又会写出怎样再传千秋的名句。

想那时的文人，是如何的一种散淡从容情致，三两一伙，骑头瘦驴，进秦岭山脉，一钻就是数月甚至几年，写些诗句，塞在布口袋里，见朋友念一念，遇见喜爱的再用毛笔抄一抄，不上杂志，不求出版社，更不用媒体忽悠，竟然千古不朽了。现在信息爆炸，人人都自以为红得发紫了，稍多睡一会儿起来，却发现那紫色变深了，甚至变黑了。反正几天不自我陶醉、搔首弄姿、抓耳挠腮一番，就黯淡了，就边缘了，就忧郁了，就愤青了，就心里堵得慌了，就活得不自在了。如若能放下，学学贾岛之隐，不说在秦岭山中一闷三年，哪怕是三月，甚至三天，也许都是一剂清凉方。可惜哪儿能呢？我们的魂灵已经被尘世的浮华、欲望、信息死死攥住，生命的脐带，已经须臾不能中断与尘世躁动的连接了。

去年"五一"长假，手头接一"硬扎活儿"，实在无法动笔，就下决心准备进秦岭"隐居"一周。本欲关了手机，谁知去的地方刚好无信号。开始还暗自窃喜，结果待了一下午，心慌意乱得不行，很是有离群索居、与世隔绝，甚至被人遗弃之感，就急忙跑到更高的地方找信号，竟然找到了。在信号连接上的瞬间，我甚至有一种终于"找到组织"的感动。嘟嘟嘟，几条信息急不可耐地跳了进来。第一条是问要不要发票的，第二条是让速把钱打到他账户上的，第三条是问要不要窃听器的，甚至还有一条问要不要枪的。最可怕的是朋友连发的五条短信：一、"速回电，有急事！"二、"？？？？？？"三、"怎么回事，还不回电？"四、"真的有急事，速回！"五、"真的不回？再不回，再过一小时就不用回了。"几乎吓出人一身冷汗来。我急忙把电话打过去，朋友似乎很是着急地说："你赶快往回走，还隐居哩，西安的天都快要塌了。"我问什么事，他就是不说，反正让我赶快回。我开始也只当玩笑，结果越熬越觉得好像真有事，快傍晚时，山上一阵乌鸦叫，很是凄凉，我突然感到一阵无法排解的孤寂，就把包一拎，驱车返回夜光如昼、繁华喧嚣的都市了。走进朋友画室才知道，先是约我吃合阳踅面，其实就是一种泡饼，后来又"挖坑"，"三缺一"，等我不来，又各方敦促，人早弥齐。我只好嘟嘟囔囔坐在一旁，配合人家娱乐了半夜，不过内心倒有一种饱受孤独折磨后的喜悦。由此我想，我们与能够隐居和游走在秦岭深山中的贾岛、白侍郎之间的生命定力和精神的距离，已不是一点儿，而是很远很远，已有千年之久远了。

我们时常讪笑昔日在终南山中的那些隐者。有些是真隐，不被重用，就为民族文化制造一些"不动产"，再不出来了。有些干脆做了道士、和尚。多数隐者，总是三天两头从里边捎出话来，希望组织部门早点儿来考察，自己已熟透了，再不来就瓜熟蒂落了。实在等不来，也有主动扑出来，亲自吆喝"卖瓜"，直接请求安排的。总之，秦岭山中曾经隐者如织，佳话遍地，不一而足。古之隐士，虽多有待价而沽者，但隐也是真隐了。可笑的是今人，何谈隐，露都露不及，全裸了还怕引不起注意，还得通过各种手段，制造吸引眼球的轰动效应和怪叫声。无论形态还是精神质地，今人都与内涵十分丰富的历史秦岭，在分庭抗礼、分道扬镳。现在的我们，基本只打秦岭物质的主意，拼命吮吸着它所产生的负离子，挖掘着它体内的重金属，索取着它身上的绿色植被，偷食或把玩着它悉心呵护养育的珍稀动物，而从生命价值把握和精神内存的使用上，正日趋短视、迷茫而渐行渐远。

　　人类对生态环境问题的关注，在大自然越来越强烈的警示中，正惊慌失措地提上议事日程。十分有趣的是，在哥本哈根全球气候问题大会上正吵得莫衷一是、不可开交时，美国导演卡梅隆的新片《阿凡达》，恰好在全球"震撼上演"，我去看了一场，没咋震撼，但还真是有些其他感觉。影片讲：地球上的人类，终于把有限的资源发掘完了，濒临灭绝，却意外地发现一个叫潘多拉的星球上，有一种矿物质，可以用来实施拯救，就不顾一切地把现代化战争武器和巨型采挖工具运上去，准备"掘宝"。先是进行思想政治工作，自作聪明的人类，把一个人的大脑与阿凡达人的大脑连接起来，企图通过卧底、潜伏之类的人类惯用伎俩，洗了阿凡达"公主"的脑，而引诱其族群就范。谁知派去"灵魂附体"的人，竟然被那里的自然和谐所征服，"堕落"成了叛逆者。人类无奈，即对那里的生灵、植被，进行疯狂屠戮、捣毁。结果，一切都处在原始自然生态中的潘多拉星球上的动植物，瞬间通灵，全面发动起来，与入侵之敌，展开了不惜流尽最后一滴血的"保家卫国战"。最后自然是正义昭彰，邪恶败北。全片收官那句话说得特别好，大意是：让地球上那些不善良的人回到他们地球上去，善良的可以留下与我们一道儿生活。只见那些贪得无厌的家伙——被潘多拉星球人称作"战俘"的——我们登上外星球进行科考、探险、弄资源的同类，灰头土脑，蔫不叽叽，臊眉耷眼，霜杀了似的钻进飞船，滚回地球去了。

影片最美的是潘多拉星球上的风景。现实中，无论如何也不可能有这般完美的景观的，唯有人类的想象，才能使这种美臻于极致。据说，这部影片曾在中国的张家界、黄山以及世界许多名胜采过外景，可想而知，是拼贴加工而成。我觉得十分遗憾的是，没有华山乃至秦岭山脉的身影。倒不是希望华山借《阿凡达》扬名，而是这样一部全球都十分看好的电影，没能更加奇妙地展示人类所向往的生存美境，是一种不可弥补的缺憾。华山的鬼斧神工、奇险诡谲，华山的生命力度、精神质地，让人震撼。在我所涉足和阅览过的山川图画中，华山是最具神秘力量的一幅。华山我可以年年攀登，并乐此不疲，而其他山脉，登一次足矣。最妙的是，华山总给我力量，给我以脊梁挺拔感，每登临一次，都能平添一些丈夫气概。虽然至今也还没能成为顶天立地的大丈夫，但有华山在，家人和我，就都感到了自己成才的希望在。人们称华山为父亲山，真是再也贴切不过。华山是秦岭的魂，是秦岭的胆。

秦岭，美在巍峨苍劲，美在雄浑质朴，美在生态原初、包罗万象，更美在人文遗存丰厚及内蕴深邃广博。这里曾经漫山

333

书香飘动，这里曾经遍地诗句迸发，这里至今和尚、道士游走，这里孔庙堂堂，香火袅袅。从战乱中，辞了"国家图书馆"馆长位子，骑一头青牛，带着紫气由东向西而来的老子，是在走进秦岭山脉后，才留下五千言，然后继续沿秦岭北麓向西，去深入基层，考察调研，不知所终的。我觉得秦岭能有今天的生态环境，与老子的文化浸润不无关系。老子由于饱经了战国时期各位霸主的各种"有为"，而见生灵涂炭，便给当下社会开出了"无为"的良方。但企图成就霸业的诸位霸主，谁又愿意听这个老家伙的絮絮叨叨？一气之下，他就离开河南老家，彻底走向民间，去验证自己的"无为而无不为"去了。

老子对于社会上的胡乱作为，有一个最形象的比喻，说："天地之间，其犹橐籥乎？"就是我们俗称的"拉风箱"。社会本来好好的，结果一些人总想作为，总想把事搞大、煽圆，就把风箱拉得呼啦啦、扑嗒嗒一片乱响，结果就不稳定了，就动乱了，就民不聊生了。在今天的世界经济争夺战中，大家又何尝不是在抢着拉风箱呢？只听满世界呼啦啦震山响，今天把石油从陆地、海底、山间抽了出来，明天又把稀有金属从岩石中炸了出来，后天再把东河的水赶到西河，大后天又把北面的山移到南面……总之，风箱拉个不停，在呼啦啦声中，天在摇，地在动，钱在旋，人在转。有人说，地震与人类老在地底下抽气、抽油有关，此说好像是有些缺乏地质构造常识，但又试想，地底下本来憋得鼓囊囊的，突然气放了，油喷了，大风都起于青之末，蝴蝶的舞动都可能带来千里之外的飓风，更何况是大地的头颅、腹腔遭无数次切割，曝了光，走了气，放了血？无论是否有科学依据，我都相信这个说法有一定的合理性。如若我们都能学着点儿老子，哪怕把风箱拉得慢一点儿，缓一点儿，小一点儿，也总比全人类都吊在风箱杆子上，把个世界拉得飞沙走石、风雷激荡、昏天黑地还嫌科技运用不足，管理潜能发挥不够，经济增长速度不快强吧。秦岭与老子走得近些，早早就吃了偏碗饭，先前风箱不乱拉，如今风箱拉得慢，所以秦岭反倒是有些"无为而无不为"的意思。它永远是华夏南北分界线，永远是长江黄河分水岭，它还是中国最大的动植物基因库，更是儒释道相互包容、文明史陈陈相因、历史精英层出不穷、文化巨匠纷至沓来的人文胜地。

老子在他的《道德经》中，一直在寻找一种叫"道"的东西，用八十一章，铺排了五千多个字，还是没能说明白，用他自己的话说就是：能说明白的就不是"道"了。老子所说的"道"，是治国，是治军，是治人，是了解天体宇宙，是释疑人生百态万方，当然不好说明白、说透了。能说明白就简单了，也就用不着人们用两千五百多年的时间长度，来揣摩他的"道可道，非常道"了。我们是小人物，我们的问题，是老子五千言中所捎带着要解决的那些小人物的小问题。所以，这个"道"反倒好找些。我突然觉得，秦岭不就是我的"道"吗？"道生一，一生二，二生三，三生万物"，吃的喝的穿的住的都由此而生，精神营养又取之不尽，用之不竭。秦岭不张扬，不趋时，不争宠，不浮躁；秦岭能高能低，能伸能屈，能贵能贱，能刚能柔；秦岭耐得寂寞，忍得寒霜，木讷处厚，高瀑善下，它不是我的"道"又是什么呢？

能活在秦岭的南边和北边真好。

让母亲站起来

一个人是靠脊梁支撑着，母亲的脊梁却在新千年到来不久，彻底垮塌了下来。一个人的生理脊梁垮塌了，这几乎是令人难以置信的，但母亲的脊梁是真的垮塌了。当家兄打电话来告诉我时，母亲已瘫痪好几天了。他在电话里说："妈的腰这回是彻底不行了，卧在床上动都不能动，并且痛得受不了，还拒绝治疗。所有的亲戚朋友几乎都来劝说动员过，但她连到医院去检查一下都不配合。她说她已经让这个腰折磨够了，再不想活了，要我们抓紧准备后事，她在床上再躺一段时间，让我们再尽尽孝道……她就'走'了……"兄长说得泣不成声，我放下电话，就急忙离开西安，踏上了茫茫陕南山道。

十年沉疴

母亲患的是脊椎结核，已经十几年了。十几年前她就老喊腰痛，但一直以为是劳伤，只请人按按摩，吃了些中草药，稍有缓解，就不了了之了。

那时她住在商洛山中一个叫柴家坪的小镇上，父亲已经去世，兄长在县城工作，我在西安上班，一家三口人，分了三处住着，很少能照顾上她。兄长和我曾多次要求把她接到县上或西安居住，但她都拒绝了。理由是：一来父亲刚去世，她想在新坟边住上几年，我们非常理解那种感情撕裂的痛苦和由此生发的守望之情；二来她当时开了一个小商店，月月略有些收入。她说她才四十多岁，还能动着，等将来老了，手脚不灵便了，再到我们身边不迟。母亲是个很固执的人，她一旦决定的事，那是谁也无法改变的，我们只好依着她。腰疾也便在那种情况下一天天加重了。

有一次我从西安回小镇看她，她就躺在床上，连吃饭都是几位好心的邻居端来拿去，腰上是请一位"土医生"在一副副贴着草药，仍是当"腰肌劳损"治着。病成这样，从不给我和兄长捎个口信，我埋怨她，她只淡淡地说："老毛病了，有啥大惊小怪的。你们都那么忙，我这病，睡几天就会好些的。"任我怎么做工作，她还是不同意离开小镇。我在她身边待了一个礼拜，最后她硬是强撑着站起来，把我送走了。

在小镇的车站，她用双手撑着腰给我说："别老请假往回跑，好好在外面干你们的事，我实在动不得了就会给你们说的。"

望着她发颤的双腿和猫着的腰身，在汽车开动的一刹那间，我的眼前一阵模糊。这曾经是一副多么挺拔的身板哪，在她二三十岁当教师的时候，每每学校或当时的公社、区上搞业余调演活动，她都曾是最活跃的演员之一。仅十几年，母亲不仅从讲坛上病退下来，健康的人生风采不再，且双鬓已完全花白，而此时她才年仅四十八岁。

大概也正是这个年龄，使她永远也不相信，疾病是会把她彻底打倒的。因此，每倒下一次，她都会在休息几天后，又强打精神站起来。为了哄瞒住我和兄长，我们每次回去探望她时，她都会硬撑着挺起腰肢，又是开玩笑，又是给我们做好吃的。直到把我们哄走，她才又倒下暗自呻吟。一些到县城办事的熟人，每每问她要给儿子捎啥话不，她总是反复叮咛："就说我好着哩，千万别说我病着。"其实有时，她就是躺在床上说这些话的。后来兄长还是知道了这事，有一次干脆直接叫了辆卡车，回到小镇连商量都不跟她商量，就直接连人带家强行搬进县城，与兄长住在一起了。

进县城休养一段时间，腰部渐渐好些，母亲就急着要找点事做。那时我女儿刚出生不久，我独自一人在西安工作，家还在县上，母亲说让她带带孩子，为我们俭省掉雇保姆的开支。说实话，我觉得很不好意思，但还是这样做了。其实那时母亲的腰部仍痛得很厉害，她是硬撑着把她的小孙女背来抱去的。有时蹲下去，半天站不起来，而要站起来，是要咬着牙骨的。直到那时，我们还一直相信"劳伤"说，每每按她的要求，给她弄些抗劳止痛药，持续麻痹着其实是结核在作祟的腰脊。我们也多次要求

339

她到医院检查，但她总坚持说病情是清楚的，没有必要花"冤枉钱"。今天看来，作为儿子，我们是有不可推卸的责任的。母亲抚养大了我们，又用她病残的身子抚养我们的儿女，这将是我们一生都无法排解的悔恨。

当女儿能满地乱跑后，母亲又要求兄长为她再找点活儿干。兄长看她一日都闲不住，闲着就蛮发脾气，只好又开了一个门面，让她主持经营。谁知她事无巨细，当老板连伙计的活儿都干了，气得兄长几次要关门，她好说歹说，门面才保留下来。但很快她的腰疾就把她彻底扳倒了。这次兄长再也不听她自己"久病成医"的"诊断"，直接把她抬进县医院，进行了全面检查。为进一步确诊，甚至还拉到百里外的另一家骨科医院进行复诊和CT切片鉴定，结果让人大吃一惊：病变使腰椎二、三、四椎体变形，变形椎体使椎管狭窄，已严重压迫神经，并导致下肢部分失去知觉，建议进一步做病理鉴定，确定是结核或骨瘤。

兄长双腿哗哗颤抖着，拿了一沓光片和鉴定报告直奔西安一家大医院，我和他径直找到在这儿进修的伯叔兄长陈训，通过他又再找到这里最权威的骨科教授。鉴定结果倒是排除了肿瘤的可能，但认为结核病变已相当严重，必须立即实施手术。这样，母亲便经历了人生"刮骨疗毒"的第一刀。

这次手术让母亲备受煎熬，仅只做掉了部分压迫脊髓的死骨，就让母亲躺倒床上半年多难以下地。后来勉强摇摇晃晃地下了地，才一年多光景，又再次瘫卧床上，生活自理能力不再。

这期间，我每每回家探望，都在她病痛难忍之时，母亲是完全失去了一个健康人的基本生活形态，站不能直，坐不能端，卧不能蜷，可以说仅仅只是一条活着的生命。这次又彻底躺倒，早在我们预料之中，但没有想到会这么快。一个人的生命真是太脆弱了，尽管母亲那么坚强，那么有韧性，但她还是没有抗拒得了疾病的反复侵蚀折磨，终于从肉体到精神都完全缴械投降了。我匆匆赶回家时，她开口给我说的第一句话是："这恐怕是……我们母子……最后一面了……"我的泪水哗哗地涌了出来，母亲的泪却早已流干了……

艰难说服

母亲已经完全心灰意冷，任我们如何规劝，甚至胁迫，仍拒不治疗，拒不检查，甚或以死相挟，断然拒绝一切说服工作。我每每往床边一坐，她就说："想跟妈妈拉家常了，你就坐下，想劝妈再进医院了，你就出去。这个冤枉钱不能再花了，妈也确实受不了了。与其让妈再受那种比死强不了多少的怪罪，还不如让妈再在床上好好躺几个月。妈的身体已经跟游丝差不多了，稍动一下可能就断了。你们体会不来，妈心里最清楚，花啥钱都是多余的……"

我不知多少次近距离端详过自己的母亲，然而，从来没有这一次这样让人伤感，母亲是真的被病痛折磨得命若游丝了。

当我拉住她的手时，几乎已经很难感觉到生命的律动。她想用力握握我的手心，那力量却只能让我感到一种细浪的轻抚和棉絮的缠绕。她的脸颊在慢慢脱水、变形；眼眶也点点凹陷；本来花白的头发，已全然银白，完全不是一个五十八岁人的精神生命状态。当我用药酒给她擦抚因脊髓受压引起的病变的膝关节时，我才深切地感受到母亲十几年如一日的艰难负重；当我用药酒给她揉搓疼痛的脊背，面对第一次手术的创面和那已明显凹凸不平的畸形脊柱时，我的眼泪再次吧嗒吧嗒滴了下来。就是这个脊梁，撑持大了我们，又撑持大了她的孙儿孙女；就是这个脊梁，在她疾病缠身的时候，仍为我们创造着本不该再去创造的各种财富。我们没有任何理由让这个脊梁垮塌下去，即使只有百分之一的希望，我们也必须义无反顾地去争取、改变。而这种决心，兄长比我更坚定百倍。

我们仅只兄弟俩，兄长一直离母亲最近。父亲去世后，十几年来，其实兄长一直担当着这个家庭父亲的责任。他在县上商业部门任一个大公司的总经理，本身公务极其繁忙，加之身体又不好，每天确实是在超负荷地运转。特别是在对待母亲上，可以说是一个忍辱负重、百依百顺的孝子。我一直在很远的地方工作，母亲小病小痛的，我们即使通电话，他也从不提起，只是到了实在迈不过的大坎时，才让我回去一下，商量些办法，而具体实施，又全都落在了他的那副宽厚的肩膀上。

当我回去做了一天工作毫无结果时，这天晚上，我和兄长静静坐了半夜。两包烟都抽完了，仍拿不出新的方案。因为这事不能勉强，母亲如果不配合，强行往医院拉，搞不好会使她的腰部受到更大的挫伤。在我回去的前几天，兄长曾试图拉过一次，救护车都叫到楼下了，谁知母亲从床上翻下来，跪在地上反锁了自己的房门，差点没闹出大事来。兄长说："再不敢硬来了。"望着兄长憔悴的面颊和肿胀得穿不进鞋的双脚，我只能在心里默默祈祷：这根顶梁柱可千万不敢累垮了呀！

这天后半夜，我刚迷迷糊糊睡着，突然听到从母亲房里传来了硬物击地的笃笃声。我急忙爬起来去看，发现母亲手拄竹棍，正在保姆的搀扶下，弓着快九十度的腰，一步步艰难地向外挪动。我问她干什么？她说上厕所。我说都这样了，咋不在床上方便？母亲说："等实在病成瘫子……挪不动了，我就会在床上害你们的……"这就是母亲，一个永远追求自食其力而不愿意给任何人添麻烦的人。上一趟厕所，在一套一百多平方米的单元房内，来回整整走了四十多分钟。这四十多分钟，几乎走碎了儿子的心。我在暗暗咬着牙骨：不提高母亲的生活质量，我们确实不配做人。

第二天，我们继续轮番做工作。专程从西安赶去看望母亲的画家朋友马河声，听说工作咋都做不通，有些不相信地说："哪有这样的怪事，放在有些家庭，老人想治病，儿女不孝，还不给治哩。让我去试试，我就不信，还有兵临城下了不缴械投降的。"他信心十足进去，谁知半小时后摇头叹气地出来："真格

343

固执，我连死人都能说活哩，没想到咱姨是铁板一块，水火不进。连我这张嘴都说不转她，恐怕也再难另请高明了。"

商量来商量去，最后是伯叔兄长陈训做了决断："打一针大剂量安定，等她睡迷糊后抬上走！"伯叔兄是医生，又是县医院副院长，我们便一切听他的安排。很快，母亲便在"止痛针"的欺骗中，呼哧打鼾睡着了。我们把她一溜烟抬下楼，抬上救护车，送进了县医院，等她醒来时，一切检查都结束了。尽管她觉得受了愚弄，但面对儿子的孝心，也不好再说什么，只是仍然坚持："不管咋，我是不会二次上手术台的。"

这时我们也不想再跟她商量什么，只是急切地等待着所有检验报告和CT片。一场艰难的说服工作，最终并没有将她说服，但在无奈的欺哄中，我们总算还是拿到了最重要的病理依据。

我连夜回西安了。

二次手术

所有会诊结果，都令人十分沮丧。连非常像样的大医院的大专家，都判定已错失手术良机，爱莫能助。我抱着一线希望，来回穿梭于一些医疗机构的楼上楼下，双腿如灌铅一般沉重。当听到一声声冷酷的判决，心情更是重于坠石。终于，托家乡在西安进修的陈继平和叶明冬大夫的福，在解放军第四军医大学西京医院，找到了一位著名的骨科教授，看完片子后说还有手术指征。我接到这个电话时，双手抖动得连红红的烟头都掉在了裤子上。第二天一早，我就急急忙忙去了西京医院。

这位教授名叫王臻，四十出头，但却已是军内骨科权威。现任西京医院骨科副主任、硕士研究生导师。他曾成功参与完成过世界首例"十指断指再植"全部成活手术，在国内外具有一定影响。当我被叶明冬大夫领进他办公室时，首先，我被他诗人一般的激情和饱满的精神状态所吸引，这是一个完全出乎我意料的医学权威形象，他不仅年轻，身材高大挺拔，而且浑身灵动，充满了似乎是医学以外的睿智与豪情。当知道我是搞写作的，我们很快便从莎士比亚谈到海明威，再谈到画家毕加索、莫奈，又谈到路遥、贾平凹，直到进入正题，话语才显得沉重起来。他一边调着电脑里的资料，一边对着我母亲的腰椎CT片说："老人的腰椎确实破坏得很厉害，二椎已完全销蚀得不留痕迹；三椎也已基本破坏，存在部分全是病灶和死骨；四椎也有不同损伤；腰段脊椎呈位突畸形；结核组织已使侵犯椎管深度压迫脊髓。这么严重的腰椎结核病变，我见到的还是第一例。现在必须进行腰椎置换术，就是把死骨全部清除，换上人工椎体，不然你母亲可能从此就彻底瘫痪了。"

"换了人工椎体，能让她站起来吗？"我急切地问。

王教授几乎不假思索地说："可以，只要手术不出意外，老人以后的生活是可以自理的。就是手术材料相当昂贵，像这么严重的病情，恐怕得用世界最先进的，不然将来再造成内固定

345

断裂、人工椎体脱落，麻烦就更大了。"

我当时干脆就没有问价钱，心想只要能让母亲站起来，即使倾家荡产，也在所不惜了。我很快将情况通报给兄长，兄长跟我是完全一样的心情：手术只要能做，即使负债，也得先把母亲从生命的煎熬中解救出来。后来因为准备款项的需要，我从侧面打听了一下，数字确实惊人，对于工薪阶层的兄长与我，意味着每人要拿出四五年不吃不喝的全部工资。这个消息无论如何都不能让母亲知道。她一旦知道，手术是绝对无法实施的。因为我们各自为买房所受的煎熬，她都一清二楚，如果再知晓了这次手术所需的惊人数额，兴许她会做出异常极端的事来。

一切都在有条不紊地运作、铺排着。兄长在那边继续做母亲的工作。亲戚朋友们也持续进行着"车轮战"。大伙说：你就是不为你想，也该为两个儿子想想，你病成这样，他们要是不给你治，不说他们自己心里过得去过不去，社会上会怎么议论这个问题？他们在外面都有很多事要做，你的病一天比一天重，缠绕得他们啥都干不成，你这倒是为了儿子还是害了儿子？终于，母亲看"胳膊拧不过大腿"，更是看着兄长和我为此奔波忙碌得可怜，到底还是放弃了自己的意见，最后，她不无戏谑地对兄长说："你们实在要动刀杀老娘了，那就朝手术台上抬吧！"

手术选在镇安县医院做，这是母亲的一再要求。一来在家门口，二来人都熟。加之镇安县医院的骨科技术在全省县级医

346

院中处于领先水平，因此王臻教授同意赴镇安担任主刀，县医院院长、骨科专家马彦绍和其他几位骨科骨干担任助手。很快，母亲的第二次手术，便在一个多月的艰难准备中，进入了最后的实施阶段。

手术那天，母亲的精神状态非常令教授满意，一向痛苦不堪的她，那天显得特别平静，甚至谈笑风生。她不停地对我们说："妈是一颗红心，两手打算。活着抬出来了，就好好活；死了拖出去了，你们也算是尽了孝心。"兄长颤抖着双手，在签完了"手术可能导致病人死亡或各种后遗症"的"生死契约"后，我们一一与母亲捏了捏手。随后，母亲便被几位穿白大褂的人送进了手术室，时间是早晨八点半。紧接着，一场比炮火硝烟战斗更让人惊心动魄的手术便开始了。

我和兄长是坐在手术室旁麻醉师的办公室里，虽然这里禁止吸烟，但熟悉的麻醉师还是让我们一根接一根地吸着。而在手术室外的过道上，亲戚朋友已将走廊围得水泄不通。这是一个特大手术，在镇安县医院的历史上尚属首次，在全省据说也不多见。教授要求录下手术全过程，因此，县电视台的工作人员也在里外奔忙着。伯叔兄长陈训因在医院工作，也便干脆穿上白大褂进了手术室。是他来回传递着消息，一会儿告诉我们，麻醉已经结束；一会儿又通报说，切口基本拉开，是从腹部动刀，直拉到背部，伤口有一尺多长。我们都紧紧咬着牙关，不敢想象那种情景，好在母亲是在麻醉中人事不知的。手术前后进行了七八个小时，我们就那样吸着烟，一直静静等待着里面的消息。几十位亲戚朋友，自始至终围绕在手术室附近，有了这些精神与道义上的支撑，我和兄长也便在极度不安中有了一分慰藉与平静。术前王教授曾讲，这个手术最大的危险在于害怕撞破脊椎动脉血管，一旦撞破，病人很可能就会死在手术台上。因此，每当护士出来要血时，我们便会冒出一身冷汗来。好在手术终于在下午三点多顺利结束了，当王教授笑吟吟从手术室走出来时，我们当即百感交集地迎了上去。

王教授说："手术进行得很彻底，把里面的死骨和脓肿全部清除了。你母亲是一个非常顽强的人，骨头已经被结核侵蚀成蜂窝状了，用一个形象的比喻，腰部整个成了'豆腐渣工程'，能坚持到今天是个奇迹。这下你们放心好了，手术用进口钛金椎体连接住了完全取掉的二、三腰椎，她会跟正常人一样站起来的。"

我和兄长的喉头都无比激动地哽咽着，什么话也说不出来。很快，母亲是活着被从手术室里推出来了……

蓝天微笑

母亲在有惊无险地经历了七十二小时危险期后，终于慢慢地露出了笑意。她开口说的第一句话是："妈这个老废物……怎么还没死呀！"我笑着说："教授说了，从理论上讲，这次给你换的人工钛金椎体，在体内至少能使用一百二十年。"母亲说："那我还不活成老精怪了。"

说实话，我们不指望母亲能再活一百二十岁，只期待她在有限的生命中，活出一个人应有的结实身板，活出最起码的生活质量。母亲一生为我们辛苦操劳，即使在重病期间，仍追求自食其力的生存原则，这让我们感受到了一种在书本上永远也感受不到的精神引领和意志提升作用。母亲是我们生命的来源，母亲是我们生命的钙质，母亲更是我们精神的蓝天。不敢想象，在没有母亲的日子里，我们取得的任何成就，还有谁能发出如此由衷的赞叹和会心的微笑；不敢想象，在没有母亲的日子里，我们遭遇了风吹雨打，雷劈电击，还有谁能像母亲那样无私地接纳、呵护、抚慰、安帖；母亲是儿子永远的根基，只要这个根基在，无论走到哪里，我们脚下都不会产生虚飘空洞感；母亲是儿子永远的蓝天，只要这蓝天在，无论飘到哪里，我们都会感到有一把无形的伞，在随时遮挡着无常的风雨。母亲是个人，但她更像是一棵树，一眼泉，一架桥，一个巢，一座温馨的老房子，当我们远离时，她是孤独寂寞地存在着；一旦当我们走近，便感到了无与伦比的亲切、祥和、静谧与安宁。这种任何亲情都无法替代的感觉，是一种真正的人生归宿感。无论你能上天，能入地，唯有这种归宿是最安全的感觉。

母亲终于一天天好起来。有了兄嫂的真切呵护；有了小保姆的细心体贴；有了亲朋好友的诚挚关爱；我相信这片蓝天会越来越灿烂的。我该走了，儿子又该远行了，我拉着她的手说：
"妈，我走哇，你的腰板这下是要彻底硬朗起来了！"

　　母亲说："你走吧，好好干你的事，只要你们的腰板硬朗着，妈的腰板即使断了，感觉也永远是硬朗的……"